L'àguila negra

«L'àguila negra»

és l'obra guanyadora del Premi Sant Jordi 2014,
que convoca Òmnium Cultural amb la col·laboració
de la Fundació Enciclopèdia Catalana.

ÒMNIUM
LLENGUA CULTURA PAÍS

Fundació Enciclopèdia Catalana

Joan Carreras

L'àguila negra

Premi Sant Jordi 2014

Proa

El jurat del Premi Sant Jordi era constituït per Àlex Broch, Marta Nadal, Isona Passola, Ramon Pla i Arxé i Màrius Serra.

Proa
A Tot Vent

Primera edició: febrer del 2015

Raval Edicions SLU, Proa
Pedro i Pons, 9-11
08034 Barcelona
www.proa.cat
www.janquim.cat

ISBN: 978-84-7588-549-0
Dipòsit Legal: B. 3.450-2015
Composició: Víctor Igual, SL
Impressió: Egedsa

Sumari

Primera part
ULLS DE ROBÍ

Segona part

DIAMANT BLAU

Vaig sortir nu de les entranyes
de la mare i nu hi tornaré.

JOB 1, 21

Sense la fosca,
la llum seria vana.
Si no caminés sempre
a les palpentes,
no buscaria l'alba.

JORDI CORNUDELLA

PRIMERA PART

ULLS DE ROBÍ

Final

Ara mateix és només un home despullat que pren el sol: no gran cosa.

Ja fa una bona estona que s'ha estirat en una gandula que té la lona molt envellida. En aquesta posició es dissimula la flacciditat dels pectorals, a causa de l'edat, i a pesar que els últims anys ha anat tres dies per setmana a la piscina. Però no el preocupa gens perquè ja no hi ha cap senyal de la seva edat que interpreti amb angoixa. Al contrari, acull l'abraçada del sol com la d'un amic. Somriu quan l'astre li traça al tors pinzellades zenitals.

Si de cas, a les cames i als peus se li entortolliguen cegues arrels de llum que l'encorden amb l'home que hi ha estirat en una altra gandula, amb la lona igualment envellida, just al seu costat. O sigui que ara mateix és un home despullat que pren el sol al costat d'un altre home despullat.

L'home que hi ha estirat al seu costat amb prou feines l'escoltava quan ell li explicava en què consisteix l'anamnesi, amb la naturalitat mèdica que encara sap adoptar. La llum que els lliga s'apagarà quan la mort els separi i se'n vagi per sempre un món que va existir, però que ja no té res més a dir-li perquè a l'únic món que existeix en aquest instant exacte del segon dimarts del mes de març de l'any 2013, en aquest poble gairebé desconegut de la costa sud catalana, hi conviu només amb la seva nuesa. Això és tot. Vet aquí Déu.

Li han calgut setanta anys per entendre-ho. Li ha calgut despullar-se per tornar a ser qui havia sigut, per comprendre, per fi, que la vida no li ha estat esquiva ni obsequiosa, sinó més aviat harmoniosa i simplement consecutiva. L'únic que compta, al capdavall, és que pugui distingir una línia que doni sentit a la mera successió dels esdeveniments. Que hi hagi hagut harmonia només vol dir que hi ha hagut ordre. Que el sol l'abraci només vol dir que aquest ordre encara continua existint.

Si hagués de triar un punt concret del cos per lliurar a l'escalfor com a ofrena, escolliria el penis, tot i la seva dimensió avergonyida, la seva rendició incondicional, perquè el penis explica millor que cap altra part del seu cos l'actitud de renúncia que li sembla haver guanyat. Agraeix que el sol li entebeeixi l'escrot i li llepi el penis.

És un regal magnífic que acull amb gratitud, perquè ha d'agrair que per fi és al lloc on volia ser, i amb amor, amb totes les menes d'amor que ha provat de sentir al llarg de la vida, aplegades de cop i volta en un amor únic i autèntic, un amor infinit a totes les coses que hi ha al món, a totes les persones que hi han viscut, les que hi viuen i les que hi viuran. Vet aquí Déu, una altra vegada.

Li agrada molt que el sol li passi la mà daurada pels testicles, que li agafi el penis amb dits càlids. Amb un gest més clínic que apassionat, s'abaixa la pell del prepuci per descobrir el gland i animar-lo amb les carícies solars. A terra, l'un dret i l'altre tombat, hi ha encara dos vasos de plàstic, un de vermell i un de blau.

Restitució
1951

Marià Solvell somriu i ensenya les dents per fer riure el seu pare, que l'imita, davant dels miralls còncaus i convexos que estrafan el reflex dels seus cossos, alegres tot i això.

La mare s'ha quedat a casa. L'excursió amb taxi fins al parc d'atraccions del Tibidabo, la vigília del seu vuitè aniversari, és un avançament de la petita celebració que li han promès per a l'endemà, però es converteix en una oportunitat única perquè el nen, avui rialler, però sovint tímid i pensarós, gaudeixi de l'estranya felicitat que li regala la intimitat amb el pare, és a dir, només amb el pare, sense la interferència materna, sense que el pare deixi de ser una persona i es transformi en la meitat d'un conjunt anomenat «pares», les persones que se l'estimen més del món i per això no l'enganyen mai, les que van decidir que l'escola de La Salle era la més adequada i les que li exigeixen que estigui atent a les lliçons, les que li ensenyen com ha de seure a taula, com ha d'agafar els coberts i com s'ha d'adreçar als adults, a més de recordar-li que no s'oblidi de fer dos petons als avis, quan els van a veure.

De seguida que han entrat al recinte el nen ha agafat la

mà del pare, amb un gest que li sembla nou, potser perquè quan van a missa és la mare qui li ofereix la mà. El pare, de cop i volta, li ha semblat més corpulent, menys doblegat davant de la tossuderia materna, menys atabalat per les exigències repetides d'una esposa que no es descuida mai de demostrar-li com és de complicat portar la casa, de vegades perquè és massa nècia la noia, que és com anomenen la minyona, i gairebé sempre perquè la gent no entén les seves demandes, ni el tapisser que ha de renovar les butaques, ni el lampista que despenja del sostre els llums d'aranya per canviar els cables gastats, ni tampoc el noi dels encàrrecs del colmado, que sempre arriba amb alguna cosa de menys.

El pare que avui l'ha amanyagat quan sortien del ferrocarril aeri és diferent del pare que els altres dies seu a la seva butaca preferida i escolta les queixes de la seva dona amb un posat impertèrrit. El pare que l'ha agafat per les espatlles quan la cistella de la talaia s'enfilava, i així l'ha assossegat, no té gaire a veure amb el pare que sol arribar al final de la tarda i li pregunta com ha anat l'escola, però que de seguida l'abandona amb els llibres de text perquè necessita treure's les sabates i reposar una estona, si pot ser amb el diari, que llegeix a poc a poc, com si calgués fixar-se en tots els detalls, mentre a la ràdio algú canta boleros. El pare que li ensenyava la ciutat des de l'avió del Tibidabo no s'assembla gens al pare que cada dissabte s'aixeca de taula després de les postres i surt de casa per anar a fer el cafè amb els amics, mentre la mare rondina i despara taula i la noia s'esmuny perquè no li toqui el rebre.

El pare que riu davant dels miralls grotescos se li apareix com una figura nova, tant és que la imatge inversa sigui massa rabassuda o esprimatxada. Aquestes formes estranyes del pare són les millors que ha vist i són les que recordarà molts anys després, el dia que l'enterrin. Aquesta visió del pare que torça la boca, que obre els ulls amb exageració i que fa veure que s'estira les orelles amb les mans, per fer-lo riure, és la que li vindrà a la memòria i, a pesar de la tristesa, li provocarà un somriure, que la mare no entendrà, i que ell no voldrà justificar, mentre deixen un pom de crisantems al nínxol, perquè no sabria com dir-li que aquell dia va ser feliç perquè ella no hi era.

Abans d'entrar a casa, esgotat però satisfet, potser perquè intueix que no hi haurà gaires oportunitats com aquesta, el nen es gira cap al pare i li fa una abraçada. És l'abraçada d'una criatura que s'arrapa a la panxa d'un home que només té quaranta-tres anys però que sembla més gran. Un cop dins, de seguida voldrà explicar a la mare tot el que han fet, però ella se'l traurà de sobre amb instruccions exactes a la noia perquè el nen mengi la sopa i la truita ben de pressa, a la tauleta de la cuina, com fa sempre que sopa sol perquè la mare diu que ells soparan després. Com de costum, la noia haurà de comprovar que el nen es posa el pijama i s'haurà d'assegurar que fa «les seves coses», o sigui que es queda dreta a la porta del quarto de bany fins que ell ha acabat.

Aquesta nit, el pare seurà al llit del fill i li repetirà que s'ho han passat molt bé. Atendrà les preguntes del nen, quan li demani si es recorda d'aquelles ganyotes, i li prometrà que un altre dia hi tornaran. Abans que s'adormi, li dirà que demà, quan acabi l'escola, ho podrà celebrar amb els seus amics i li explica a cau d'orella que ell i la mare, «els pares», li han comprat un regal.

Els records d'aquest diumenge es podrien haver acabat amb aquests murmuris amb el llum tancat, potser amb l'afegitó d'un altre gest de la mà del pare, que li tusta el caparró i li remou una mica els cabells, tallats tan curts que és quasi impossible de jugar-hi. D'aquesta manera, constituirien amb força precisió l'essència d'un aniversari d'infantesa, el tret més significatiu d'una data que pogués assumir la representació de tots els altres aniversaris, dels precedents i dels que vindran després, fins que adquirís la consistència pastosa d'un record fixat amb indulgència.

Els elements hi eren: unes quantes hores amb el pare, un parc d'atraccions, una muntanya que s'alça per contemplar la ciutat, desvalguda als seus peus, com un mantell abandonat, i la mirada distant, durant una estona, des de l'altura d'un instant únic, a més de les voltes que un avió fa sobre un eix estable per simular un viatge fantàstic. Però la tarda de diumenge al Tibidabo va quedar enregistrada a la memòria de Marià Solvell com una mera anticipació, un pas necessari però insuficient, i no va perdre aquesta condició de primer esglaó fins que va tornar, amb la forma esguerrada d'un somriure grotesc, quan la mare s'ajupia davant de la tomba per deixar el pom de crisantems.

Quan es va llevar, va descobrir un obsequi a l'espona del llit. Després de desembolicar-lo, va donar les gràcies mentre sostenia a les mans un globus terraqüi. Al cap de molt poca estona, la noia el va acompanyar a escola. Va tenir la sensació que a les voreres hi havia més gent que altres dies i que ella saludava altres noies amb un somriure de complicitat, però potser aquest detall el va afegir a la memòria al cap d'uns quants anys, quan ja no se sap si els records són com han sigut o si s'han deformat tant que només són com les imatges que et retornen, tramposos, aquells miralls del Tibidabo.

S'hi va quedar a dinar, com sempre. A la tarda, en comptes d'anar-lo a buscar la noia, també com de costum, hi havia la mare que l'esperava, però no era una gran novetat, perquè ja passava altres vegades: quan el portava al metge, quan anaven a comprar-li roba o quan, de cop i volta, decidia que anirien a veure els avis, els de Barcelona, perquè als altres, els que vivien a la Rambla de Badalona, els pares del pare, només els visitaven si era diumenge i, normalment, un sol diumenge al mes, perquè el pare ja hi anava pel seu compte quan li semblava bé. Al cap d'uns quants anys hi va passar una setmana tres o quatre estius seguits, sol amb els avis, lliure per fer amics a la Rambla i jugar-hi a fet i amagar i a posar pedres a les vies per veure com les esmicolaven les rodes del tren.

La tarda d'aquell dilluns 12 de març va anar amb la mare i tres companys de classe, i les seves mares, a una granja del passeig de Gràcia. Els van demanar un suís, de manera que tots tres nens van tenir de seguida els llavis untats de xocolata i el nas tacat amb puntes de nata. Empassaven melindros desfets amb rialles no gaire sorolloses, sota l'admonició implícita que havien de donar gràcies a Déu perquè se'ls concedia el privilegi de ser educats perquè un dia fossin persones de profit. La severitat de la mare contrastava tant amb l'efervescència de la infantesa davant d'aquell berenar, que li feia l'efecte que ella no era tan seriosa com volia fer veure, encara que potser no ho sabia.

A la taula del costat, les tres senyores, vestides i arreglades com si volguessin semblar més grans, parlaven en veu baixa i de tant en tant se'ls miraven per recordar-los que s'havien d'eixugar la boca amb el tovalló abans de beure un glop del vas d'aigua que el cambrer havia deixat al costat de cada tassa. La maniobra no era gens senzilla, perquè els tovallons els duien lligats al coll per assegurar-se que no s'embrutaven la camisa. És d'aquella tarda el record de la primera vegada que va tenir consciència que, si bé ell tenia la mateixa edat que els altres nens, la seva mare, en canvi, era més gran que les altres mares. No tenia encara la capacitat per mesurar aquesta diferència, però se li presentava com una veritat inapel·lable, i es va fer encara més evident quan ella va demanar el compte, es va treure el moneder de la bossa de mà i va pagar, amb una seguretat que el nen de vuit anys encara no podia atribuir a un acte de suficiència però que ja notava que no era del tot natural.

L'explicació que va obtenir més endavant, perquè aquell dia no va gosar preguntar-ho a la mare quan tornaven cap a casa, i això que ella es mostrava més jovial que de costum, era ben simple: els pares havien volgut tenir fills de seguida que s'havien casat, sobretot perquè tots dos havien trigat una mica més que les altres persones a accedir al sagrament del matrimoni, però Déu Nostre Senyor no els va beneir amb la bondat de la descendència fins que gairebé hi havien renunciat i, amb submissió catòlica, havien acceptat que les seves núpcies no els donessin el fruit que tant havien desitjat. Quan per fi el Pare Omnipotent els va complaure amb un fill, el pare de Marià Solvell ja tenia trenta-cinc anys i ella n'havia complert vint-i-vuit. Per això aquella tarda de melindros la mare era una dona de trenta-sis anys que es movia amb la desimboltura d'una persona més madura, mentre que les mares dels seus amics encara no tenien trenta anys o no feia gaire que els havien celebrat.

Mentre tornaven pel carrer Gran de Gràcia, la mare no es va descuidar de queixar-se perquè, malgrat totes les precaucions, ell s'havia embrutat la camisa blanca. Però de seguida va canviar de to i li va preguntar si estava content. Havia de dir que sí. Tot i això, no podia deixar de pensar que, en realitat, l'aniversari l'havia celebrat el dia abans.

La tarda que tornava amb la mare encara no podia saber que a ella li desagradava que visquessin a la Travessera de Dalt, que hauria preferit viure a l'altre costat del carrer Balmes i que hauria volgut que anés a La Salle Bonanova, on havien anat els seus germans, tot i que havia acceptat que l'escola de Gràcia els quedava més a prop. Per tant, com que ella avançava amb pas ferm, tot i que feia pujada, i li dedicava somriures i atencions, era natural que la trobés més amable que altres vegades, més delicada, pels gestos amb què de tant en tant li recordava que no s'havien d'aturar, i també disposada com mai a compartir amb ell un somrís que no solia dedicar-li, potser perquè viure en un barri que la disgustava i acceptar la vida amb un home que no havia sabut donar-li tot el que hauria volgut ja era prou difícil. Encara ho era més si entenies que prendre tantes decisions sobre la casa es feia esgotador, perquè el pare, que treballava moltes hores, semblava sempre distant quan la mare encetava converses que podien ser molt reiteratives sobre les noves cortines del menjador, l'elecció de l'home que venia a netejar la plata, perquè l'anterior havia sigut un desastre, o l'obligació de considerar la possibilitat que la noia, al capdavall, no podia continuar amb ells i que n'haurien de buscar una altra que no protestés ni tingués idees estrambòtiques.

Les converses conjugals que un nen de vuit anys ha pogut sentir, i encara més si els seus pares han fet de la moderació una manera de viure, expliquen una història trossejada que només la memòria és capaç d'unir, al cap dels anys. Aquell dia, el Marià no podia entendre la pressa ni ensumava el neguit, només estava content perquè s'havia abocat a la tassa de xocolata amb nata i perquè encara recordava l'ascens de la talaia, les rialles dins l'avió i les ganyotes davant dels miralls.

El passeig hauria pogut ser agradable i prou, i res no hauria tret importància a la tarda al Tibidabo, si no haguessin vist aquella munió de gent que s'aplegava en una cantonada, a prop de la cruïlla amb la Travessera de Gràcia. Vociferaven i alçaven els braços, això era el que el nen va poder veure abans que la mare li tapés la cara amb les mans i se l'endugués d'una revolada pel primer carrer que van trobar.

Anys més tard, va entendre que havien topat amb un grup de manifestants que havien fugit de les càrregues de la policia i que havien provat de reagrupar-se en una zona que els agents de l'ordre encara no havien controlat. Va saber que la manifestació tenia a veure amb la vaga que havia aturat unes quantes fàbriques, com a colofó d'una protesta de quinze dies, i sempre va veure en aquella acció la prova que les persones són capaces d'una certa tenacitat. Al nen, però, no el podia impressionar que molts barcelonins s'haguessin negat a agafar el tramvia, a pesar de la pluja d'alguna d'aquelles jornades, per queixar-se de l'augment de les tarifes i, també, perquè era un bon motiu per fer alguna cosa contra el règim del general Franco. Per a aquell Marià amb gust de xocolata, només hi havia la mare i un grup de gent estranya que ella s'havia mirat amb un temor nou que el nen només va percebre en la força sobtada de la mà que li estrenyia la seva. Després de perdre'ls de vista, encara els podia sentir. Al cap d'una estona, a aquella remor la va substituir el so de les corredisses. Tot i això, aquesta experiència li hauria deixat una empremta molt feble i no hauria pogut suplantar l'emoció de les atraccions ni l'abraçada amb el pare. Hi va haver un altre motiu, va ser una altra la causa que el record del Tibidabo s'esvanís, i no va trigar gens a presentar-se.

Amb la intenció d'esquivar l'aldarull, la mare s'havia desviat cap al carrer Verdi, que tenia un pendent una mica més pronunciat. Havien apressat el pas, i la mare l'arrossegava sense la suavitat dolça del principi de la caminada. Després de creuar el carrer de Sant Salvador, que era el carrer de l'escola, d'un portal en va sorgir el monstre, perquè així es van afigurar d'entrada aquell home macilent que es cobria el rostre amb les mans ensangonades i demanava ajuda, adreçant-se a la mare de la mateixa manera que ho havia fet el cambrer i tal com ho feia la noia, és a dir, tractant-la de «senyora». La primera reacció de tots dos va ser la d'esquivar el gegant que els mirava amb uns ulls del mateix color que el codonyat, amb les orelles com banderes paupèrrimes i el coll tort com el d'un ocell mort. Però l'home, insolent potser per naturalesa o a causa del dolor, va fer el gest d'aturar-los amb el braç, sense arribar a tocar-los, i va repetir que necessitava ajuda.

Amb el pas del temps, la visió es va anar deformant, fins que va arribar un dia en què Marià Solvell ja era incapaç d'assegurar quina cara tenia aquell home. Aleshores, però, es va fixar de seguida en el front obert amb dues escletxes del color de les magranes, el nas aixafat i una mandíbula poderosa. No podria dir si era gaire més gran que el seu pare, tot i que va creure que era una mica més jove. Ni tan sols hauria pogut descriure la roba que duia, encara que li semblaria sempre que era bruta.

Els records es faran borrosos, però hi ha un rastre d'ombres que dibuixa amb força precisió l'escena a la memòria: un home que s'ha amagat veu que arriba una dona amb el seu fill i, convençut que no li queden gaires forces, decideix fer-se veure i demana que l'ajudin. La dona intenta esquivar-lo, mentre estreny ben fort la mà del fill, però, abans que pugui anar-se'n, l'home cau rodó com un sac i, per compassió cristiana, per educació, fins i tot, i perquè hi ha un nen que l'observa, la dona s'agenolla, per comprovar si hi pot fer res, tot i que ja sap que no, o potser només per convence's que no és mort i que val més que se'n vagin de pressa, abans que la situació no es compliqui.

El que veu el nen és algú alt que els barra el pas i tot seguit cau a terra. És la primera vegada que un home cau davant seu, és la primera vegada que algú potser es mor, és la primera vegada que la mare s'agenolla fora de l'església, és la primera vegada que ell és valent, amb una valentia desconeguda fins aleshores. S'ajup al costat de la mare i pregunta si és mort.

L'home fa el gest d'incorporar-se i, incomprensiblement, dedica al nen un somriure. Després, al cap de no res, hi ha dos homes que diuen que ja se n'ocupen. No poden saber si són amics seus, uns bons samaritans o uns policies sense uniforme que el detindran. No en sabran mai més res, no hi ha manera d'esbrinar què se'n fa, d'aquell home, i en realitat el seu destí no arribarà mai a preocupar Marià Solvell, ni tan sols quan sigui molt més gran i el seu destí mateix ja sigui evident, com ho arriba a ser el de tothom en els últims anys. L'avi li dirà això mateix, molts anys després, en la seva agonia, amb paraules que ara el nen no comprendria perquè encara no ha vist esmicolar-se prou pedres a la via del tren.

Aquell home ja no és ningú ni ho serà mai. Ni tan sols quan siguin a casa i la mare ho expliqui a la noia, primer, i al pare, després, quan arribi, més tard que altres dies, perquè ha vingut a peu i ho proclama amb un punt d'orgull que la mare li recrimina, sobretot perquè se'n vanta davant la noia, com si ella n'hagués de fer res que el senyor avui hagi volgut obsequiar la seva consciència amb un gest que li sembla solemne, perquè s'ha negat a agafar un tramvia.

Quan fa els deures de cal·ligrafia, li costa una mica més

que els altres dies concentrar-se en les filigranes que enllacen les lletres. El sopar lleuger a la cuina no té el sabor divertit que la presència de la noia sol aportar-hi. La visió de la cara tumefacta quedarà incrustada una estona en els laberints de la memòria recent d'una criatura que no s'ha espantat, ni tan sols ha sentit l'angúnia que a la seva edat seria comprensible davant d'un rostre sangonós. Aquesta imatge desapareixerà de pressa perquè el seu lloc l'ocuparà un detall minúscul, del tot intranscendent si es compara amb una vaga de protesta en plena dictadura franquista, però d'una importància majúscula en la vida de Marià Solvell.

Quan l'home que no és ningú va somriure, just en aquell instant, el nen que potser hauria recordat per sempre més l'abraçada del pare al replà de l'escala es va fixar en el fet desconcertant que, sota el llavi superior, s'ensenyava una dent esberlada, una peça que, en comptes de tenir la forma natural, havia perdut un fragment, a partir d'un trenc oblic que la deixava sense un trosset essencial per mossegar. Abans de ficar-se al llit, mentre es rentava les dents, es va mirar al mirall i va ajustar mentalment aquella dent trencada a la seva boca, de manera que se superposés a la seva dent de nen, petita però sencera. Se'n va anar a dormir després d'acomiadar-se del globus terraqüi amb una sola llambregada.

Quan es va llevar, la dent que havia vist incompleta ja no l'amoïnava i l'únic que li interessava era la possibilitat de la reparació. Des d'aquell moment, i amb una intensitat que ja no el va abandonar mai del tot, va niar al seu cap la idea de la reconstrucció, la noció de la restitució.

Ell, Marià Solvell, reconstruiria aquella dent rompuda, tornaria a la dent la seva forma natural, superposaria la idea d'una dent sencera damunt la realitat de la dent esberlada, acoblaria al trenc la part que hi mancava, tornaria a la dent allò que li havia estat manllevat.

Origen

El dia que va arribar al poble nudista era un dissabte, el 2 de març de 2013. Era la primera vegada que anava a un lloc com aquell, però no se li feia estrany. Sempre hi ha un primer dia, una primera vegada. Com la primera vegada que va pensar en la idea de la restitució.

Al llarg dels anys hi havia hagut molts altres primers dies. El primer cop que va fer un petó, quan tenia catorze anys, i una noia, en una escala fosca, li va oferir la boca oberta sense que ell s'ho esperés. No va saber què fer i ella hi va haver d'insistir.

El primer cop que va ficar el penis en una vagina, el primer cop que li van ficar el dit al cul, el primer cop que va menjar en un restaurant xinès, el primer cop que va veure la dissecció d'un cadàver, el primer cop que va mirar fixament l'istme d'una gola, amb l'úvula penjant com una campana vermella.

També el primer cop que va ser pare, el primer cop que ho va perdre tot i tots els altres cops que es va tornar a quedar sense el que estimava. I, encara, el primer cop que va creure que es volia morir i, després, tots els cops que ho hauria pogut voler però va decidir que volia viure.

El dia que va arribar al poble només era això, el primer dia i, per tant, el dia del compliment del deure insatisfet, el dia de convertir el desig en realitat, el dia assenyalat per lliurar-se a la voluntat posposada, per fi, nu.

Encara no sabia que potser s'hi voldria quedar. Però ja havia acceptat la possibilitat que fos així, sense tenir-ne una consciència clara. Era només una intuïció, imperfecta però suficient per introduir en el seu pensament atribolat aquesta possibilitat. No era cap sensació nova que l'hagués envaït després de donar les gràcies al conductor. Era més aviat una previsió que ja l'acompanyava quan es va enfilar a l'autobús, quan va preguntar al xofer si sabia on hauria de baixar per anar al poble nudista. La idea ja devia ser-hi, com una anticipació boirosa, des que havia rebut aquella carta que el convidava a descobrir el poble. I també devia ser-hi, com un record persistent, des que havia refusat la invitació a compartir la novetat del nudisme amb una dona a qui no li hauria negat mai res.

Quan va trobar el sobre a la bústia no va donar cap mena d'importància a l'absència de mata-segells. Els departaments de promoció actuen de manera tan subreptícia que no el podia sorprendre un altre truc d'empresa. Els anuncis de restaurants de menjar ràpid prometien descomptes extraordinaris, els compradors d'or oferien preus formidables i els manyans deixaven adhesius amb un número de telèfon a la porta del carrer. Tothom ven i tothom compra, tot té un valor i algú altre ho pot bescanviar. No era tan estrany que sabessin el seu nom i a on vivia.

Abans de desplegar el prospecte va llegir la carta que l'acompanyava. A l'encapçalament hi destacava el seu nom: Dr. Marià Solvell. Tot seguit, en un to d'aparença col·loquial, li feien saber que la seva vida canviaria de manera sorprenent si evitava els prejudicis i s'atrevia a considerar la possibilitat d'un recés inoblidable en un paratge mediterrani on tindria, finalment, ho deia així, l'oportunitat de trobar la pau que des de tant de temps cobejava i la possibilitat de celebrar el retrobament de si mateix. Què en podien saber, de la pau que ell reclamava? Totes aquestes frases li havien cridat l'atenció.

Al prospecte hi havia el nom del poble a sota d'una fotografia on es veien quatre cases, un carrer buit i, al fons, d'esquena, dues persones nues, un home i una dona. S'hi deia que hi podia fer una estada curta o més llarga, segons la seva conveniència, i que hi havia l'opció de comprar alguna de les cases que encara quedaven a la venda. Al dors del tríptic hi havia un número de telèfon i una adreça de correu electrònic, que no li servia de res perquè ell no tenia ordinador, a més d'un resum de les normes bàsiques de comportament.

Les va revisar una mica distret, però ja en va tenir prou per fer-se'n una idea. Preferien les visites de parelles mixtes i dones soles, però acceptaven homes sols si complien determinades condicions, la primera de les quals consistia a demanar l'autorització per telèfon.

La veu femenina que el va atendre era amable i les preguntes que feia no semblaven gens indiscretes. Quan va dir l'edat que tenia, va semblar que aquesta dada produïa un efecte tranquil·litzador. Quan va contestar sobre les motivacions, va optar per dir la veritat: que no ho sabia ben bé, que li havien enviat informació i que li semblava una experiència pacificadora. Però no va dir tota la veritat: que ho tenia pendent, que li semblava un homenatge, potser no a algú sinó a un temps determinat de la seva vida, i que no es volia morir sense haver-ho provat. Va preferir l'explicació típica que necessitava descansar i que un lloc com aquell per força havia de ser prou serè i, en certa manera, més pur. Va fer servir aquesta expressió: «més pur». A la dona que l'escoltava li devia semblar sincer, tot i que gens original, i el va informar que a l'estiu hi solia haver molta més gent, barcelonins i estrangers, sobretot alemanys, però que en aquestes dates no hi havia tants visitants. Va ser aleshores que va pensar que, si havia de celebrar el retrobament de si mateix, com li deien a la carta, també hi podria celebrar el setantè aniversari. O sigui que no era un pensament espontani sinó més aviat induït per la referència directa a la pau que suposadament cobejava i per l'última frase: «Ens agradaria molt retrobar-nos en aquest paratge completament únic». Li semblava un missatge encriptat que havia de poder desxifrar. La clau del codi apareixia al sobre, perquè no hi havia cap rastre de mata-segells, però sí que hi havia un segell, amb la imatge robusta d'una àguila fosca.

Fe
1962

Són les deu del matí, i el Marià puja amb passos llargs que abasten dos esglaons cada vegada. Ha crescut fins al metre setanta-set. Animós, estira pel braç el seu acompanyant, que pesa set o vuit quilos més que ell i paga amb esbufecs l'esforç d'aquesta cursa.

Els han deixat passar sense complicacions amb l'ensenya suficient de la bata blanca que s'han posat damunt la roba i a la qual tenen dret com a estudiants del primer curs de Medicina. Han vingut fins al Clínic perquè els han assegurat que seria ridícul perdre's l'autorització que se'ls concedeix per assistir, des de l'amfiteatre, a les pràctiques de dissecció de cadàvers que han d'acomplir els estudiants dels cursos més avançats. També és una mena de prova d'iniciació, perquè cada any n'hi ha uns quants que, la primera vegada que accepten aquesta invitació ritual, pateixen basques, es desmaien i a la fi, l'endemà o al cap de pocs dies, renuncien a la seva pretesa vocació i encaminen la seva vida ben lluny de l'exercici mèdic.

El Marià s'atura a l'últim replà i es tomba cap a l'amic que el segueix. Li dedica un somriure ple d'entusiasme.

–Guanyaré.

–Potser –panteixa l'altre, que encara ha de pujar sis esglaons.

–El Llesques caurà primer, tothom ho diu.

–Potser –repeteix d'esma mentre l'encalça.

S'afanyen pel corredor que els ha de dur fins a la porta de la sala dels desmais i hi troben un grupet de tocatardans com ells.

–Què, tu qui dius? –pregunta un d'aquests companys de carrera.

Han fet apostes sobre qui farà el ridícul, i el Marià ja ha dit fa dies que està segur que serà un estudiant que és un any més gran. Però el seu amic és més prudent i no ha volgut donar cap nom. Aquesta actitud serena contrasta amb l'ímpetu del Marià. Els uneixen, en canvi, la convicció que seran bons metges i la serietat amb què han encetat la carrera.

Es van conèixer un dels primers dies, un matí que el Marià aprofitava l'absència d'un professor per discutir amb altres sobre les xifres oficials de morts que s'havien fet públiques després de les riuades del 25 de setembre. Mentre que el Marià no veia cap raó per dubtar que hi hagués centenars de víctimes, d'altres sospitaven que n'eren milers però que el govern del règim ho volia amagar. Abans que la disputa s'enfilés, es va ficar al mig del cercle un noi una mica més baix i força més gros. «Va ser terrible, jo hi vaig ser», els va dir, sense que semblés que buscava protagonisme, més aviat com si intentés aportar la seva experiència amb ànim d'ajudar. De seguida va dir que es deia Tomàs Brau, i quan els que encara no coneixia van dir el seu nom els va fer una encaixada. Al Marià el va impressionar l'actitud del Tomàs, gens abrandat tot i l'efecte evident que li havia provocat el cap de setmana que havia passat entre gent espantada, amb les sabates enfangades, oferint mantes als que havien sobreviscut a la tamborinada.

Des que havia abandonat els grups d'Acció Catòlica, a on els «hermanos» de La Salle l'havien introduït, el Marià també havia deixat d'anar a missa i preferia concentrar-se en els resultats palpables de la seva capacitat limitada d'actuació, que ja situava al voltant de les genives alienes. Però si mai estigués disposat a recuperar la fe, hauria de ser alguna cosa semblant a la manera serena com el Tomàs havia exposat els detalls viscuts d'aquella tragèdia. No en van tornar a parlar, però, per al Marià, el Tomàs va ser durant setmanes l'encarnació de la bondat generosa que posava en primer terme el patiment dels altres, per damunt de la seva experiència.

Van anar unes quantes vegades a prendre un cafè i van compartir els dubtes que els atabalaven, sobre les assignatures més difícils i també sobre les motivacions de la seva vocació. El Tomàs li havia explicat que la seva mare havia emmalaltit quan ell encara no tenia sis anys i que finalment havia deixat el pare tot sol, amb quatre criatures, poques setmanes després que el fill gran hagués bufat deu espelmes damunt d'un pastís de nata, quatre anys després que l'agonia comencés i només una setmana abans que ell decidís que seria metge. Per al Tomàs, la carrera que estudiava era la consecució d'un anhel infantil que havia crescut amb ell i que havia adquirit la forma rodona d'una obligació personal.

D'adolescent, havia conservat en un calaix de l'escriptori una pàgina de diari que la seva mare li havia fet llegir anys enrere, i que havien trobat plegada a la tauleta de nit que el pare va haver de buidar quan ja era morta: una pàgina dedicada al lliurament del premi Nobel al doctor Albert Schweitzer. Era metge, però el reconeixien amb el Nobel de la Pau. No li aplaudien l'ofici, sinó la noblesa. Aquella pàgina era el salconduit del Tomàs cap a la dignitat d'una vida nova, mentre que al Marià l'impulsava l'afany precís i invariable d'aconseguir amb èxit l'acte de la restitució.

En la serenor del Tomàs reposava la certesa que voler ser metge tenia a veure amb una manera de viure. No en tenia prou amb la reducció frívola de triar un ofici per viure'n. Necessitava que aquesta elecció tingués una causa més sòlida. Ser metge significava molt més que fer alguna cosa, comportava una entrega quasi absoluta a una idea sobre la vida mateixa i l'acceptació noble de l'acte d'atendre i guarir, consolar i ajudar a morir, de la mateixa manera que li hauria agradat saber atendre i guarir, o com a mínim consolar i ajudar a morir, la seva mare.

Al Marià li agradava la fermesa mesurada del seu nou amic i respectava les seves raons per ser allà, tot i que li costava entendre que encara no sabés quina especialitat triaria. Perquè ell no dissimulava que ja havia decidit la seva especialitat i, encara més, assumia la carrera de Medicina com una simple obligació prèvia. El Marià s'havia de fer metge per ser el que volia ser, mentre que el Tomàs volia ser metge i això era tot el que sabia que volia ser.

En parlaven de tant en tant, perquè se'ls feia inevitable

que la majoria de les seves converses giressin al voltant de l'ofici que aprenien, fins i tot quan feien el propòsit de parlar de futbol o de les companyes de classe que aconseguien despertar l'interès de tots, en part perquè eren poques i en part perquè duien faldilles ajustades.

L'endemà de Sant Esteve d'aquell mateix any, van quedar a la plaça Molina i van caminar pels carrers nevats més de tres hores, pel gust de trepitjar la neu damunt les llambordes i per la curiositat de comprovar que la ràdio deia la veritat i que la nevada, en efecte, havia arribat a tota la ciutat, des dels turons de la serra de Collserola fins al port. No van llançar boles de neu, com feien algunes criatures, ni van fer fotografies, perquè cap dels dos no tenia càmera.

Saludaven els desconeguts i esquivaven l'advertiment d'un guàrdia urbà amb un aire compungit molt similar, que tots dos van aprendre a adoptar davant del tracte de la majoria dels professors, massa displicent. Quan tornaven cap a casa, abans de separar-se a la confluència de la Via Augusta amb Príncep d'Astúries, es van prometre que a la pròxima nevada almenys un d'ells tindria una càmera fotogràfica, però va quedar a l'aire quin dels dos havia de sentir l'obligació de ser el primer.

Quan els van fer saber que podrien assistir a una dissecció, de seguida hi va haver companys de curs que hi van renunciar i d'altres que van creure que era l'ocasió ideal per gallejar. Els rumors dels desmais d'anys anteriors van ajudar a convertir aquesta sessió en un ritual misteriós, i molt aviat es van donar a conèixer les primeres juguesques. El Marià estava convençut que el primer de caure seria el Llesques, que anomenaven així perquè calçava un número de sabata molt alt.

Però el Llesques no es desmaia quan el catedràtic emprèn la dissecció del cadàver, quan en nom de la docència comença la mortificació d'un cos inert, quan el difunt, en nom de la vida que ja s'ha extingit, planta l'ofrena de les seves vísceres a les mans d'una jove comunitat de futurs metges. El noi dels peus grossos es passa la mà pel front suat unes quantes vegades i tanca els ulls amb tossuderia, es tomba per fer veure que busca alguna cosa a les butxaques de la bata i estossega amb pretesa indiferència. Però no es desmaia ni s'ha de posar el palmell a la boca. L'únic que fa exactament això, però un segon massa tard, és un jove de cap quadrat amb aspecte de forçut, que el Marià i el Tomàs no saben com es diu. Un segon massa tard vol dir que quan planta la mà a mig pam de la boca ja ha expulsat l'esmorzar, amb una glopada agra, que se li arrapa als botons de la bata i li esquitxa les puntes de les sabates amb la segona regurgitació. Aquesta escomesa queda en part retinguda al palmell i, nerviós i avergonyit, se l'empassa abans de sortir disparat. El Tomàs fa l'ullet i el Marià entoma la derrota amb una ganyota mansa.

Si mai s'hagués establert un recompte de les seves desavinences, aquella primera victòria de la prudència de Tomàs Brau contra l'ímpetu de l'entusiasme confiat de Marià Solvell hauria d'haver quedat anotada al primer rengle del registre. Però cap dels dos no va considerar que calgués prendre nota de totes i cadascuna de les confirmacions sobre l'eficàcia de la paciència, la demostració que adaptar la voluntat als fets, com ho deia el Tomàs, era més útil que l'intent egòlatra d'aconseguir que la voluntat capgiri les coses.

Quan acaba el curs, el Marià se'n va un mes de vacances a Premià de Dalt i el Tomàs es queda a Barcelona i fa classes de repàs a uns quants alumnes de batxillerat. Amb aquests ingressos i l'ajuda de l'avi matern, no triga a tenir els diners que li fan falta per comprar-se una càmera Werlisa i la funda dura que l'ha de protegir. Durant el curs següent, agafen la càmera unes quantes tardes i tots dos fan fotos de les façanes de l'Eixample, dels fanals i d'uns quants tramvies. Al Tomàs li agraden força i aviat té un àlbum amb fotos de tramvies, pintats de verd fosc a la part inferior de la carrosseria i d'un verd més clar, portuari, al sostre, a les portes i a les finestres. L'afició tènue del Tomàs per la fotografia es fa palesa en uns quants primers plans: la B de Barcelona, com un nas si els dos fanals fossin els ulls, les finestres oblongues i un seguit d'anuncis als laterals, des de les majúscules de les ràdios i els televisors Philips i la crema dental Profidén fins a les vocals de traç obert dels cafès Caracas. S'enduen la càmera quan marxen de viatge, amb autoestop fins a París, l'estiu del 1965, quan ja han acabat el tercer curs.

Surten a finals d'agost i arriben al cap de tres dies a la capital francesa. Sojornen en albergs barats i s'enamoren de totes les noies que veuen. Beuen aperitius espessos i cantussegen en francès. Es fan fotografies l'un a l'altre als ponts del Sena i als portals de les mansions, als carrers amples i a les escales del Sacré-Coeur, plantats davant la Fontaine des Innocents i amb els braços oberts sota el fullam d'una catalpa majestuosa, com si els haguessin de caure a les mans els fruits llargaruts i plans com mongetes.

Les fotos són testimonis revelats d'un viatge que només té un secret compartit, sense cap imatge que el pugui posar al descobert anys després, i que s'ha convertit en una mera al·lusió que no revela res a ningú, però que a ells els ho confessa tot: «Cejolí». Això és el que ha dit l'única dona francesa de qui no s'han enamorat, cadascun per motius diferents. El Marià, perquè no l'ha coneguda, ni tan sols l'ha vista. I el Tomàs, perquè a París es podria enamorar de totes les noies que li passen pel davant, vestides d'aquella manera que ells han trobat tan elegant i alhora atrevida, però és impossible enamorar-se d'algú que et descorda la bragueta, t'apressa, t'acomiada fent l'ullet i, com a única mostra de simpatia, t'assegura que coneix Barcelona: «C'est jolie», diu el Tomàs que la noia li ha dit.

Porten a casa caramels, formatges i postals del museu del Louvre i, a canvi d'obsequiar les famílies amb aquests records, es queden per a ells la memòria dels somriures que els feien enamorar-se amb brevetat i actuen com si de debò s'haguessin promès oblidar que una tarda van caminar pel barri que un taxista els havia indicat, que van travessar tres vegades la mateixa plaça i que es van aturar a la porta d'un local gens misteriós. Va ser aleshores quan el Marià es va arronsar. De seguida va saber que l'altre no hi voldria entrar tot sol, que no se sentiria còmode amb un testimoni que no fos còmplice d'una aventura que havien improvisat, perquè no n'havien parlat fins un parell de dies abans, després de fer-se fotografies sota d'una catalpa. Eren tan lluny de casa que no els podria reconèixer ningú. Tenien mil quilòmetres de tornada per oblidar-se'n i, per aquest preu tan minso, a més dels francs que haguessin de pagar, sabrien per fi en què consistia el sexe experimentat, amb una dona que per força s'havia d'assemblar a totes aquelles noies que els enamoraven tan de pressa com s'enfilaven a un autobús, creuaven un carrer o saludaven algú.

El Tomàs va fer prometre al Marià que, per sempre més, seria exactament com si hi haguessin entrat tots dos i que, si mai en parlaven, ell juraria que hi havien entrat tots dos. Es van donar la mà, mirant-se als ulls. El Tomàs en va sortir al cap de tres quarts i va ser interrogat amb una sola pregunta. Com que va trobar impúdic i fantasiós parlar només dels mugrons allargassats i dels llavis vaginals tan visibles, a causa d'una depilació sorprenent, es va limitar a repetir aquelles paraules d'ella. I així va quedar establert aquest terme, per recordar-se que a més de ser amics tenien un vincle secret: «Cejolí».

Com que ja fa temps que estudien junts, a casa del Marià acullen amb confiança les visites escasses del Tomàs i li fan preguntes sobre les dificultats dels estudis. El pare contesta amb modèstia quan l'amic pregunta com van les vendes de botons i cordons. Als pares del Marià els satisfà que l'amic del seu únic fill sigui algú tan responsable i educat, i al pare del Tomàs li agrada que l'amic del seu fill gran sigui un noi tan alegre i decidit, amb idees pràctiques i amb l'admirable voluntat de la gent que ha vingut al món per resoldre problemes.

Els deixen tranquils quan es tanquen a la cambra amb tasses de cafè i comparteixen amb ells, sense esmentar-ho mai, la creença que fer-se metge és una distinció, perquè els altres se'ls miren sempre amb una devoció entregada, amb el respecte dòcil i temorós que mereixen aquells que donen la vida i la mort, fins i tot abans d'acabar la carrera. Quan l'acabin, tots dos ja sabran que els metges només són els testimonis de la vida i la mort dels altres.

Quan estudien a casa del Tomàs, els distreu de tant en tant una germana, que és la segona dels quatre i que es diu Anna Maria, com la seva mare. Els porta cafè i els fa companyia en silenci, mentre s'entreté amb els àlbums de fotos del Tomàs: les façanes, els tramvies i el viatge a París. Seu amb les cames encreuades i juga amb la punta de la faldilla, com si volgués amagar la petita vergonya de sentir-se observada i també les ganes que l'amic del seu germà no deixi de mirar-la.

El Marià triga setmanes a reaccionar i, quan ho fa, es limita a dedicar-li somriures més llargs. Quan ella deixa la safata amb les tasses de cafè, fa que l'ajuda i amb els dits toca els dits d'ella, que s'arronsen amb lentitud, com si no volguessin apartar-se'n. Aquest joc subreptici hauria pogut continuar fins que un dels dos s'atrevís a buscar l'ocasió de trobar-se sense la presència vigilant del Tomàs. Però abans que vagi més enllà, el germà gran aprofita un comentari del Marià sobre la sensació festiva de quan es van comportar com dos joves enamoradissos, que feien veure que queien rendits per les gràcies de totes les parisenques, per fer-li notar que els jocs privats d'aquells dies no són el mateix que tenir intencions formals amb una dona.

–Què vols dir?

–Vull dir que deixis de fer el burro amb la meva germana si vols que siguem amics.

–Tomàs, què dius? Si jo...

–No em contestis, per favor, no diguis res. Només t'aviso. Si necessites el que sigui, ja saps que ho trobo bé. Cejolí. Però que no sigui amb ella.

–Amb què em surts, tu, ara?

–Ja m'has entès.

El Tomàs se'l mira amb severitat, i el Marià reconeix aquest posat un punt amenaçador, el mateix que va adoptar el seu amic un matí a París, quan van veure en un quiosc que els diaris duien la fotografia del doctor Schweitzer, que havia mort al Gabon, al mateix poble on feia dècades que s'oferia en cos i ànima a la seva missió. El Tomàs li havia deixat la càmera perquè el Marià el retratés sota d'una catalpa, però va ser incapaç de somriure. El Marià el va animar a posar més bona cara i per provar de fer-lo somriure va fer broma amb el bigoti del doctor Schweitzer. El Tomàs el va aturar i, quan ell hi va insistir, el va advertir amb un gest sever, la mateixa mirada que ara li ha clavat i una expressió que no recorda però que sonava com aquest «ja m'has entès».

–No, no t'entenc. No sé què dius. Va ser idea teva: «Ho podem preguntar a un taxista», vas dir. Sí, vas ser tu, vas començar amb allò dels mil quilòmetres que ens separaven, de casa, del passat i sobretot del futur, vas dir això, del futur.

–Potser sí.

–Sí, i tant, va ser el mateix dia que vam saber que s'havia mort el teu Schweitzer. Estaves de tan mal humor.

–Aquell viatge era un parèntesi. Ho sabíem tots dos.

–No, jo no sabia res. Em venia de gust anar a París. Tenia tantes ganes de sortir del país que m'hauria conformat de veure els cartells dels cines. T'havia proposat d'anar a veure una d'aquelles pel·lícules, la que fos, i havies dit que no. Al cap d'uns quants dies em surts amb allò de l'experiència que no tindrem mai més, el parèntesi, els mil quilòmetres... I ara em deixes anar aquest «cejolí», que és una amenaça. No sé què dius, Tomàs, ho he oblidat tot.

–Doncs d'això sí que te n'has de recordar: deixa estar l'Anna Maria.

L'endemà, tal com el Tomàs hauria hagut de preveure, el Marià té més ganes que mai d'imaginar que camina pel carrer amb l'Anna Maria, que ella seu en un banc de la plaça Molina i que juga amb la punta de la faldilla. Els jocs sense gaire sentit se li apareixen de cop i volta com la prova que és de veritat que s'ha enamorat, i l'amenaça ha tingut l'efecte pervers d'instigar-lo a dur la contrària al Tomàs, sense arribar a calcular que potser amb això no n'hi ha prou per creure que algú podria ser la persona més important de la seva vida.

Quan arriba l'estiu deixen de veure's, com cada any. El Tomàs es queda a Barcelona, fa classes als estudiants que s'han de presentar als exàmens de revàlida i estalvia per al dia que li faci falta, mentre el Marià acompanya els pares a la casa d'estiueig que lloguen a Premià i també en un viatge de tres dies a Lisboa, perquè un dels clients del pare ha insistit que els deixarà estar-se en un hotel modest però molt cèntric, sense que ningú pugui veure en aquest obsequi la forma del suborn agraït que és en realitat.

Es retroben a l'inici del cinquè curs. Durant les primeres setmanes, sembla que el Tomàs esquivi el seu amic. Cada vegada que el Marià li proposa d'estudiar plegats, com solien fer, l'altre s'excusa amb un pretext poc creïble. Han de passar dos mesos abans que el Tomàs arribi a confessar la raó d'aquestes excuses, i ho fa perquè es troba atrapat. D'una banda, hi ha una matèria que li convindria estudiar amb algú més, i sap que aquest algú més ha de ser el Marià, però, al mateix temps, hi ha algú altre que té moltes ganes de veure. O sigui que, mentre caminen per l'ordenada quadrícula de l'Eixample, com han fet tantes vegades, i fan junts bona part del trajecte a peu cap a casa, li explica per fi que a principis de juliol va conèixer una noia, que s'han vist unes quantes vegades i que des de no fa gaire els sembla que haurien de prendre una decisió, perquè una cosa és quedar amb algú de tant en tant i una altra de ben diferent és adquirir el compromís dels promesos. La primera reacció del Marià és una rialla molt ampla, però al cap d'una o dues cantonades li pregunta com es diu i a quin barri viu.

–Escolta, que encara no n'estic segur, només t'ho he dit perquè em semblava que ho havia de fer, però no en treguis conclusions precipitades.

–No pateixis –l'enganya–, no estic pensant res.

–De tota manera, em sembla que sí que anem de debò.

No aclareix què vol dir amb aquesta frase, quin significat té aquesta expressió ambigua. Però tots dos ho saben, perquè ja hi ha companys de classe que han assumit la formalitat de les cites amb una noia i n'hi ha un parell que han dit a tothom que es pensen casar a final de curs, sense esperar que acabin la carrera. Tot i això, la idea de casar-se els queda molt lluny, fins i tot els espanta, com si el matrimoni estigués relacionat amb l'empresonament o amb l'acceptació tàcita que la vida que poden fer no es distingirà gaire de la mena de vida que han tingut els pares i els avis i els besavis i abans els rebesavis.

–Potser un dia l'hauries de conèixer.

L'hi diu quan ja són a tocar de la plaça Gal·la Placídia, és a dir, quan se separen, perquè el Marià ha de prosseguir cap a la part alta de Gràcia. No hi ha temps per entretenir-se gaire més amb aquesta conversa, però l'anunci que potser un dia l'haurà de conèixer quedarà entre ells com un assumpte pendent.

Sempre que queden per estudiar, el Tomàs acaba parlant d'ella sense parlar-ne. No pronuncia el seu nom ni la descriu ni explica què es diuen quan estan sols, però ja es veu que ella el fa pensar d'alguna manera que el Marià encara no ha pensat mai, d'una manera que té a veure amb una noció del temps que ignoraven quan es van conèixer a la facultat i que ja es va anticipar, com una ombra que es presenta abans que la figura que la projecta, quan van parlar de pagar a canvi de sexe a mans d'una francesa, d'una francesa de debò encara que fos una prostituta, o encara més de debò perquè seria una prostituta.

Com que el Tomàs té els diumenges compromesos, el Marià es concentra més en l'obligació d'estudiar i només surt molt de tant en tant, gairebé sempre per anar al cine. Hi va sol i de seguida s'adona que és gairebé l'únic que ho fa. Un dia que es deixa endur per l'atractiu de la pantalla amb el sistema Cinerama que han estrenat al Waldorf no fa gaires mesos, veu al noticiari en blanc i negre que precedeix la pel·lícula el ministre d'Informació i Turisme que inaugura un parador turístic, el lliurament dels premis de la Setmana de Cinema en Color de Barcelona, que són reproduccions de l'estàtua de la Dama del Paraigua, i la primera cursa del Premi Montjuïc, que guanya el pilot Juan Fernández, amb un Porsche. S'avorreix i triga a tornar al cine. Li fa mandra anar-hi sol i troba a faltar l'emoció vívida que va compartir amb el Tomàs quan, dos anys enrere, van veure junts una Cleòpatra que els va deixar estabornits, al Marià molt més que al Tomàs, a causa de la presència incommensurable d'Elizabeth Taylor, amb aquelles parpelles repintades d'un verd quasi fosforescent, amb els vestits volàtils que duia a les seqüències on se la veia ajaçada i, per damunt de tot, quan s'insinuava nua dins d'una banyera tan gran que hi haurien cabut tots els alumnes del seu curs. No els va passar per alt tampoc la manera com la Taylor semblava anar despentinada, mentre abraçava aquell Juli Cèsar tan masculí que encarnava Richard Burton, a qui tots dos s'haurien volgut assemblar.

Durant uns quants dies havien parlat dels ulls de la Taylor, de la seva mirada perduda, d'aquella profunditat una mica desolada que suplicava ajuda al mateix temps que prometia un infern celestial. El Tomàs va deixar de parlar d'ella i de les altres actrius i ja no ho va tornar a fer mai més, perquè la dona que representava la mena de bellesa que el complaïa era molt més terrenal, es deia Marta i vivia al tercer pis d'un edifici amb balcons de barana forjada del carrer Mallorca.

–M'ha dit que vindrà amb una amiga.

Amb aquesta promesa provocadora, el Tomàs s'assegura que el seu amic vulgui conèixer per fi la seva xicota. El Marià ha suggerit que podrien anar al cine, potser perquè necessitava recuperar les sensacions perdudes davant d'una gran pantalla, però el Tomàs li treu la idea del cap.

–Home, se suposa que hem quedat perquè us presenti. No ens tancarem en una sala fosca, oi? Al cine hi pots anar sempre que vulguis. Anirem a berenar.

El berenar li sembla un àpat infantil, un costum que la joventut ja ha arraconat, però quan arriben a la pastisseria Mauri comprèn que el seu amic pensava en alguna cosa molt diferent d'una granja més o menys ennoblida pel vestuari dels cambrers on els nens de vuit anys celebren l'aniversari. Per prudència, hi han anat tots dos junts i, per educació, han arribat abans de l'hora convinguda.

Esperen les noies en una taula una mica arraconada del saló, on hi ha diversos grups de senyores que encara vesteixen com si volguessin imitar l'estil antic de la Dama del Paraigua i uns quants senyors amb la corbata del diumenge que obsequien les seves esposes amb pastissos opulents mentre beuen, una mica incòmodes, una moderada tassa de cafè. Entre aquests fantasmes del passat, no hi ha més joves com ells. Just quan entraven, se n'anava un home que el Marià ha pensat que podria ser el pilot Juan Fernández. Com que no n'estava segur, no n'ha fet cap comentari.

El Tomàs s'ha presentat molt formal, amb pantalons i americana, però ha triat una corbata de rombes amb el nus una mica ample, massa per al gust del Marià, que ha preferit estalviar-se aquest complement i porta descordat l'últim botó de la camisa, blanca com la del seu amic.

Mentre venien, el Marià escoltava el discurs del Tomàs sobre la conveniència d'entendre que el temps passa abans que sigui massa tard. «La vida té un ritme. Si el perds, vas descompassat» ha sonat com una necessitat de justificar-se. Quan han entrat, i al Marià li semblava que reconeixia el campió Fernández, el Tomàs parlava de la Sagrada Família, i encara ho fa mentre esperen les noies.

–Em sembla que no hi deu haver ningú més al món que pugui dir el mateix. Avui dia és una sensació que només podem tenir els barcelonins.

–Segur que no, deu passar el mateix a molts llocs.

–Pensa-ho bé: quan vam néixer, ja feia molts anys que Gaudí s'havia encarregat de les obres. Quan érem unes criatures, les van reprendre. Però ja sabem del cert que, quan ens morim, encara no s'haurà acabat. És singular, no m'ho neguis.

–No, no t'ho nego. Però no sé a on vols anar a parar.

–Sabem que hi ha una construcció que fa temps que va començar. I sabem que passarà la nostra vida sencera i l'edifici encara no s'haurà acabat. Tenim una consciència del temps diferent. Podem establir un contrast evident entre el temps històric i el nostre.

–No fotis que la Sagrada Família té la culpa que t'hagis enamorat –el Marià prova de fer broma.

–Escolta, hi ha una altra cosa que fa temps que et vull dir i ho he de fer ara, abans que arribin –el Tomàs comença amb angúnia.

–Ja ho sé, no pateixis.

–No ho saps. T'ho imagines, però no ho saps. El que et vull dir és que no va passar res. Ja m'entens. Cejolí.

El mot secret es revela de cop com una súplica.

–No m'ho crec. No t'ho podies inventar tan bé. Però ja sé què vols dir. No va passar mai.

El Marià comprèn que el seu amic es vulgui espolsar aquest record just abans que ell conegui la noia de qui s'ha enamorat, però li sap una mica de greu que ho hagi fet amb tan poca subtilesa. Hauria preferit un silenci que no posés en dubte l'amistat. De cop no té gens de ganes de conèixer aquesta noia. Les dames del paraigua que seuen més enllà l'angoixen, l'atmosfera li sembla pesada, el Tomàs l'avorreix. Però és massa tard per fer-se enrere.

–Ja són aquí.

Sí que ha passat volant, el seu temps. La Sagrada Família té les mateixes torres que fa una estona, però elles ja han arribat. Per la manera com se'ls miren, i de seguida, també, pel gest de la noia més arreglada, és capaç de saber, abans que el Tomàs faci les presentacions, quina de les dues és la Marta. Porta els cabells rossos una mica ondulats cap a les espatlles, on sembla que vulguin descansar d'una jornada esgotadora a la perruqueria, i camina amb fermesa, tot i que a poc a poc. L'altra noia, que avui ha vingut només perquè potser no estava bé que el Tomàs obligués el seu amic a compartir la tarda amb una parella, no se li assembla gens. És morena, porta els cabells recollits en un monyo, i el Marià troba que li queda molt bé. Té el somriure imprecís, i els ulls són profunds i perduts, una mica com els de la Taylor.

Es posen drets per saludar-les. El Tomàs fa un petó a la

galta de la Marta. El Marià ofereix una encaixada a la promesa del seu amic i ella presenta als nois l'amiga que l'acompanya. Mentre seuen, el Marià no s'ha pogut estar de dir que Teresa és un nom molt bonic. El Tomàs intenta menar la conversa cap a qüestions intranscendents, com ara el bon temps que sol fer a Barcelona, en comptes de continuar la seva lliçó sobre el pas del temps tan singular per als barcelonins a causa de la construcció lenta d'una església. Fins que la Marta se sent amb prou confiança per intervenir i opta per destacar que tots dos tindran la mateixa feina. Això provoca que la Teresa, que ho sabia perquè ja ha vingut advertida per la seva amiga, tingui l'ocasió de situar el Marià al centre d'un diàleg que durant una bona estona girarà al voltant de les expectatives professionals.

La conversa flueix amb facilitat, il·luminada per les guspires dels verbs convincents que els futurs doctors fan servir, de tant en tant suavitzada pel realisme pràctic de la Marta, que subratlla la importància de guanyar-se la vida. Aquesta lleugera confrontació entre l'energia dels nois i l'esperit pragmàtic de la Marta, que insinua un parell de vegades la conveniència d'un entorn segur abans de portar més criatures al món, suscita una certa divisió del grup, perquè es fa evident que és una discussió que concerneix sobretot el Tomàs i la Marta.

Abans que ells arribessin, el Tomàs li ha clavat un discurs sobre la singularitat de la Sagrada Família i el temps històric, però ara mateix, amb les mans nervioses damunt la taula, al Marià li fa l'efecte que el seu amic més aviat depèn de la noció del temps que tingui la Marta i que ja es veu que té a veure amb la idea de «portar infants al món». La conseqüència natural d'aquest biaix de la conversa és que el Marià i la Teresa tenen menys coses a dir i això els dóna l'oportunitat de mirar-se en silenci. En algun d'aquests moments, ella s'adona que ell té els ulls una mica enxiquits i que l'esquerre sembla encara més petit. En algun d'aquests moments, ell vol creure que la mirada d'ella té alguns trets que ja ha percebut abans: la profunditat perduda, un punt desolada, que va descobrir al rostre de la Taylor. No és una mera comparació sobre els trets físics, més aviat té a veure amb el posat, amb una malenconia misteriosa que la Teresa sembla emetre des de les seves pupil·les i que el Marià recull amb la intriga excitada per allò que encara no coneixes i, al mateix temps, amb el plaer induït pel reconeixement d'allò que ja has vist abans.

Com que troba que és prematur adreçar preguntes directes a algú que li acaben de presentar, la Teresa demana al Tomàs quina raó l'ha fet decidir per l'especialitat que ha triat, com un recurs per intercedir en el diàleg quasi privat dels aparellats i esquivar una situació que l'obliga a callar i mirar-se el Marià, mentre es deixa observar. Però el truc no funciona prou bé, perquè el Tomàs replica de pressa que és l'altre qui un dia el va convèncer, i la Marta, que ja ho sap, ho confirma amb un assentiment de tot el cos, que s'inclina cap al Marià.

–Ah, sí? Així ets tu el culpable –comença la Teresa–. I a tu qui et va convèncer?

Intenta que sembli una invitació a la mentida, només vol veure si és imaginatiu.

–Jo sempre ho he volgut. –El Marià li clava els ulls al

bell mig de la desolació malenconiosa, just on neix el misteri perdut–. El dia que vaig fer vuit anys, vaig saber que seria dentista.

Ho diu amb altivesa, però la manera com la mira no pot ser més sincera. I ella ho entén de seguida.

Trajecte

No havia dit a ningú que anava al poble nudista. No era cap secret. Simplement no tenia ningú amb qui valgués la pena comentar res de la seva excursió, fora de dues dones que veu molt poc. L'una pertany al passat i l'altra és només la seva ombra cap al futur. Potser va ser per aquest desajust que va preferir no dir-los que passaria uns quants dies en un poble una mica amagat.

Per Nadal sí que les havia vistes. Havia anat a Girona a dinar amb elles. No les veia des que les havia acompanyades, sense gens de passió, a la manifestació de l'Onze de Setembre, més que res per estar una estona amb elles, encara que fos entre un milió de persones. No hauria dit mai que estiguessin a favor ni en contra de cap causa. L'encuriosia la fermesa que totes dues exhibien. A l'hora de l'escudella i la carn d'olla havien rigut una mica, recordant-se del seu astorament, de la manera com els havia demanat que no aixequessin tant la veu. Elles li havien fet notar que hi havia molta més gent que cridava, que això era el que la gent solia fer en una manifestació. S'havia ensonyat després dels torrons.

Per anar al poble, primer va haver de caminar fins a la parada de metro més propera, que era la de Diagonal. Va agafar la línia verda i va baixar a l'estació de Sants. Es va esperar una mica més d'un quart d'hora. Al tren que anava cap al sud hi havia molt de lloc per seure. Va triar un seient solitari, a la plataforma de les portes, encarat en la mateixa direcció de la marxa. Al cap d'una hora i mitja, va arribar a la primera destinació. Si ho havia entès bé, a la mateixa estació s'hi aturava l'autobús que havia d'agafar.

Mentre pagava el bitllet, va preguntar al conductor si sabia a on hauria de baixar per anar a on volia i va pronunciar el nom del poble nudista amb un punt de vergonya, com si pel sol fet d'anomenar-lo aquell home ja el pogués veure despullat allà mateix. Però hi devia estar acostumat, perquè no va fer cap cara estranya i es va limitar a dir que no s'amoïnés, que ja l'avisaria.

El vehicle es va enfilar per una carretera de revolts que travessava una pineda i després uns turons rocosos. Li havien explicat que el poble no tenia platja, que estava encimbellat i el mar quedava a baix, al fons d'uns espadats per on era impossible trescar-hi. Però sí que es veia. Des de la zona més baixa del poble, el mar quedava a la vista.

L'autobús s'aturava a parades misèrrimes sense gent: un pal clavat al voral indicava cada una d'aquestes fites i, al costat, hi naixia sempre un camí esquifit que portava fins a un mas, una cleda amb tres cases o l'accés principal d'una urbanització enfiladissa. Cada vegada que paraven al davant d'un d'aquests punts, una persona descendia per la porta del davant i deia adéu al conductor, com si es coneguessin. Per això, i per agrair l'ajuda, va fer el mateix al seu torn, quan el conductor es va aturar en un d'aquells pals solitaris i va repetir, en veu ben alta, el nom del poble que ell havia pronunciat amb vergonya.

L'olor de la costa mediterrània el va embolcallar de seguida que es va extingir la pudor de benzina de la fumerada que va escopir el tub d'escapament quan l'autobús va reprendre la marxa. El trencall on l'havien deixat mostrava l'únic camí que abandonava la carretera, entre dos pins molt alts, amb les branques una mica pelades.

Va passar per sota d'aquest arc botànic i, com si fos la porta de l'última vida que podia viure, es va posar un instant la mà dreta al pit, damunt del cor, i va respirar fondo.

El va sorprendre aquest gest teatral, perquè no havia tingut mai cap tendència a l'exageració. Però se'l va perdonar perquè començava a creure que a partir d'aleshores ja no tornaria a passar mai més per cap lloc conegut. Com si aquella corona de branques fos de debò una frontera.

Exploradors
1969

–Què fas? –li pregunta el Tomàs, quan s'adona del gest d'escamoteig del seu amic.

–Calla –li demana el Marià en veu baixa.

–No em diguis que te l'emportes.

–Ja t'ho explicaré.

Quan surten del laboratori de pràctiques, el Marià accelera el pas, però el Tomàs el segueix de pressa i no triga a atrapar-lo.

–Te les carregaràs –el renya–, ens expulsaran. Que t'has tornat boig? Tornem cap a dalt i deixa això al seu lloc.

–No passa res, demà ho tornaré i no ho sabrà ningú.

–Tu saps què costa això? Si es pensen que l'has robat, et faran fora de la facultat. Pensa-hi un moment: vols dir adéu a la carrera després de tot el que hem fet, després de sis anys d'estudiar per acabar Medicina i ara que som a...?

–... a primer d'Estomatologia, Tomàs, d'Estomatologia i no de seminari. Coi, que no serem capellans sinó dentistes.

–Com vulguis. Però veuran que l'has descargolat.

–No, avui és divendres i el cap de setmana no se n'adonaran. Dilluns a primera hora el torno on era i ja està.

–Per què el vols? No em diguis que penses estudiar a casa amb això.

–No, és clar que no. És per a una festa. Ho he promès.

Ara és el Tomàs qui apressa el pas, com si algú els pogués empaitar, algú que també s'hagués adonat que el Marià, a més de la maleta amb l'instrumental que els van vendre a principi de curs, carrega una bossa de roba, on ha amagat el maniquí dental amb què aprenen a fer les maniobres que un dia repetiran a la seva consulta.

La primera vegada que van veure el grup de testes plàstiques cargolades als suports metàl·lics, els va semblar que entraven en un teatre grotesc. Però de seguida es van acostumar a la presència muda d'aquests caps sense ulls, que tenen sempre la boca oberta. Els estudiants d'anys anteriors els anomenaven «fantomas», a causa de la pel·lícula on el malvat anava emmascarat i Louis de Funès interpretava el comissari Juve. A l'aula de pràctiques, eren freqüents les bromes amb els fantomes, però fins aleshores no se li havia acudit a ningú endur-se'n un.

Els dos amics encara solien trobar-se a casa de l'un o de l'altre per preparar els exàmens, però fora d'aquestes cites d'estudis no sortien gaire junts. El Tomàs passava el temps lliure, que no era gaire, amb la Marta i, quan es veien, reprovava el comportament del seu amic d'una manera silenciosa però prou clara per fer-li veure que el trobava massa disbauxat. Li semblava que el Marià havia canviat massa i ho atribuïa a la seva relació amb la Teresa.

Se sentia una mica culpable, perquè sense la seva intercessió ell no hauria tingut mai el número de telèfon d'ella. Després d'aquell berenar a la pastisseria Mauri, dos anys enrere, el Marià havia demanat de seguida al Tomàs que l'hi aconseguís, sempre que a la Marta li semblés que la seva amiga hi podia estar interessada. Van quedar citats tots quatre una altra vegada i després encara una altra tarda, però de seguida es va fer evident que ells dos preferien veure's a soles, sense la incòmoda mirada dels amics que els havien presentat.

A la Marta li va saber una mica de greu, però el Tomàs li va fer notar que era molt normal, que necessitaven certa intimitat per coneixe's més bé. Aleshores no sabia que, al cap d'alguns mesos, pensaria que potser s'havien equivocat, tot i que en va tenir uns quants indicis molt aviat. El Marià duia els cabells més llargs, se li despenjava amb judicis molt severs sobre la seva família, amb una distància de cop i volta gens compassiva, i li parlava de discos que el Tomàs no trobava gens interessants.

La primera vegada que el Marià havia anat a casa de la Teresa, sense que hi fossin els seus pares, ella li havia ensenyat els discos que un cosí més gran li havia deixat i de seguida es va entusiasmar amb Bob Dylan i altres joves que cantaven en anglès i que, pel que semblava, amb les seves cançons volien canviar el món de dalt a baix, com si les normes es poguessin trastocar amb una tonada més o menys efectiva.

–A casa només tenim ràdio –havia dit el Marià a la Teresa, aquella primera vegada.

No estaven sols. Hi havia el germà petit de la Teresa,

amb qui es portava quatre anys. En tenia divuit i era encara menor d'edat quan va saludar aquell jove que feia veure que ja era tot un home i que flirtejava amb una noia de vint-i-dos que es preparava per fer de mestra, després d'haver-se pensat que volia ser bibliotecària.

–En Jep és el meu germà. Però ja se n'anava, oi? –va provar de fer-lo fora la Teresa.

–Em dic Josep –es va defensar contra el diminutiu familiar amb què ella l'havia anomenat– i no me'n vaig enlloc, ja me n'he anat. Però em quedaré a la meva habitació, si no us molesta.

–Sí que ens molesta –el va contradir la seva germana–. No m'empipis i esfuma't, ara, vull dir ara i no abans ni després. Ara! –El va fulminar amb la mirada mentre treia el disc de la funda de plàstic, amb el dit polze a l'extrem de la circumferència i l'índex apuntalat al foradet del mig, per evitar de tocar la superfície de solcs que havia de recórrer l'agulla del tocadiscos i anunciar-los que els temps estaven canviant.

Al Marià li va fer l'efecte que el Josep era un noi impertinent i superb, perquè de seguida el va ignorar, tot i que no els va deixar sols al menjador fins al cap d'un parell de cançons.

Com que els pares de la Teresa solien marxar els caps de setmana a la torre que tenien a la Costa Brava, fins i tot quan no era temporada de platja, les visites del Marià es van repetir amb certa freqüència. La llibertat de què la Teresa gaudia era una prova més que a la seva família seguien uns costums més liberals que a casa del Marià. A canvi de la confiança que li feien deixant-la quedar a

Barcelona, hi havia el compromís implícit que, en certa manera, es fes càrrec del germà.

El Marià, tot i la diferència d'edat, s'esforçava per congeniar amb el germà de la Teresa. Aprofitaven que ella preparava una amanida més o menys innovadora i una truita de patates per xerrar una estona. El Jep tenia uns ulls brillants, com si unes bombetes minúscules s'hi encenguessin a dins cada vegada que el Marià obria la boca. Amb un gest de la mà una mica amanerat, més que res per la reiteració, es treia els cabells de la cara i els tornava a la seva posició original, però de seguida queien altre cop, com si el seu serrell volgués parlar amb la mena de senyals que fan amb banderes els mariners.

De vegades, el Josep, que ja havia acceptat que l'altre l'anomenés Jep, li feia preguntes sobre l'ofici de dentista. Quan el Marià s'atipava d'atendre la seva curiositat, parlaven dels cantants que escoltaven amb la Teresa o de les seves famílies.

El Marià va explicar un dia que el seu pare viatjava sovint amb avió fins a les illes Canàries perquè era representant comercial de la casa Grober, que fabricava a Girona cordons i trenyelles, botons i altres articles de merceria. El germà de la Teresa parlava dels seus pares d'una manera molt menys adusta i, encara que feia l'efecte que els admirava, qualificava la tasca docent del pare com un mer exercici de poder i es referia a l'ofici professoral de la mare com la prova que estaven fets l'un per a l'altre. Una mare que treballés fora de casa ja era un tret prou singular, i al Marià li semblava que havien de ser una família molt diferent i, n'estava segur, molt més interessant que la seva.

Però el fill petit dels Llopis més aviat es mofava dels llibres que hi havia a les prestatgeries de la biblioteca i dels quadros originals que decoraven les parets, i de tant en tant anomenava els seus pares «aquesta parella d'intel·lectuals».

A casa del Marià també hi havia pintures, com a casa del Tomàs, però eren mostres del realisme local, sobretot paisatges i natures mortes. A casa de la Teresa hi havia dibuixos al carbó amb dones nues atrapades en postures oníriques, experiments amb geometria acolorida i teles en què algunes lletres es combinaven amb objectes quotidians com ara una cadira o un raspall.

–Ja em diràs què té de modern pintar una cadira –li feia veure aquell noi arrogant mentre es posava els cabells a lloc.

Al Marià el sorprenia tant que era incapaç d'afegir-se amb complicitat a les crítiques burlesques. Més aviat admirava aquella família, el seu pis «diferent» i la situació a la part alta de la ciutat, al carrer Gran de Sarrià. Sabia per la Teresa que la mare feia classes en una escola privada del barri i que el pare era un catedràtic d'Història, molt reconegut, que havia patit diverses sancions, uns quants anys enrere, a causa de la seva oposició al règim cada vegada menys dissimulada.

La posició política de les dues famílies també havia aparegut alguna vegada a les converses entre els dos joves. Tot el que el Marià podia aportar, i no era gaire, provenia de la certesa que el seu pare havia tingut, com a mínim unes quantes vegades, moltes ganes de deixar-li clar que ja no compartia amb la mare la convicció que el govern de Franco era una necessitat, perquè els espanyols són la mena de gent que no pot viure sense una mica de mà dura, perquè és un poble tan rebel que saltaria a l'abisme si no hi hagués algú que imposés el seny i l'ordre. Però aquesta impressió era molt poca cosa si es contraposava al discurs que el pare de la Teresa havia fet en un acte al paranimf i, per descomptat, no es podia comparar gens ni mica amb els articles que publicava, en castellà i en francès, en algunes revistes especialitzades, perquè el seu pare no havia escrit mai res que fos més llarg que una carta, quan festejava amb la que havia de ser la seva esposa, i d'això ja feia molts anys.

–Vols dir que els teus pares no són feixistes però que ja els sembla bé, és això, oi?

–No ho sé, no hi he pensat mai.

–O que ho van ser i no ho són. El temps és tan intrigant, oi?

–Deixa'l estar –els va tallar aquella vegada la Teresa, que s'havia acostumat a tolerar que el Marià entretingués el seu germà, però que no podia suportar que l'altre sempre jugués a provocar-lo–. He fet un pollastre amb llimona i pebre que em va ensenyar la mamà.

Que es referís als seus pares com el papà i la mamà també era una novetat per al Marià. Hi veia una altra prova de la modernitat d'aquella família, però més endavant descobriria que era només la correspondència natural amb el barri i la solvència. La primera vegada que ho va sentir li va sonar una mica estrany, però de seguida es va acostumar a les invitacions de la Teresa, que li comunicava que «el papà i la mamà també se'n van aquest cap de setmana», quan parlava amb ell, en veu baixa, des del telèfon de la cuina. Fins i tot aquest aparell era un signe distintiu, perquè havien adquirit el novíssim model Góndola que es penjava a la paret i tenia el cable enrotllat, de manera que funcionava com una molla extensible, i la Teresa podia caminar per l'àmplia cuina amb el telèfon a la mà, mentre que a casa del Marià només hi havia un telèfon de sobretaula, de baquelita negra.

Quan el Marià es quedava a dormir a casa de la Teresa, es ficava al seu llit de soltera, que resultava incòmode per acollir dues persones i que els obligava a quedar ben abraçats fins que un dels dos s'adormia i l'altre s'adaptava a la seva forma replegada.

El Marià havia tingut la primera trobada sexual completa l'estiu del segon any de carrera amb una noia que passava les vacances a Premià, però només podia comptar com a experiència anterior a la de la Teresa un nombre escàs de còpules maldestres, guiades per la curiositat i resoltes molt aviat, per l'excés d'entusiasme. La Teresa s'havia desprès de la virginitat també a l'estiu, amb un noi que al Jep li havia semblat un cretí.

Aquesta coincidència no els havia amoïnat mai, més aviat els feia l'efecte que s'havien estalviat la part més ridícula de l'aprenentatge inicial. El coneixement que ell tenia de l'anatomia humana l'ajudava a mostrar-se segur i agosarat, però no hauria descobert les possibilitats del sexe, més enllà de l'acoblament orgànic d'un penis erecte dins d'una vagina humida, si no s'hagués deixat portar per l'esperit lliure que es covava en l'ànima de la Teresa. Perquè va ser ella qui li va ensenyar com la podia complaure si feia anar la llengua amb precisió pel voltant del clítoris, i també va ser ella qui li va fer conèixer l'explosió de plaer que amb la boca salivada sabia provocar quan hi ficava sencer el penis endurit.

Al matí, quan es llevaven, la Teresa comprovava que el seu germà encara dormís, abans de permetre que el Marià entrés al quarto de bany i es fiqués a la dutxa. Esmorzaven de pressa i ell se'n tornava cap a casa i deia als pares, que no l'hi preguntaven, que havia passat la nit estudiant amb el Tomàs.

Si hagués estudiat una carrera més curta, o si no hagués anat a la universitat, potser ja faria dos o tres anys que viuria amb una dona i potser hauria tingut un fill o dos. Però la seva determinació de convertir-se en dentista era tan poderosa que no hi havia res que pogués interferir en aquests plans. Havia d'acabar l'especialitat, després obriria una consulta amb el Tomàs i, quan tingués diners, marxaria de casa, segurament per casar-se amb la Teresa. Aquest havia sigut el seu pensament íntim, fins que la Teresa li havia omplert el cap amb la idea que casar-se ja era una decisió molt antiquada i li repetia que no tenia sentit imitar la manera de viure de les generacions anteriors. No hi havia cap raó per obeir el sagrament d'una església que ja no els importava. Casar-se era molt conservador, molt convencional i «patètic». «El nostre amor», li deia ella, amb una cruesa que el sorprenia, «no necessita que l'aprovin els altres ni tampoc s'ha d'agenollar a cap altar».

Quan parlaven del seu futur, que no era gaire sovint perquè preferien concentrar-se a viure amb intensitat els moments que compartien, ella més aviat pensava que se'n podien anar de Barcelona, perquè de dentistes i de mestres en farien falta a tot arreu, i suggeria com a destinacions atractives l'illa de Mallorca, algun poble una mica gran de l'Empordà o, fins i tot, el sud de França, per escapar-se de l'Espanya de Franco i, al mateix temps, trobar-se més o menys a prop de la família i dels amics.

Un d'aquells matins, la Teresa va mandrejar al llit en comptes de comprovar que el Jep encara dormia i, quan el Marià va entrar despullat al quarto de bany, per ficar-se a la dutxa, hi va trobar el germà completament nu i d'esquena, a punt de fer lliscar la mampara opaca damunt la guia. Aquest era un altre detall que havia sorprès el Marià la primera vegada que s'havia dutxat a casa de la Teresa. A casa seva, hi havia només una cortina penjada d'una barra.

El Marià es va excusar i va fer el gest d'anar-se'n, però el Jep es va tombar mentre imitava de broma una lleugera reverència. «Tu primer», va dir. El Marià, amb una llambregada involuntària, es va adonar que el noi mostrava una erecció esvelta. Va tancar els ulls de seguida. «Oh, ets tan deliciosament conservador», va deixar anar el Jep mentre el convidava a passar. El Marià es va dutxar amb aigua tèbia i va agrair l'olor cítrica d'aquell gel de bany, que ja havia trobat molt millor que l'olor del gel de casa dels pares el primer cop que l'havia provat.

El Marià mantenia l'amistat amb el Tomàs, però a poc a poc havia deixat de freqüentar altres amics d'abans de conèixer la Teresa, perquè tots dos preferien passar les hores sols, amb la companyia forçada del germà, si es quedaven a casa d'ella. Només de tant en tant veien els amics d'ella, els amics que la Teresa li havia presentat i que ell havia provat d'imitar en algunes coses, com deixar-se els cabells més llargs, tot i que no tant com aquests amics, posar-se texans en comptes dels pantalons de tergal o de xeviot, que ella trobava esgarrifosos, i portar la camisa per fora, com un davantal. Molts d'aquests amics fumaven Ducados, però ni ell ni la Teresa no s'hi van apuntar mai. Sí que els agradava beure combinats quan anaven a alguna festa a casa d'algú que també tenia els pares fora de Barcelona, i ballaven amb moviments que al Marià li semblaven desencaixats les cançons de Creedence Clearwater Revival, The Doors i The Rolling Stones.

Aquestes festes podien acabar amb petons indiscrets dels que estaven aparellats i abraçades fosques dels que intentaven aparellar-se, però sobretot hi havia grans discussions entre els que pretenien que el seu caràcter rebel tingués alguna utilitat per fer caure la dictadura d'un vell decrèpit i repugnant, i els que preferien viure amb alegria aquelles trobades, sense barrejar-hi la política. El Marià i la Teresa eren més aviat d'aquests últims, tot i que aprovaven sense embuts les crítiques contra el dictador. Va ser en una d'aquelles festes on els van parlar per primer cop de l'oportunitat d'afiliar-se a un partit clandestí. El Marià va insinuar a la Teresa que el pare d'ella potser ja militava al PSUC, però no ho va dir per pertorbar la seva tranquil·litat, sinó per evitar que caigués en la temptació: si no es podien casar perquè ja ho havien fet els pares, no tenia sentit que s'acabessin trobant al mateix bàndol polític, no seria gens revolucionari.

Van anar cada vegada menys sovint a les festes dels que estaven més polititzats i es van entendre més bé amb aquells que els compromesos havien titllat de frívols però que es consideraven a ells mateixos uns descobridors. Amb ells, el Marià i la Teresa es deixaven dur pel desig de novetats i s'obligaven a explorar camins que no havien gosat recórrer abans. Uns quants van optar per abandonar els barris de la part alta i deixar-se portar per un apassionament cap als locals obscurs del Raval. Van començar tastant l'absenta amb una cullereta i van acabar descobrint les primeres píndoles psicodèliques. Uns altres van preferir fer veure que eren gent estranya, sense moure's del barri, i van creure que les seves festes eren la millor manera de posar en pràctica aquesta reconversió. El Marià i la Teresa van riure molt en una festa on cadascú es va tenyir els cabells d'un color diferent. La Teresa va necessitar rentar-se el cap tres vegades abans de treure's de sobre la blavor fosca d'un mar embravit, i el Marià, que se'ls havia tintat del color de la taronja sanguina, va preferir tallar-se els cabells, tan curts que semblava que hagués de fer el servei militar, i això que n'havia quedat exempt gràcies a la intercessió del pare d'un company de classe, que va salvar cinc nois d'una sola tacada.

En una altra d'aquestes festes, uns quants van perdre la vergonya quan els va tocar ballar despullats en una casa de la costa amb piscina. La Teresa va riure quan va veure que el Marià era un dels quatre tímids que havien preferit deixar-se posats els calçotets. «No siguis patètic», li havia dit, «despulla't». Però el Marià no es va rendir i va trobar un pretext: «En una piscina és tan estrany. A la platja seria diferent». Després de nedar, unes quantes parelles es van amagar entre els arbustos del jardí, i els altres només sabien on eren perquè en sentien els esbufecs. El Marià no es podia posar els pantalons a sobre dels calçotets molls. Es va despullar darrere d'un arbre i es va posar els pantalons sense calçotets. Però no sabia què fer-ne. Els va deixar al costat de l'arbre. Al cap d'una hora algú els feia onejar com una bandera mentre convocava la festa següent, que va ser la dels cabells pintats. La proposta que tothom es presentés a una nova festa amb la cosa més estranya que se li acudís la va fer algú al final de la dels cabells pintats, i va ser la causa que el Marià s'endugués del laboratori de pràctiques el cap que anomenaven fantomas.

–De debò que penses portar aquesta cosa? –li pregunta la Teresa mentre es recull els cabells i els atrapa amb uns quants clips.

–I tant. El posem a qualsevol lloc i farà molt d'efecte –el Marià se la mira, recolzat al marc de la porta del quarto de bany, en una postura molt conjugal.

–Surt d'aquí, que em poses nerviosa.

–No. M'agrada veure com t'arregles.

–Que surtis, et dic –i es tomba i s'hi acosta amb un braç estirat que anticipa el gest de tancar la porta.

–No triguis. –Es rendeix i gira cua.

Tria un disc i l'extreu de la funda. Es belluga per seguir el ritme de la percussió a l'inici de «Sympathy for the devil» i, abstret per aquest tema dels Stones, no s'adona que el germà de la Teresa ha entrat al gran menjador dels Llopis i observa com comença a ballar.

–Et queden millor curts, a tu.

–Què? –Se'l mira com si l'hagués enxampat cometent algun delicte.

–Els cabells, no te'ls deixis llargs. Hi ha gent que no

se'ls talla perquè ho fan els altres, però no els queden bé. Com a tu. Vas fer ben fet de tallar-te'ls.

–Potser sí, ja hi pensaré.

–I aquesta cosa? –assenyala el fantomas que el Marià ha deixat fa una estona damunt la taula gran on la família Llopis només menja molt de tant en tant, perquè solen fer-ho a la cuina, en una altra prova de modernitat.

–És un fantomas. Els fem servir per practicar.

–De veritat? Amb què?

–Ara no hi és, però al forat de la boca hi posem un motlle de guix i... És igual, ho hauries de veure.

–Sembla un fantasma. Sense ulls, sense nas, sense orelles...

–Exacte, només ens interessa la boca.

–Per què vols ser dentista? –li etziba.

–És una feina com una altra. Algú ho ha de fer. –Li dedica un somriure un punt maliciós.

–Segur. Em pensava que els metges eren gent seriosa.

–Ho som.

–No, la gent seriosa no s'emporta aquesta cosa a una festa.

–I tu què saps si m'ho emporto a algun lloc?

–Perquè us he sentit. Esteu sonats. Em pensava que allò dels cabells tenyits havia sigut l'última bestiesa, però veig que encara no en teniu prou.

El Marià se'l mira amb una barreja d'intriga i compassió. Se'l voldria esbandir de pressa, però la Teresa encara no torna del quarto de bany.

–I tu què vols fer? –el provoca.

–Ja ho decidiré quan calgui.

–O sigui que encara no saps com ho faràs per guanyar-te la vida.

–Potser faré de professor, com el papà.

Comença a riure, com si es volgués desmentir, però s'atura de cop i volta quan veu la seva germana, que es presenta alegre, ballant mentre camina. Li sembla que potser sí que la Teresa pot resultar seductora per a algú com el Marià, que ja es veu que no sap ben bé què vol, encara que el tracti com un nano idiota i se'l miri per damunt de l'espatlla.

–Divertiu-vos, parella de burros, que això s'acaba –els acomiada quan se'n van amb el fantomas en una bossa de paper.

El Marià es gira i se'l mira, plantat al replà de l'escala, mentre ella l'estira per la màniga de l'americana, perquè s'ha entretingut massa amb el maquillatge de les parpelles i ara té por de fer tard. El futur dentista voldria preguntar al jove si ha dit de veritat que això s'acaba, però no ho fa, perquè la Teresa l'apressa.

Van a la festa, una altra festa, i mentre esperen el tramvia la Teresa celebra amb petons riallers que es tornaran a divertir. El Marià s'hi afegeix alegre, però les advertències del Tomàs sobre el risc que el facin fora si descobreixen el furt d'un maniquí dental no han sigut en va i han tingut el seu efecte. Només queda un any per començar la mena de vida que sempre ha volgut. Amb el Tomàs ja han decidit que compartiran una consulta. Hauran de demanar un crèdit i buscar un lloc més o menys cèntric. Es passarà la resta de la seva vida foradant queixals i reomplint-los amb amalgames i resines. Viurà enganxat al mànec de la sonda que fa servir per inspeccionar la dentadura. Els dies passaran mentre ell seurà en un tamboret i s'inclinarà damunt la cara d'algú que tancarà els ulls, ajagut a la butaca abatible.

Li fa l'efecte que el futur el visita i li explica sense manies què l'espera. Tot d'una, té una mica de por, una por somorta i silenciosa que no acaba de fer-se veure fins que arriben a la festa i planta el seu fantomas a la vista de tothom. És una por que l'enganya mentre els altres aplaudeixen i el feliciten, una por que sembla que se'n va quan ballen, però que torna cada vegada que la Teresa el besa, cada vegada que la Teresa li refrega els pits a la cara, cada vegada que la Teresa es mou amb gestos deliciosos i precisos, com si en comptes de ballar i riure amb els amics compartissin amb els altres un llit gegantí i tots plegats s'abandonessin al sexe lliure amb entusiasme, amb un gran entusiasme.

Nuesa

Va arribar sense cap idea preconcebuda i disposat a acceptar les regles del lloc. Només era un home una mica perdut, amb aire desmenjat, amb una maleta no gaire pesant que penjava d'un braç estirat. Era un altre solitari, un desconegut per a tothom, que havia caminat un quilòmetre i mig i s'havia aturat davant del rètol que dóna la benvinguda als visitants. No hi duia gaire cosa, ja sabia que no li caldria la roba. Aquest era l'atractiu autèntic de l'excursió. Nudisme integral, sense contemplacions. El deute pendent, per fi, i la promesa sense termini. Vet aquí la forma que adoptaria.

Li indicarien una casa on s'hauria d'allotjar. Un lloc per a ell i per a ningú més. Un lloc on podria estar amb ell mateix i els seus silencis, les seves pors i les seves vergonyes, la seva misèria i la seva angoixa.

També hi hauria obligacions comunitàries. La primera era la d'anar sempre despullat, això quedava clar. A casa i pels carrers. De dia i de nit. Si la brisa refrescava l'ambient, es podia tapar amb un llençol de fil que trobaria a la casa i amb una manta de cotó. També hi havia una flassada de llana, però no li aconsellaven fer-la servir.

Menjaria despullat, dormiria despullat, caminaria despullat. Ho faria tot sense roba al damunt. Seria molt més que estirar-se despullat en una tovallola en una platja recòndita. El deute quedaria ben saldat.

La majoria dels estadants anaven sempre descalços, però als nouvinguts els recomanaven que es posessin unes sandàlies si no s'acostumaven al tacte pedregós dels carrers i a la pols de la plaça. Podia disposar d'una tovallola, si es volia eixugar després de la dutxa, però no la feia servir gairebé ningú. A tots els agradava més que l'escalfor del sol els deixés ben secs. Podia rentar el llençol al safareig públic amb el sabó natural que hi trobaria. Per a la higiene personal, trobaria a la casa un sabó elaborat amb productes naturals. La pasta de dents, si en pensava fer servir, se l'havia de dur. Duia un tub sencer de pasta i dos raspalls a la maleta. També s'havia dut l'escuma d'afaitar, tot i que molts homes preferien deixar-se créixer la barba i el bigoti. No havia preguntat si les dones es depilaven, però no trigaria a saber-ho.

Se sentia estrany, palplantat a l'entrada del poble, vestit de primavera, amb sabates de ciutat, uns pantalons de cotó i una camisa de fil de color groc, d'un groc encara tènue que tot just arriba del verd, com el d'una llimona que encara no ha madurat del tot. No era el seu color preferit, però feia uns quants anys que hi tenia certa tirada. Ja s'havia comprat tres camises del mateix to indecís. Com si això l'ajudés a recordar-se dels anys que havien passat, de les dates que havien quedat enrere, dels moments que li havien semblat tan importants i que ara, al poblat naturista, reduiria per sempre a minúcies remotes, rastres d'un temps difunt. Per això l'atreia tant l'estada que tot just començava. Perquè sabia que, a més de la roba, s'hauria de desempallegar de moltes més noses, com la llimona que quan madura es treu de sobre qualsevol record del verd i ja té tota la pell groga. Esperava que fos així perquè ho necessitava.

Ja feia temps que estava sol. La soledat formava part de la seva manera de viure. S'havia convertit en un tret essencial de la seva naturalesa, la conseqüència mateixa de la vida que havia viscut. Aquesta era una altra raó per ser allà: ja no estaria sol. A més, no podria jutjar els altres ni els altres el jutjarien, perquè tots plegats no serien gaire cosa més que uns quants cossos que es mostrarien tal com eren i sense embuts als ulls de tothom. I això voldria dir que el cos seria, de sobte, tan poc important com la roba: una carcassa, la forma que tenim perquè se'ns pugui veure, l'única manera d'evitar la transparència absoluta.

Encara vestit, imaginava la nuesa com l'última frontera que hauria de creuar, la mateixa frontera indicada per aquelles branques pelades del principi del camí, abans de ser una altra vegada tots els homes que havia sigut: el nen que aplegava records, l'adolescent que es barallava amb el nen que es volia treure de sobre, el jove que es rebel·lava contra ell mateix i contra el món, l'adult que aprenia a acceptar les victòries sense creure que fossin res més que una conjuntura que calia superar, el vell que entomava les derrotes amb la paciència de qui ja sap que són l'únic que al final compta.

Confiava que sabria adoptar, amb la mateixa voluntat tranquil·la, l'aspecte del moribund que sap que és l'hora de cloure els ulls per sempre i només demana que l'instant sigui breu, i tenir la força necessària per acomiadar-se del món amb un somriure d'immensa felicitat, l'única felicitat possible, la felicitat dels que se'n van amb agraïment pel dolor que han hagut de suportar i per les llàgrimes que han vessat, perquè ja han comprès que és així que s'han fet, a la fi, humans, com tots els homes que els han precedit i com tots els homes que després ho aprendran.

Va llegir al rètol el nom del poble i l'advertiment que es tracta d'un poblat naturista. No sabia si ja s'havia de despullar allà mateix o si podia esperar que li diguessin on s'allotjaria. Va dubtar, i aquest dubte el va retenir encara un minut més al mateix lloc. La seva immobilitat era una mica ridícula. Li semblava que potser exagerava, però no volia entrar al poble amb el peu esquerre.

Si es treia la roba i la ficava a la maleta, es presentaria nu de bon principi. Però, si topava amb algú i no sabia com havia d'actuar, li convindria més no haver-se despullat encara, si més no abans de saber si es podria controlar i seria capaç d'evitar les mirades indiscretes.

Hauria hagut de saber que a les platges nudistes no hi ha ningú que estigui pendent del cos dels altres. S'hi hauria hagut de despullar quan en va tenir l'oportunitat. S'hauria d'haver atrevit a viure d'aquella manera. Si et passes el dia despullat enmig de gent despullada, per força ha d'arribar el moment que ja no hi pensis, que et sembli que anar despullat és la nova manera d'anar vestit.

Es va ajupir i es va treure les sabates. Es va treure els mitjons i els va ficar a les sabates. El del peu esquerre a la sabata del peu esquerre i el del peu dret a la sabata del peu dret. Va pensar que era una bona manera de començar. Entraria al poble descalç. No va ficar les sabates a la maleta. Les va agafar amb la mà que li quedava lliure i es va posar dret. Les mantenia juntes, amb el polze a una sabata i els altres dits a l'altra. Va fer dos passos. Sí que el tacte era pedregós. Però ho podia resistir. Només s'havia de fixar bé on posava les plantes dels peus i esquivar els rocs més grossos i també els més punxeguts.

Es va aturar de seguida. Tenia calor. Era una calor sobtada, que venia d'enlloc, sense avisar, com l'amenaça d'una au gegantina i misteriosa. Va respirar fondo. Va deixar la maleta a terra i es va descordar un botó de la camisa i després un altre. Potser sí que s'hauria de despullar abans de fer ni un pas més.

Va alçar la vista. Al seu davant hi veia un carrer no gaire ample, sense una calçada asfaltada ni tampoc voreres. Feia l'efecte que desembocava a una mena de plaça rectangular. A la dreta no hi havia cap edifici, només una fila d'arbres, que era incapaç de reconèixer. A l'esquerra sí que hi veia dues edificacions. La primera era baixa, d'una planta i un sol pis. No semblava ben bé una casa de poble, sinó un antic estable reconvertit en magatzem. Just després hi havia una barraca de fusta, encara més baixa, amb la teulada a dues aigües. S'hi va fixar més bé i va veure que a la façana hi havia un rètol. Un altre rètol. «Acollida», li va semblar que hi deia. Hi hauria d'anar.

No calia que es despullés. S'hi va acostar a poc a poc, amb la maleta a una mà i les sabates a l'altra. Si li haguessin plantat un mirall al davant, sens dubte hi hauria vist un vagabund. Potser era en això que s'havia transformat.

En un rodamón que arribava amb l'ànima desfeta al poble de la nuesa. Potser per això tenia tantes ganes de treure's la roba. Perquè algú descobrís en ell alguna cosa més que aquesta desferra patètica que avançava a poc a poc amb els peus nus damunt les pedres i els turmells polsegosos. «Sóc un home», hauria dit a qui l'escoltés. «Un home nu, com tots vosaltres».

VINCLES
1971

–I per què hi hem d'anar?

–Treballem junts. És el meu amic. Són els nostres amics.

–És tan absurd, trist i patètic. Un casament, per favor, quina mandra. I quina vergonya. Nosaltres no ens hem casat.

–Però ells sí. No és tan estrany. I ja hem dit que sí fa molts dies. Ara no ens podem fer enrere.

–No en tinc ganes. Quedem-nos a casa. Fiquem-nos al llit. Passarem el dia junts. Vull que em llepis fins que m'arrenquis la pell. –Li posa un dit als llavis, per excitar-lo–. Et passaré la llengua pels racons del teu cos que encara no conec.

Aquesta frase sona molt forçada, artificiosa. I és inversemblant, perquè no hi ha cap racó del cos del Marià que la llengua de la Teresa no conegui, fora d'un, que és ben cert que amb la llengua encara no ha visitat mai, però que ell no està segur de voler que ho faci. De tota manera, si l'obliguessin a confessar la veritat, hauria d'admetre que la idea és temptadora.

La Teresa sempre l'ha sabut sorprendre, com ho va fer la primera vegada que es va ficar l'índex a la boca i tot seguit, ben xop, el va endinsar a l'anus d'ell mentre amb la boca li xuclava el gland, com si se'l volgués empassar. L'imprevist massatge prostàtic va provocar una ejaculació quasi immediata i abundant. Encara que després no estava segur si allò l'havia convertit en un homosexual, la veritat és que no va oblidar mai el plaer que ella li havia regalat i, alguna altra vegada, quan la Teresa jugava amb els dits com si li hagués d'obrir les natges, ell es deixava fer i esperava, sense admetre-ho, que li tornés a ficar el dit al cul.

Fa tres mesos que viuen junts. Han llogat un pis a Gràcia, en un edifici força nou del carrer Verdi, una mica més avall de la Travessera de Dalt, on ha viscut el Marià amb els pares, i molt a prop de l'escola on va anar fins que es va examinar de la revàlida. Li va costar una mica convèncer-la que Gràcia s'assembla a Sarrià, però les ganes de viure junts van poder més que les seves reticències a canviar de barri. Els pares de la Teresa els van ajudar econòmicament, amb una quantitat que van fer veure que haurien de tornar, perquè compressin uns quants mobles.

La família del Marià no ha reaccionat amb la mateixa tolerància. El pare fa veure que no ho desaprova del tot, però la mare no amaga la seva oposició. Que decidissin viure a prop havia de ser una mena de consol, però no ha servit de gaire, perquè la Teresa li desagrada profundament i no fa cap esforç per dissimular-ho. La troba massa espavilada, massa franca, massa directa i, encara que no ho ha dit així, està convençuda que és una fresca, perquè només una noia que no té cap mena de consideració per ella mateixa pot acceptar de viure amb un home sense que els uneixi cap més vincle que la seva lliure voluntat, com si en comptes de persones civilitzades fossin salvatges d'una tribu, que s'amistancen i procreen sense pensar en les conseqüències dels seus actes.

Que la Teresa vulgui treballar en una escola també li sembla una equivocació, perquè és la prova definitiva que no tenen cap intenció de tenir fills i crear una família. «Si el que voleu és dormir junts, segur que ja fa temps que heu trobat la manera de fer-ho, no hi ha cap raó per convertir aquest caprici en una simulació de matrimoni», el va advertir ella uan va entendre que seria inevitable i que res que digués no ho impediria. Que el Marià hagi obert una consulta al carrer Gran de Gràcia, perquè era més barat que llogar res a l'Eixample, no serveix per demostrar-li que el seu fill és un home madur i capaç de prendre decisions. Ho veu, si de cas, com l'evidència d'una gran contradicció, perquè el seu fill únic viuria d'una altra manera si no hagués conegut aquesta noia.

La consulta és prou àmplia perquè hi hagi dues sales de visites, una per a cada doctor, a més d'una sala d'espera, on solen tenir exemplars de les revistes actuals, i un rebedor no gaire acollidor on la Marta, que de moment és qui se n'ocupa, rep els pacients i els convida a passar després d'anotar-ne el nom a les fitxes de cartolina, que desa en un arxivador per ordre alfabètic.

La presència constant de la Marta suscita una certa desigualtat entre els dos col·legues, perquè n'hi ha un que treballa amb la dona que estima, però el Marià no se'n va sortir quan va intentar que la Teresa també formés part del grup, ni que fos al torn de la tarda. Les dues amigues ja fa molt de temps que no surten juntes i, en realitat, només es veuen les poques vegades que queden tots quatre.

Al banc no els van negar el crèdit, perquè dos dentistes eren una garantia prou solvent. Fins i tot, en una gestió d'última hora, el Tomàs va obtenir una rebaixa del preu del diner, que situava els interessos reals al voltant del setze per cent.

Com que no dubtaven dels seus bons resultats acadèmics, van començar a buscar un local adequat abans fins i tot dels últims exàmens. La teoria era fàcil, i tots dos van treure bona nota, encara que el Tomàs va superar el seu amic perquè havia dedicat més hores a l'estudi. L'examen pràctic era més complicat, perquè l'examinador tenia fama de ser un os i no solia conformar-se amb una intervenció senzilla. Cadascú s'havia de presentar amb un pacient voluntari i fer-li, davant la mirada exigent del professor, una actuació polida i ràpida. Mentre els estudiants treballaven, l'home es passava el revers de la mà pel bigoti prim adossat al llavi superior, a l'estil dels bigotis franquistes que lluïen uns quants homes d'aquella època, una modalitat que obligava a afaitar-se amb precisió la part més propera al septe i les ales del nas.

El Tomàs se'n va sortir amb èxit, en part gràcies a la predisposició d'un amic d'infantesa que s'havia prestat per a la reparació del primer premolar del tercer quadrant. El Marià va tenir més dificultats, perquè la Teresa s'hi havia negat en rodó i el seu germà, que en principi havia acceptat de fer de conillet d'Índies, al final es va arronsar. El Marià va haver de sortir de l'aula de pràctiques i va aprofitar que al passadís hi havia molts estudiants per demanar que algú s'oferís per a una reparació de franc. No va ser gens fàcil, tot i que l'acompanyava el Tomàs, que ja havia enllestit la seva intervenció. Aturaven els joves que ja eren a la Facultat de Medicina i, si deien que sí, els feien obrir la boca i amb un cop d'ull massa ràpid intentaven descobrir si hi havia alguna peça que servís per a l'examen.

Quan ja s'acabava el temps i el Marià es pensava que no es podria examinar, una noia pigada va acceptar la proposta. L'aspirant a doctor estomatòleg Marià Solvell li va obrir una cavitat a la cara distal de la peça quaranta-set, és a dir, el segon molar de baix, a la seva dreta, i la va reomplir amb l'amalgama de plata, que tot seguit va polir amb el brunyidor. En acabat va comprovar que l'oclusió no havia quedat perjudicada, sota l'aprovació una mica arrogant del catedràtic.

Els primers pacients van ser els parents del Tomàs i uns quants amics de tots dos, coneguts del pare del Marià, que no va deixar mai de fer bona publicitat del seu fill, i també uns quants veïns del barri que, empesos pel dolor insuportable d'un queixal corcat amb la càries profunda fins a la polpa dentària, hi acudien d'urgència en comprovar, per la placa de metall cargolada al costat dels timbres, que allà hi havia una consulta.

Com que encara no tenien gaire feina, es repartien la jornada i molt poques vegades es trobaven que havien de fer servir les dues sales de visita. El Tomàs hi anava cada matí i un dia a la tarda, i el Marià hi anava cada tarda i només hi passava un dia sencer. Per evitar una jornada massa llarga de la Marta, van demanar a una de les dues noies que els feien d'auxiliars que ajudés a les tasques de recepció.

Amb prou feines guanyaven prou per pagar el deute i els salaris de les auxiliars, però havien après a treballar a quatre mans i no pensaven prescindir d'aquesta col·laboració. Ja sabien que els primers mesos haurien de cobrir les despeses quotidianes amb una part del crèdit. Amb previsió, i seguint els consells de la Marta, havien volgut que la petició superés amb escreix la necessitat immediata de pagar les dues butaques, amb tots els estris, a més de l'operació obligada de repintar les parets, posar cadires i una tauleta a la sala d'espera i comprar una taula més bona per a la recepció.

La Marta s'havia triat per a ella una cadira de fusta que al cap de poc va trobar massa incòmoda i va haver de canviar per una butaca de respatller mòbil amb rodetes. Així es podia moure més de pressa entre l'espai on solia treballar i l'armariet on desava els arxivadors amb les fitxes dels pacients, les factures que pagaven i les targetes dels representants dels dipòsits dentals que els subministraven els materials de restitució i l'instrumental. La consulta feia olor d'eugenol i, a casa, la seva roba deixava anar aquesta flaire penetrant amb aroma de clau d'espècia.

Era amb aquest perfum mèdic que el Marià arribava al pis del carrer Verdi. A la Teresa, que encara no havia acordat incorporar-se a cap de les escoles on s'havia presentat, li agradava que abans de sopar prenguessin junts un vaset de whisky amb gel. Cuinar era l'única tasca domèstica amb què la Teresa se sentia còmoda. La resta li semblava la demostració palpable que els mascles continuaven aplicant un control dominador sobre les femelles, i li repetia que era feina de tots dos mantenir la casa neta i endreçada, encara que ell treballés a la consulta i ella passés el dia sense cap ocupació gaire precisa.

Quan els pares del Marià havien deixat de tenir una noia fixa a casa, l'any en què ell havia complert dotze anys, s'havien posat d'acord amb una dona de fer feines que hi anava tres dies per setmana i, al cap d'uns quants anys, només dos. Era gallega i va ser la que es va estar més temps amb la família, fins que a la mare li va semblar que li agafava diners del moneder. No ho podia demostrar, i no ho hauria pogut fer perquè era el seu fill únic qui li cisava els diners, però la va acomiadar sense contemplacions. Les altres dones van estar sempre molt vigilades. El final es repetia: o la mare se'n cansava o elles en quedaven ben tipes al cap d'un any com a màxim. Una saragossana que els portava fruites d'Aragó va rellevar una asturiana que no parava de somicar. La va seguir una noia molt jove que havia nascut a Santa Coloma de Gramenet.

Quan el Marià ja havia acabat la carrera i se'n va anar de casa per viure amb la Teresa, hi havia una dona més aviat gran, amb cara de vedell trist, que hi anava els dimarts i els divendres. Ajudava la mare a tenir la casa neta, però sobretot feia la bugada, planxava i cosia. La mare va suggerir que, si volien, com que vivien tan a prop, aquella dona els podria donar un cop de mà, però el Marià havia contestat que mentre la Teresa no treballés potser no calia que busquessin ningú. Quan la Teresa ho va saber, es va disgustar. Com podia ser que ell també caigués als paranys de les famílies més conservadores? Que no se n'adonava, que es comportava com un vulgar mascle franquista? Que no tenia sentit del ridícul ni gens de vergonya? O potser esperava que fos sempre ella qui netegés el quarto de bany i tragués la pols dels mobles? Un parell de dies es va negar en rodó a dormir amb ell i es quedava al sofà, amb una manta de quadros escocesos. Però les súpliques d'ell, que li va demanar perdó i va dedicar tot un matí a deixar el vàter i el lavabo com una patena, van tancar aquell episodi. Podien tornar a la vida de parella, d'una parella que es negava a acceptar les normes estúpides de la generació dels seus pares. Van fer les paus amb petons dolços, però de seguida es van acoblar amb fúria, i ell es va escórrer mentre ella li ficava el dit al cul i li deia a cau d'orella tot el que passaria si vivien sempre junts.

El sexe s'havia convertit en una teranyina i no estava segur cap dels dos de qui n'era la víctima. La Teresa l'obligava a buidar els baguls secrets de l'ànima, endormiscada per les obligacions professionals, amb disfresses gens avergonyides de pallasso somicaire, de funàmbul rialler i d'arlequí temerari. El transformava en bèsties que no havia sabut mai abans que existien dintre seu i li ensenyava les formes precises d'una abstracció que els altres anomenaven llibertat i que per a ells dos era tan sols la vida, la vida de debò. Tenien amics que amb la paraula «llibertat» se sentien convocats a una revolta, si més no contra Franco, i també contra la «burgesia», que era la paraula amb què de vegades la Teresa es referia als pares de tots dos. Però al pis del carrer Verdi la llibertat es transfigurava en una llengua atrevida que, per primer cop, i aquest era l'últim racó pendent d'un cos molt ben conegut, humitejava els plecs de l'anus. Això era la llibertat.

Eren lliures d'una manera que no ho podia ser ningú més, encara menys en aquell país horripilant, esgarrifós perquè hi manava un dictador, però sobretot fastigós perquè a la gent ja li semblava bé que fos així. El país dels mesells, el país dels avorrits, en deia la Teresa, el país de la gent que no entendria mai el plaer que tu i jo ens donem, li repetia quan l'abraçava, quan li clavava les dents al lòbul, quan li mossegava els mugrons, quan li premia ben fort els testicles amb una mà i tot seguit els alliberava.

Des d'aquest tàlem de la llibertat, la invitació de noces del Tomàs i la Marta només podia semblar una cartolina trista i ensopida, la prova irrefutable que els seus amics havien optat pel tradicionalisme, pel casori vulgar, sotmès a l'arbitratge d'un capellà i, per tant, vilipendiat en un altar mentider, rendit als peus d'una creu maleïda, ofrenat als convidats d'un banquet ofensiu.

Per això la Teresa es va mofar de la cal·ligrafia anglesa i del to rosat que la seva antiga amiga havia triat, però el Marià es va fixar, i no sense un punt de tristesa, en la menció solitària del pare del Tomàs a la banda on hi hauria hagut d'haver el pare i la mare. Va pensar que potser era per això que es casaven, per si de cas la seva mare el veia des del cel i així la feia contenta.

N'han parlat tres o quatre vespres, però aquesta vegada la Teresa no en tindrà prou amb els moviments lliscants de la seva llengua ni li servirà de res la pressió que sap exercir sobre els testicles del seu company de llit, perquè el Marià li ha deixat clar que hi ha d'anar, que no poden tenir aquesta desconsideració i que és igual si ells prefereixen anomenar-se companys en comptes de marit i muller. O sigui que el matí del diumenge 12 de març de 1971 es vesteixen l'un davant de l'altre i es preparen per anar al casament del Tomàs i la Marta.

–Per molts anys. –La Teresa el besa al coll mentre ell es fa el nus de la corbata i el torna a felicitar.

L'ha despertat amb una fel·lació pausada i abans que es fiquessin junts a la dutxa li ha donat el seu regal: una camisa de coll italià de color topazi i una corbata llisa d'un vermell molt fosc, com la sang quan s'asseca. Li ha dit que esperava que se la posés, però ell li ha contestat que es posaria la camisa blanca que es va comprar expressament fa dues setmanes.

–Et queda molt malament, sembles un empleat de banc. No et vaig dir res perquè ja sabia que et regalaria aquesta altra. Oi que hi anem per no ser desconsiderats? Doncs ara no ho siguis amb mi. L'he triada perquè s'ajusta perfectament al trajo que et vas comprar.

Quan surten del quarto de bany, el Marià es posa la camisa de color topazi en comptes de la camisa blanca i comprova que, en efecte, no va gens malament amb el vestit gris clar. És per confirmar que porta la roba adequada que ella el besa al coll i el torna a felicitar mentre es fa el nus de la corbata. Ella s'ha posat un vestit obert encreuat, del color de les llimones quan encara no han madurat del tot. La forma li realça el volum dels pits i destaca la corba de la cintura, que ell adora i abraça sempre que li llepa l'entrecuix.

–Estàs preciosa –li assegura.

–Ja ho sé –li respon, mirant-lo als ulls com si volgués que es despullessin ara mateix i tornessin al llit.

–T'estimo –li diu en veu baixa, com si algú els pogués sentir.

Però la Teresa no respon, li somriu i es tanca al quarto de bany per pintar-se les parpelles d'un to verd clar molt suggeridor, no gaire allunyat del color que duia la Taylor a tantes seqüències de la pel·lícula on interpretava la reina Cleòpatra.

Com que no tenen cotxe, els pares de la Teresa els van deixar el seu ahir a la tarda. El van a buscar on el van aparcar, al mateix carrer Verdi però quatre travessies més avall. Ella camina una mica insegura, perquè calça unes sabates amb els talons molt alts. Ell porta una bossa de plàstic amb un paquet a dins.

Els pares del Marià els van oferir el Seat 1500, però el Marià no té carnet de conduir i la Teresa, que se'l va treure fa un parell d'anys, ha preferit un cotxe que ja coneix. O sigui que s'enfilen al Renault 8 argentat i surten del barri per carrerons estrets que els porten fins a la carretera de l'Arrabassada. Han d'anar a Sant Cugat del Vallès, perquè els pares de la Marta han volgut que les noces se celebrin fora de Barcelona. La Teresa agafa el volant amb seguretat, tot i que de seguida hi ha un taxista que li toca la botzina quan ella fa un gir amb pressa. Fa veure que no l'ha sentit, però al cap de poc coincideixen en un semàfor i el taxista treu el cap per la finestra, es mira el Marià i li diu que és una vergonya que deixi conduir una dona. No li contesta res, encara que té moltes ganes d'engegar-lo a passeig.

Enfilen la carretera de l'Arrabassada sense parlar gaire, i el Marià aprofita el silenci per contemplar la ciutat. Quan comença el descens cap a l'altre vessant de la carena, ella obre la finestra perquè passi l'aire i recolza el braç esquerre a la porta, com ha vist que fa el seu pare quan condueix. Arriben a la missa amb el temps just. El Dodge Dart negre guarnit amb flors blanques que hi ha estacionat a la porta els fa entendre que la núvia ja ha entrat a l'església.

–No corris, seria pitjor –li diu ell.

Seuen en un lloc discret dels últims bancs, per no haver de passar pel passadís, i segueixen la celebració religiosa sense gaire encert. S'agenollen quan veuen que ho fan els altres, tot i que la Teresa només ho fa veure perquè no vol que se li arrugui el vestit, i es posen drets quan el capellà ho indica amb els palmells de les dues mans. Com que el Marià es va negar a acceptar el paper de padrí, s'estalvia l'entrega de l'anell i l'obligació d'estar dret darrere els nuvis durant el tram final de la cerimònia. No va costar gaire fer-li entendre que ja era molt que hi anessin, perquè la Teresa estava tan en contra del matrimoni que no volia anar a cap casament. Farien una excepció, però li havia d'evitar les obligacions tan formals del padrinatge. El Tomàs havia fet veure que ho acceptava de grat i ho havia encomanat al seu germà petit, que estava entusiasmat amb la idea de fer-se notar enmig de tanta gent.

També hi han acudit tres companys més d'estudis, que s'han confabulat per sortir una mica abans i obrir els paquets d'arròs. El Marià i la Teresa s'hi han afegit i, quan els nuvis passen pel passadís que els convidats han obert a la porta de l'església, xisclen i aplaudeixen mentre els en llancen a grapats. Mentre el fotògraf demana que es formin tota mena de grups, el Marià i la Teresa parlen i riuen amb els amics de joventut dels dos dentistes.

–Quan ens casem, vull que ens llancin pètals de rosa en lloc d'arròs –diu una noia que no coneixen a un dels antics companys de facultat.

–És molt bona idea –intervé la Teresa, que no sap com es diuen, però que els tracta com si fossin amics de tota la vida.

Després dels retrats familiars arriba l'hora de les fotos dels nuvis amb els amics. La Marta rep els petons de felicitació de la Teresa amb un somriure obert, com si no haguessin deixat de ser amigues, i el Marià i el Tomàs s'abracen a la manera masculina, amb cops a l'esquena ben sorollosos. Quan ja han acabat, abans que el pare de la Marta s'hi acosti per dir-los que s'haurien de ficar al cotxe, el Marià agafa el seu amic per l'espatlla i li demana que l'acompanyi fins al Renault dels pares de la Teresa.

–Tinc una cosa per a tu.

–Però si ja heu fet el vostre regal, la Marta ja ha mirat tots els noms a la llista de noces.

–Això és diferent, és personal. Si no t'ho dono ara, després me'n descuidaré.

–Com vulguis, però afanya't. Ara mateix no tinc el control de la situació, i si veuen que desaparec em vindran a buscar –apunta un somriure.

–Serà un moment, no pateixis.

Caminen de pressa mentre la Teresa agafa les mans de la Marta i totes dues riuen. Quan arriben al cotxe, el Marià s'adona que no té les claus. Fa que el Tomàs l'esperi mentre corre cap a les dues dones i demana a la Teresa que obri la bossa de mà sense nansa i li doni les claus del Renault 8. Se'n torna encara més de pressa. Obre la porta, es fica a dins i agafa la bossa de plàstic que hi ha deixat. En treu un paquet embolicat amb paper del color de les genives sanes i l'hi dóna. El Tomàs el desembolica, amb gestos una mica maldestres, mentre s'assegura de reüll que la Marta encara no el reclama.

–Què coi és?

–Ja ho veuràs.

I tant que ho veu. De primer es queda parat, obre la boca com si n'hagués d'expulsar una munió de mosques, i al cap d'un segon deixa anar una rialla que fa que els altres es girin.

–Estàs boig. Em vas dir que l'havies tornat.

–Sí, t'ho vaig dir. Però ja veus que no era veritat.

–Com és que no van dir res?

–Què volies? Que reconeguessin que havien perdut un cap i ens convidessin a agafar-ne més? El tenia a casa dels pares fins abans-d'ahir.

–I què vols que en faci?

–Jo què sé. Te'l poses a la tauleta de nit. A quin costat dorms?

–A la dreta. I tu?

–Ets un clàssic de collons. Jo no dormo a cap costat, depèn del dia.

–No m'ho crec.

–T'ho juro. No veus que no parem de moure'ns? –Li clava un cop a l'espatlla–. Fes-ne el que vulguis. He pensat que et faria gràcia. És un record. Un bon record.

–Gràcies, Marià. Estàs com un llum, però m'agrada molt que siguis el meu amic. Moltes gràcies.

–De res, home, de res. Sempre que et preguntin què et vaig regalar quan et vas casar podràs dir que et vaig donar un fantomas. Pensa que va ser el rei d'una festa que no et pots ni imaginar.

–No, prefereixo no imaginar-m'ho, això t'ho asseguro. Anem, que farem tard i els sogres no m'ho perdonarien. No s'han estalviat res. Menjareu de primera.

–N'estic segur. La Marta està estupenda. Que siguis molt feliç –li diu mentre el Tomàs ja camina cap a on l'espera la seva esposa.

La Marta es fica al Dodge per un costat i el Tomàs hi entra per l'altre, amb el fantomas a la mà. La Teresa abraça el Marià i confessa que potser no ha sigut tan mala idea venir. Al cap de poc es fiquen al Renault i segueixen la cua de cotxes que es dirigeix cap a un restaurant dels afores.

Els toca seure en una taula amb els altres companys de classe, o sigui que són tots metges. Accepten sense fer escarafalls el consomé de brou d'au, aproven amb rialles els llagostins mig descamisats i masteguen amb fruïció el turnedó, prou melós. Quan arriba el pastís nupcial, el Tomàs s'aixeca i recull l'espasa que el cambrer li ofereix. Demana a la Marta que l'ajudi i entre tots dos fan el primer tall, amb la col·laboració del mestre reboster, que porta un barret de xef. Tothom aplaudeix i els amics profereixen crits una mica procaços que els parents fan veure que no han sentit. Els cambrers serveixen el xampany de l'Anoia en copes de tulipa i el pare de la Marta pica amb la cullereta de les postres la tija de la copa per demanar silenci. Fa un brindis breu per donar la benvinguda al nou membre de la família i per felicitar els nuvis. Al pare del Tomàs, que ha dubtat una mica, li sembla que també ha de dir alguna cosa i es posa dret sense fer servir cap estri per cridar l'atenció. Assegura que també està molt content, gairebé murmura que està segur que sempre seran molt feliços i, quan sembla que ja està a punt de seure una altra vegada, afegeix que la mare del Tomàs estaria molt contenta de veure'l en un dia tan especial. Es posa una mà a la boca, després es passa un dit doblegat pel lacrimal i es mossega el llavi de sota, just abans d'asseure's i callar mentre el Tomàs se li apropa i li fa un petó al front. «Ho sento, ho sento», repeteix mentre el fill li agafa les galtes i el besa una altra vegada. La Marta repenja el cap a l'esquena del seu marit i li diu alguna cosa a l'orella. Com que s'ha fet un silenci una mica incòmode, hi ha algú que crida «Visca els nuvis», i els aplaudiments ressonen al saló de banquets. A la taula dels amics, algú explica acudits de metges espavilats i malalts imaginaris i els altres riuen. A la taula dels familiars més pròxims, els germans del Tomàs s'han aixecat per abraçar el pare.

De lluny, el Marià s'adona que tots han crescut. Els dos nois duen vestits clars, i l'Anna Maria s'ha posat un vestit entallat de color de mel i gens escotat que li està molt bé. No s'han dit res quan el fotògraf demanava que fessin grups a la porta de l'església ni tampoc quan han arribat al restaurant, perquè tothom feia tard. De cop i volta li sembla que és algú que va conèixer fa molts anys, massa temps enrere, algú que s'ha fet gran mentre ell anava de festa en festa. Encara conserva un aire angelical i es mou amb lleugeresa entre els convidats, com si de debò pogués levitar i canviar de lloc sense haver de posar els peus a terra.

Quan serveixen el cafè, els cambrers ofereixen conyac o whisky als homes i licors d'herbes a les dones, però la Teresa rebutja el Chartreuse i demana whisky, amb dos glaçons. Un germà de la Marta passa per totes les taules amb una capsa de cigars, que el Marià refusa amb agraïment, mentre una germana, que també ha fet de testimoni, el segueix amb dos portacigarrets, un per al tabac ros i un altre per al negre. La Teresa demana un havà i els altres se la miren. Deixa que l'escapci un company de taula, el mateix que si un dia es casa haurà de veure com li llancen pètals de rosa pel damunt, i li permet també que li ofereixi la flama d'un misto de fusta mentre amb unes quantes pipades escandaloses aconsegueix que comenci a cremar.

–Però si tu no fumes –li diu el Marià a l'orella.

–Doncs avui sí. Què passa?

–No passa res, dona, fes el que vulguis.

–I tant, no necessito el teu permís per fer el que vulgui. Què t'has pensat?

I es posa a riure mentre alguns piquen de mans i uns altres claven la vista al Marià, que s'esforça per somriure mentre calcula quantes copes de vi han begut i n'arriba a comptar fins a cinc: una de vi blanc amb el consomé, una altra amb els llagostins, dues de negre amb la carn i una altra abans que els servissin el xampany.

Abans que l'escena de la Teresa amb el cigar a la boca cridi l'atenció de més convidats, el pare de la Marta abandona el menjador i, amb la núvia agafada pel braç, tal com el Marià i la Teresa l'haurien vista entrar a l'església si no haguessin arribat tard, passen a la sala espaiosa que hi ha al costat, i a poc a poc gairebé tothom els segueix.

En un racó hi ha un noi amb una camisa negra i amb unes ulleres que tenen els vidres de mirall. Posa un disc al plat, toca uns quants botons i, abans que ningú entengui què passa, sona pels altaveus el «Vals de l'emperador». La núvia comença el ball amb el seu pare i els altres els deixen sols. Al cap d'unes quantes voltes, el pare fa un gest amb el cap i el Tomàs s'hi atansa per fer el canvi de parella. La mare de la Marta ocupa el lloc de la filla i els noucasats giren com poden al ritme cada vegada més vertiginós de la música. Els oncles i les ties, els cosins i els amics dels pares s'afegeixen de seguida a la pista, emmarcada pels convidats que s'han quedat drets i només miren. Quan s'acaba el vals, tothom aplaudeix. El jove de les ulleres de mirall ja ha posat un altre disc al plat que hi ha al costat i aconsegueix que el final del vals gairebé s'encadeni amb les primeres notes del tema principal de la pel·lícula «Love Story», que tant va fer plorar la Marta i que ella va demanar expressament per a aquest dia.

–Quina merda de música –remuga la Teresa, entre glopades grises.

–És una boda –li contesta el Marià–. No t'empassis el fum, que això mareja.

–No em diguis què he de fer, d'acord? Estima'm tant com vulguis, però no em diguis què he de fer.

–Tu mateixa. Vols que ballem?

–No, això no. Si posen alguna altra cosa, ja en parlarem, però amb aquesta merda no es pot ballar.

–Com vulguis. Vaig un moment a fora, aquí no es pot respirar.

Abans de sortir a l'esplanada que hi ha a l'exterior del restaurant, el Marià demana a un cambrer on hi ha els lavabos. Ha de baixar una escala i ho trobarà de seguida. Quan entra al dels homes, en surt el germà petit del Tomàs, que el saluda amb un cop de cap. Està pàl·lid i s'eixuga la suor amb la màniga.

–Va tot bé? –li pregunta, en un to que és més de metge que d'un conegut.

–Sí, sí –s'apressa a dir l'altre–, estava una mica marejat, però ja em trobo millor. –L'alè delata que ha tastat el conyac.

–Si vols beure, escull el xampany. És més lleuger.

–No bec, jo.

–Perdona, no sé per què t'ho he dit.

S'ha comportat com un metge i com un germà gran a la vegada. Li sap greu. Quan surt, topa amb la noia que vol que li llancin pètals de rosa el dia que es casi.

–M'he de repassar la cara –li diu mentre li fa l'ullet, abans de ficar-se al lavabo de les dones.

Es limita a correspondre-li amb un somriure breu i torna a pujar. Creua el menjador on s'han atipat, i on hi ha asseguts els convidats que no volen ballar i, també, els que ja no poden. Esquiva la sala de ball i surt a fora. Hi ha una parella que no coneix, que es besa amb passió, i dos nens que llancen pedres a l'estanyol, on neden unes quantes carpes japoneses. Seu en un banc, no gaire lluny d'aquest paradís dels nenúfars, d'esquena a la festa, i s'afluixa el nus de la corbata. La parella del petó apassionat se separa per fi. S'adonen que no estan sols, ell estossega i ella obre la bossa de mà per agafar el pintallavis mentre caminen cap a l'aparcament. Els nens busquen pedres més grosses, però el Marià els fa notar que els observa i ells canvien d'idea i s'aparten de la seva vista.

–En què penses?

Es tomba de seguida que reconeix la veu.

–No penso en res, només respiro aire fresc.

–Sí, a mi també m'agrada. No estàs content?

–Sí, és clar que sí. Avui tots estem contents.

–Sí. És un dia preciós –l'Anna Maria pronuncia aquesta paraula com si tingués por que es pogués trencar–. I tu què, quan et cases?

–No, jo no em caso –fa el gest d'incorporar-se però es queda assegut.

–Ah no? Tothom es casa un dia o un altre.

–Visc amb la meva companya –i quan ho diu així, com ho fa la Teresa, li sembla que és un terme poc femení–. Hem vingut junts.

–Ja ho sé, ja us he vist. S'ho passa molt bé –mou una mica el cap per deixar clar que parla de la sala on tothom balla, amb la música que des de fora ells també poden sentir–. No t'agrada ballar?

–Sí, i tant, a tothom li agrada ballar. A tu no? –Aquesta vegada es posa dret, entre el banc i ella.

–Sí, suposo que en un casament està bé. Però prefereixo una altra mena de música.

–I què escoltes? –li fa la pregunta que ella ha insinuat. Voldria seure al banc, en té moltes ganes.

–Cançons. Però no com aquesta. –Els arriba la veu de Raphael, enfilant-se per una melodia que els convidats deuen ballar com una rumba lenta–. L'any passat vaig anar amb uns amics a un concert increïble. Saps qui és Georges Moustaki?

–Em sona –menteix–. Per què no seiem?

–A la primera part va cantar la Maria del Mar Bonet. Saps qui és, oi?

–Sí, tothom ha sentit aquesta cançó, com es diu?

–Vols dir «L'àguila negra»?

–Segurament. –Li posa una mà al braç mentre doblega les cames per seure al banc–. Seiem?

–Com vulguis. Moustaki va cantar després. Saps com va començar? Amb una cançó que va escriure a Barcelona. No podrà tornar mai més a Espanya, ja ho saps, això, també?

Mentre ho explica, prova de seure unes quantes vegades, però sempre sembla que es farà malbé el vestit. Mentre diu què va cantar Moustaki, s'agafa el vestit amb les mans i es gira per quedar quasi d'esquena al banc. Mentre li fa saber que aquella cançó la va escriure a Barcelona, intenta asseure's només a l'extrem del seient, però té por d'arrossegar el vestit o d'haver-se'l d'enfilar massa. Mentre li pregunta si ja sap que el cantautor no podrà tornar a Espanya, renuncia del tot a la idea de seure.

–No, per què?

–Per la lletra d'aquesta cançó. «Liberté ne se dit plus en espagnol».

–Liberté –repeteix d'esma mentre el distreu l'eco d'un cor de veus que canta: «Xalalalala, oh oh oh».

–Et buscava –el Tomàs s'adreça al Marià des de la porta–. Hola, bonica –saluda la seva germana i s'acosta a l'amic–. Entra, em sembla que has d'anar a ballar –això l'hi diu en veu baixa.

Quan el Marià segueix el nuvi cap a la sala, el noi de les ulleres amb vidres de mirall aplaudeix encantat mentre encadena la cançó següent. Sembla una balada lenta, però els convidats n'acceleren el ritme quan piquen de mans al final de cada frase. L'Anna Maria, que l'ha seguit com una ombra silenciosa, s'esmuny entre els convidats i també pica de mans. Fins que la cançó es torna bellugadissa de cop i volta al mateix moment que els convidats més joves s'afegeixen a la veu del disc: «Help, ayúdame». Mentre ho canten formen un cercle al voltant de la deessa que ara mateix ocupa tota sola el centre de la pista: una dona amb un vestit del mateix color de les llimones quan encara no han madurat del tot, que té un havà apagat en una mà i belluga l'altra com si fes anar un llaç de vaquer mentre s'ajup i s'alça sense parar, fent moure la cintura amb una destresa formidable que el Marià ja coneix, i que provoca que els pits es vulguin escapar de l'escot encreuat i una mica desllorigat pels gestos sincopats.

–Amor meu –el crida la Teresa quan el veu–, com és que m'has abandonat? Vine a ballar amb nosaltres.

Acollida

–Em dic Cris.

–Marià, Marià Solvell.

Va anar d'un pèl que no hi afegís la paraula «doctor», perquè era així com l'havien anomenat durant anys i panys i com s'havia presentat sovint.

–Sóc l'encarregada de donar la benvinguda.

–Doncs moltes gràcies.

La sala era austera. Només hi havia una taula de fusta, restaurada amb paciència, i tres cadires, una a un costat, on seia la Cris, i dues a l'altre.

La va classificar com una dona de cara diamantina, amb els cabells curts, tallats a l'estil de Barbara, la cantant que havia escoltat feia tant de temps que gairebé no se'n recordava. Potser no hi hauria pensat si aquell pentinat no l'hi hagués dut a la memòria.

Va desviar un segon la mirada cap a la finestra. Li va semblar que el cel s'omplia de llum. La Cris duia una túnica de cotó. Va deduir que s'havia posat aquella peça de roba expressament per rebre'l. I ho va trobar bé. Mentre ell anés vestit, hi havia d'haver un equilibri raonable. De tota manera, de seguida s'havia adonat que no duia sostenidors.

Li va explicar les normes, que ell ja coneixia. Li va indicar, en un plànol que va desplegar a la taula, el lloc on s'allotjaria. Era una mitja casa petita, però hi trobaria el que necessitava: un dormitori, un quarto de bany, una cuina adossada a una saleta que també feia de rebedor i un porxo, petit i amb molt d'encant. Li va repetir que el poble s'omplia a l'estiu, però que ja hi havia uns quants estadants. Es demanava als nouvinguts que fossin discrets. Podia parlar amb qui volgués, però si hi havia gent que preferia la soledat els hauria de respectar. Hi va estar d'acord. Ell també voldria estar sol.

De bon matí, perquè al poble naturista la gent se solia llevar d'hora, els que ho volien acudien a la casa comunitària, que trobaria de seguida però que igualment li indicava on era. Va posar la punta de l'índex al damunt del plànol. Hi feien exercicis corporals: de vegades tai-txi, de vegades ioga. L'assistència era voluntària. Si hi anava, hauria de dur una tovallola. De tant en tant feien banys de fang. També podia sol·licitar uns quants serveis especials: sessions de meditació, atenció dietètica i massatges terapèutics. A la mateixa casa comunitària hi trobaria un economat. Hi podia comprar productes naturals, per si es volia fer el menjar ell mateix. De tota manera, al costat de l'economat hi tenien un menjador petit on, per un preu que va trobar mòdic, oferien tres àpats al dia. L'esmorzar era senzill i se servia entre les set i les nou. El dinar era més consistent. Se servia el menjar entre la una i les dues. Va trobar que era un horari més assenyat que els horaris tradicionals del país. El sopar era frugal i només el donaven des de dos quarts de vuit i fins a dos quarts de nou. A partir de les deu regia la llei del silenci i no es podia fer cap mena de soroll. A la casa, això també ho sabia, no hi havia televisor ni cap aparell de música. A partir de les onze s'havia d'assegurar que no tenia encès cap llum. Si volia convidar algú, ho havia de demanar.

–A vegades hi ha algú que ve tot sol i s'hi troba tan bé que ho vol dir a altra gent. La família, uns amics.

–No, vinc sol.

–D'acord. Si t'hi repenses, ens ho has de dir.

–De tota manera –les paraules s'encallaven una mica–, no n'estic segur, però em sembla que espero algú. No l'he convidat –es va avançar a la mirada interrogativa de la Cris–. Si de cas, el convidat sóc jo.

–No hi ha gaire gent, si em dius qui és.

–És que no ho sé. És una intuïció. –Es penedeix de seguida de fer servir aquest pretext.

–Una intuïció.

–És que... És igual, no ho compliquem. Potser vindrà algú que conec, però no ho sé ni tinc manera de saber-ho. Potser dimarts.

–Aquest dimarts –va tornar a repetir les paraules que ell havia dit.

–No, l'altre. Però no n'estic segur. Ho sento, no ho hauria d'haver comentat. Oblida-ho, si ve algú a veure'm ja t'ho diré.

La Cris li va demanar que pagués per endavant com a mínim la meitat del lloguer. Els àpats els afegirien al compte i, quan se n'anés, pagaria la resta. Li va preguntar si era el primer cop que anava a un lloc com aquell i ell va dir la veritat. Com que havia dit que sí, li va demanar si creia que sabria actuar amb el capteniment adequat i ell va respondre que n'estava segur.

–En aquest cas –va dir, aixecant-se–, t'he de demanar que a partir d'ara et desvesteixis. Ho podries fer a la casa, però amb els tèxtils inexperts com tu ho fem d'aquesta manera. És un ritual. Per deixar-ho clar, sense problemes. No t'importa, oi?

–No, per això he vingut. –Mentre ho deia es va descordar un botó de la camisa.

Li va semblar que la Cris encara no tenia quaranta anys. O potser en tenia quaranta-dos. Però no podia ser gaire més gran. Li somreia i se'l mirava mentre ell es treia la camisa i es descordava els pantalons. Es va girar d'esquena quan ell va fer el gest de treure's els calçotets.

Va recollir la roba, que havia apilat a la cadira on s'havia assegut fins aleshores, i la va ficar a la maleta, que va obrir damunt la taula, a sobre del plànol del poble. La Cris es va posar davant seu i amb un gest ràpid es va treure la túnica pel cap, la va plegar, la va deixar en un prestatge que tenia al darrere i li va oferir, nua, una encaixada.

–Benvingut, Marià.

Es van somriure i ell va agafar la maleta amb una mà i les sabates amb l'altra. Va sortir, ella el va seguir i va tancar la porta. Es va plantar al seu costat. Tenia els pits força grossos i arrodonits. Ell va girar el cap perquè no semblés que li clavava els ulls als mugrons.

–No t'hi encaparris, al principi tothom mira una mica. Ja et passarà.

Va agrair les paraules amb un altre somriure, però quan abaixava el cap no va saber evitar la llambregada instintiva cap als rínxols desendreçats del pèl púbic.

A poc a poc, i nu, ara sí, va caminar cap a la casa on s'estaria. Només disposava d'uns quants dies per acostumar-se a viure en un poble nudista i volia estar prou còmode quan arribés l'altre dimarts.

Cavitats
1972

A mesura que passen els anys, l'extracció li va semblant la maniobra més senzilla de totes les que l'ocupen a la consulta. Amb l'elevador, aixeca una mica la geniva. Amb els fòrceps, prem la peça i provoca la luxació amb gestos curts i segurs.

L'exèresi d'aquest molar sense guariment possible no és gaire complicada i només exigeix que sostingui una pressió ferma i que estiri amb decisió. Gràcies a l'anestèsia, el pacient no ha sentit gens de dolor. Amb els cotons, eixuga la lleugera hemorràgia i de seguida hi aplica la solució antisèptica. Hi deixa un cotó net, encastat a l'espai buit que ha creat amb l'exodòncia.

–No masteguis per aquest costat i no beguis res ni massa calent ni massa fred fins d'aquí a un parell d'hores –recomana a l'home que fins ara ha tingut els ulls tancats–. Pren-te aquest analgèsic –el metge li indica amb la mirada la mà de l'ajudant d'aquest matí, que allarga un blíster al pacient i fa una mica de pressió perquè en surti una píndola allargada–, i si cal, te'n prens un altre abans d'anar a dormir.

El pacient fa que sí amb el cap, sense pronunciar cap paraula.

–Espera't un parell de minuts abans d'aixecar-te.

El doctor Solvell surt de la sala i s'acosta a la taula on la Marta repassa les fitxes dels pacients que ja fa una estona que s'esperen.

–A aquest no li has de cobrar res.

–Ja ho pagarà.

–No, aquest no paga.

–I què poso a la fitxa?

–No ho sé, fes-hi alguna marca. No te n'ha dit res, el Tomàs?

–No, que és amic vostre?

–Company de facultat. No va acabar.

–I ateneu de franc tots els companys d'universitat? No, el Tomàs no m'ho ha dit mai. –Li dedica un somriure entremaliat.

–No, només aquest. –Li torna la ganyota còmplice–. Li dèiem «el Boines». El seu pare és metge de l'exèrcit. –Prova de fer l'ullet però es queda a mig camí–. És el que ens va deslliurar de la mili. Vam quedar així.

–D'acord. Hi posaré una creueta, què et sembla? Una escopeta no estaria bé.

–Tu mateixa. –Riuen tots dos–. Qui hi ha ara?

–Aquella dona que viu una mica més amunt, te'n recordes? Porta una perruca però espera que no se n'adoni ningú.

–Ah, sí, el nostre primer cas de xerostomia aguda. Una perruca, amb aquesta calor. Pobra dona. Té tantes càries que no acabarem mai.

–No la conec, aquesta malaltia –es defensa la Marta.

El Marià s'adona que ha fet servir el terme mèdic amb arrogància i se'n penedeix de seguida, sobretot perquè la xerostomia no és cap malaltia, és només una paraula del seu argot professional, creat al llarg de molts segles d'encerts i errors, per referir-se a un assumpte del tot subjectiu: la sensació de sequedat.

–No és cap malaltia, diguem que és un símptoma. Falta de salivació. Un desastre, si ho penses bé.

–Suposo que sí.

La Marta no fa cap esforç per imaginar-se que no té saliva a la boca. Es limita a posar la creueta al costat del nom del Boines, i com que li sembla que quan passi el temps potser no sabrà què vol dir aquest senyal tan imprecís, tot i que també troba ridícul dibuixar una escopeta, hi afegeix la paraula «mili».

A la tarda, quan coincideixen a la consulta amb el Tomàs durant quatre hores, aprofita una pausa de calma relativa per comentar-li el cas d'aquesta dona, que ja ha visitat tres vegades ell i una el Tomàs. Normalment, cadascú té els seus pacients, perquè a la gent li agrada creure que el dentista és algú que s'ocupa de manera personal del seu cas, però de vegades, per això comparteixen la consulta, un d'ells demana l'opinió de l'altre. Al Marià li sembla que aquest cas d'hiposiàlia ha de tenir un origen específic, però no n'està segur perquè ja li va preguntar si era diabètica i la dona li va assegurar que no.

–Ja has pensat en la possibilitat que tinguem una síndrome de Sjögren?

–No, ni se m'havia acudit.

–Hem de saber si també s'ha quedat sense llàgrimes, si té sequedat vaginal...

–A veure com li pregunto tot això. Diu que té cinquanta-nou anys, però sembla que en tingui deu més.

–Nosaltres només ens podem ocupar de la seva boca, però potser hauria d'anar a veure algú altre. Per què no ho diem al Llesques? És oftalmòleg, oi? Tenim el seu telèfon?

–Sí, deu ser al fitxer. –Es refereix a la capsa on desen els noms i els telèfons dels metges que coneixen i, sobretot, dels que van estudiar amb ells, perquè de seguida va quedar clar que s'establia un pacte implícit que els obligava, fins a cert punt, a intercanviar pacients quan fos necessari o, com a mínim, a prestar-se ajuda quan els fes falta.

–Ja ho miraré. Ha vingut el Boines.

–Ja m'ho ha dit la Marta. És un penques, em pensava que no tindria la cara dura de cobrar-s'ho, però ja ho veus, no se n'ha sabut estar.

–Li fotia un mal de collons, li he hagut d'administrar una dosi i mitja amb la hipodèrmica. Així que ha entrat, ja m'ho ha dit: «Oi que tenim un pacte?».

L'havien rebatejat el mateix dia que els havia ensenyat les fotos d'un grup dels d'operacions especials, amb el seu pare en primer terme. De seguida va veure que en podia treure profit a llarg termini si administrava amb enginy els contactes a l'exèrcit. De primer, ho havia ofert a una dotzena d'estudiants. Però al final només se'n van poder beneficiar cinc, el Marià i el Tomàs entre ells. Van quedar exempts per art d'encantament i van jurar que no ho explicarien mai a ningú, tot i que van trencar aquest jurament molt de pressa. El Boines ho va deixar abans d'arribar al quart curs, però es va assegurar visites gratuïtes a un oculista, un otorinolaringòleg, un metge de capçalera i dos dentistes per a la resta de la seva vida.

–Demà parlaré amb el nostre oftalmòleg. O ho vols fer tu?

–No, tu mateix.

–Doctor, quan vulgui –l'auxiliar del Tomàs l'avisa que el pacient ja està a punt, amb el pitet cordat i l'obreboques col·locat.

–Me'n vaig, si vols res seré a casa –s'acomiada el Marià mentre es treu la bata blanca i la doblega de qualsevol manera per ficar-la a la cartera.

Quan arriba a casa, percep de seguida l'olor de cera. Troba la Teresa al llit. S'ha estirat damunt dels llençols i està despullada, però no és que dormi. L'espera. S'ha pintat els ulls i els llavis. Les cames, estirades, semblen més llargues. Es deu haver depilat, perquè les cuixes brillen com si les hagués untades amb la crema que sol aplicar-hi després. Això explica l'aroma que s'ha escampat pel pis. La saluda des de la llinda, però no entra a l'habitació.

Es fica al quarto de bany i hi veu la cassoleta que ella ha fet servir per escalfar la cera al relleix de la banyera. Dins la pasta seca que encara hi queda, hi ha clavat el pinzell. Fa un pipí i es renta les mans. Se les renta tantes vegades al dia que ho fa sense pensar-hi. Abans i després de cada àpat, abans i després de cada intervenció a la consulta, quan arriba a la consulta i quan se'n va, quan arriba a casa i abans d'anar-se'n.

Abans d'agafar la tovallola, recull una mica d'aigua amb els palmells units i se l'aboca a la cara. Respira fondo.

S'eixuga la cara i les mans. Descobreix restes de cera verdosa a la tovallola. La fica al cove de vímet on deixen la roba bruta. Agafa el cove i el porta cap a la cuina. S'ajup i fica tot el que hi ha al cove al tambor de la màquina de rentar. Però encara no hi posa el detergent. Ja ho farà. Torna al quarto de bany i es treu les sabates. Sent que la Teresa el crida. Li diu que ja hi va. Torna a la cuina. Hi ha els plats bruts de la nit passada a la pica. La paella amb oli encara és damunt dels fogons. Un tomàquet obert li indica que la Teresa ha berenat una mica, i la pela del fuet ho confirma.

Creua el menjador i comprova que hi ha un vestit de la Teresa abandonat al sofà. Les sabates el saluden de costat des del cul d'una cadira, com una obra d'art estranya. Els sostenidors pengen del respatller de la mateixa cadira, per un dels tirants. Les copes sembla que li vulguin dir alguna cosa. Respira fondo una altra vegada. Obre la cartera que ha deixat damunt la taula i en treu la bata blanca. La porta a la cuina i la fica a la rentadora. La Teresa el torna a cridar. No contesta, però va cap al dormitori i fabrica un somriure convincent abans que ella li pugui veure la cara.

–Amor, que no volies venir?

–I tant que sí –s'estira al seu costat.

–Treu-te això, on vas amb aquesta xafogor? –Li descorda la camisa, sense pressa–. T'he trobat tant a faltar. Els dies que no véns a dinar se'm fan molt llargs.

Abans menjava fora de casa un cop per setmana. Però des de fa uns quants mesos menja amb una esgarrapada a un bar no gaire lluny de la consulta i torna a la feina de pressa. Tenen més pacients i fins i tot han demanat a la Marta que ampliï l'horari. Com que viu al mateix barri, tindria temps d'anar a casa. Però li fa mandra.

És veritat que la Teresa li preparava alguna cosa, però solia repetir-se. Les amanides que va aprendre de la mamà han acabat per reduir-se a dues variants. La millor és l'amanida clàssica d'enciam, ceba i tomàquet amb unes quantes olives i uns daus de formatge. La pitjor és una modalitat quasi oriental, amb tots els ingredients molt picolats. Hi posa pastanaga crua, api si n'hi ha i, de vegades, ou dur, tot ben petit. Li fa una mica d'angúnia. Quan menja sol, tria un plat de sopa o de verdura i, de segon, bistec amb patates o peix a la planxa.

Manté el costum d'anar a casa dels pares un dia a la setmana. Normalment hi va el dijous. La mare sol fer arròs. Li queda molt bé l'arròs de bacallà, però també mereix la seva visita un arròs de muntanya, que fa amb conill i pollastre, de vegades amb una mica de xai. No coneix ningú més que posi xai a l'arròs. Al pare li encanta. Quan hi ha xai, sempre ho celebra amb alguna frase elogiosa. «Mira, avui estàs de sort, la mare hi ha posat xai». I el Marià pensa que sí, que està de sort, perquè no triga més d'un quart d'hora a arribar a casa dels pares i perquè el tracten amb un afecte nou que ell atribueix a la seva condició de professional de la medicina.

De tant en tant li han preguntat si tot va bé, però ho han fet amb frases apagades i amb una intenció tan dèbil que era fàcil esquivar l'interrogant amb un silenci excusat per la masticació o acontentar-los amb una resposta vaga.

Dijous passat hi havia arròs de bacallà i la mare va aprofitar un comentari elogiós del pare per preguntar com feia l'arròs la Teresa.

–No en fa mai –va contestar el Marià.

–Així fas bé de venir. –Al Marià li va semblar de seguida que si el pare volia tallar aquell fil de la conversa havia de ser perquè endevinava cap a on els portava.

–No sé què deu fer. Una dona que no alimenta com cal el seu home ha d'aprendre moltes coses.

–Són joves, dona –intercedia de nou.

–No són tan joves, Claudi, ja no. I el que estic dient és una altra cosa. En vols una mica més?

–Sí, gràcies. –El Marià li va donar el plat amb respecte filial–. T'ha quedat boníssim.

–Ja ho sé, sempre m'hi queda. Si estiguéssiu casats...

–Deixem-ho córrer, Montse, deixa'l en pau.

–... almenys sabríem que és per sempre. Un matrimoni és una unió de veritat. El teu amic sí que ho sap.

La menció a l'amic s'havia repetit des del casament a Sant Cugat. Els pares del Marià no hi havien estat convidats, però havien rebut la participació que anunciava el casament durant la primera quinzena de març i havien correspost amb una aportació a la llista de noces: havien triat unes copes de cristall perquè no ho havia fet ningú més i a la mare del Marià li havia semblat que una parella que es casa necessita disposar d'un parament de taula com cal per rebre les visites.

–El meu amic fa les coses a la seva manera i jo les faig a la meva. No discutim, mare. No espatllem aquest arròs tan deliciós.

–Ho veus? Va, deixem-ho estar. Què fareu aquest estiu? Heu pensat a fer unes vacances?

–Encara no ho sabem. Tinc una pila de deutes.

–Però us va bé, oi que us va bé? –se li va escapar un punt d'angoixa.

–Sí, cada dia ve més gent. El Tomàs diu que som en una etapa de creixement i que després vindrà el període de consolidació. Potser té raó.

El truc del pare no va ser gaire eficaç. La mare sabia ser prou insistent quan volia, i era notori que aquell migdia no tenia ganes de rendir-se.

–Mira, ja sé que no n'he de fer res, de les vostres coses, però hi ha preguntes que no em pots demanar que no em faci. Com és que no ve mai? Com és que hi ha tants dies que dines fora de casa? No vius tan lluny de la consulta.

–La Teresa està enfeinada. Es prepara per fer classes a partir del setembre, quan comenci el curs vinent. És mestra, com la seva mare.

–Doncs així en deu estar molt, d'enfeinada, perquè ja s'acaba el juliol. De tota manera, que una dona casada treballi només té sentit si el seu marit no guanya prou. –La mare no pensa baixar del burro.

–La seva mare també és mestra. I el seu marit es guanya molt bé la vida, creu-me.

–Potser sí, però deuen ser d'una altra mena.

–Són moderns. Que no ho veus, Montse?

El pare, que havia seguit en silenci la discussió entre mare i fill, intervenia amb aire d'importància, com si només ell fos capaç d'imposar l'armistici. Per això va continuar, tot i que el Marià ja sospitava que la mare no plegaria veles tan de pressa.

–Nosaltres ens fem vells i ells són d'un altre món. Aquests dies, ensenyo la feina a un noi de vint-i-cinc anys que m'acompanya en alguns viatges. –Per fi havia trobat un exemple que li semblava útil, i es refugiava en un tema que coneixia més bé que la disquisició que la Montse havia encetat sobre el sentit autèntic de casar-se i els efectes que de debò pugui tenir aquesta variació legal en el comportament de dues persones a casa o al llit–. Es diu Pere, però no li fa res que quan viatja per Espanya li diguin Pedro. Saps què vull dir? A mi també sempre m'han dit Claudio i tant me fa, però ell és molt espavilat, no és que s'hi conformi, és que és el que vol, no sé si m'explico. És d'aquells que saben què volen. Surt amb una xicota i em sembla que no es casarà, tampoc. La noia es veu que fa d'encarregada en una merceria molt gran de Girona. Hi ha sis empleades i ella és la que mana. I em penso que només té vint-i-quatre anys. Creixen d'una altra manera. –Això últim va sonar com una conclusió que hauria de tancar la conversa i per això es va concentrar en l'arròs, per donar a entendre que ell replegava la bandera blanca i que podien parlar d'alguna altra cosa.

–Tot això són falòrnies.

Quan la mare deia aquesta paraula, i no ho feia gens sovint, era aconsellable apartar-se. Quan era petit, la paraula havia ressonat, les poques vegades que l'havia sentida, com si fos molt més àmplia que la mentida, l'engany i la hipocresia junts. «Falòrnies» era signe de malvestat, l'arribada de la incredulitat, la negació del diàleg. No cal que diguis res més perquè tot això que dius són falòrnies. I ja està. Final del combat. Les frases anteriors quedarien recargolades damunt les estovalles, com els cadàvers en una trinxera. Els atacs de la mare podien ser molt tossuts, i arribava un moment que ni tan sols la rendició hauria bastat per calmar aquell ànim exaltat. Era en moments així, que no s'havien prodigat gaire durant la seva vida, quan el Marià sospitava que l'entusiasme, el seu reconegut entusiasme, provenia d'ella, que era ella qui el tenia a la seva càrrega genètica i l'hi havia transmès, com un obsequi enverinat.

–Montse, per favor, no emboliquem la troca.

La mare podia ser tenaç, però les seves conviccions l'obligaven a acceptar que el marit tenia dret a l'última paraula, si més no davant dels altres, o sigui que es va mossegar la llengua.

–La Teresa està buscant la manera de ser la persona que vol ser –el fill va sorprendre els pares amb una afirmació massa elevada per a la seva capacitat de discussió, massa lluny de la vida terrenal.

Es va fer un silenci sepulcral, com si el Marià hagués obert un nínxol al seu davant, n'hagués tret el cos d'un difunt recent i hagués iniciat els gestos d'una dissecció allà mateix. El mort era la certesa que els pares no l'entendrien. I això va ser un motiu suficient perquè el pare, que havia estat de la seva banda fins aleshores, reaccionés amb aire ofès.

–Tots busquem la manera de ser qui som, això és exactament el que fem. Cada dia. –Li havia canviat la cara i havia deixat la forquilla al plat amb un munt d'arròs a sobre–. Però en algun moment hem de decidir qui som. Perquè després ja no tenim temps. A la teva mare no li sembla bé que una dona casada treballi, però jo sí que ho entenc. Són els temps nous. Ho trobo bé. Si vol fer de mestra, em sembla perfecte. Però no facis veure que som idiotes.

–No pretenia dir això.

–M'és igual què pretenies. Ho ha semblat i amb això en tinc prou. La mare té raó que no la veiem mai. –Era la seva manera abrupta d'intentar la reconciliació, donar la raó a la seva dona després d'haver-li dut la contrària–. Si no li agradem, ens ho dius. No ens queixarem. Al principi, a mi també em va costar una mica entomar la supèrbia del meu sogre.

–Claudi.

–Encara no he acabat, Montse. Abans parlaves tu i ara parlo jo. I el que dic és que vaig acceptar que els pares de la dona que estimo no eren com jo els hauria volgut. Però la vida no ens deixa triar sempre. Si vols que la Teresa sigui feliç, no ho aconseguiràs permetent-li que ens falti al respecte –feia servir el plural per buscar l'acord amb la mare.

–No us falta al respecte –la defensa del Marià era inútil perquè la paraula «respecte», quan la deia ell, ja no volia dir el mateix que havia volgut dir quan el seu pare l'havia feta servir.

–Sí que ho fa. Quan no ens ve a veure mai, ens falta al respecte –el plural una altra vegada, per aclarir a la Montse que potser no tenien la mateixa idea sobre aquest detall del matrimoni, però que quan defensava el respecte que mereixien ella hi estava inclosa–. No t'ho he dit abans perquè em creia que no calia, però ara no n'estic tan segur. Si t'estima, si de debò t'estima, digues-li que vingui, encara que no li agradem. I, de passada, deixa'm dir-te que també m'agradaria que anéssiu a veure els meus pares. Badalona no és tan lluny i s'hi arriba amb un cop de tren.

–Als meus pares no cal que ella els vagi a veure, si no vol.

–Marià –va dir agafant la forquilla, però no se la va acostar a la boca, encara no–, no hem parlat mai amb gaire franquesa, potser ha sigut un error. Però fa dies que ho tinc al pap i ja m'he cansat de callar per discreció. Nosaltres volem el millor per a tu...

–Això ja ho sé.

–... i el millor és el que tu vulguis que sigui el millor. Ets tu qui ho ha de decidir. Oi que us estimeu? Doncs tant me fa si us voleu casar o no, però comporteu-vos com una parella. Si vol fer de mestra, em sembla molt bé. Segur que és una dona intel·ligent. Només l'he vista dues vegades, però ja es veu que ha de ser molt llesta. Millor per a tu. O no, vés a saber. No és cosa meva. Però no ens enganyis, no m'expliquis sopars de duro, no facis veure que som babaus. Potser no llegim gaire, jo no vaig fer una carrera com tu, i ta mare s'ha ocupat sempre de portar la casa. No sabem gaires coses, potser tens raó. Ja me n'adono. L'altre dia vam anar al cine i no vaig entendre res. La pel·lícula me l'havia recomanada el Pedro, vull dir el Pere. M'havia dit que era molt bona però la veritat és que no s'entenia res. Però a tu sí que t'entenc. Si no estàs content, encara ets a temps d'arreglar-ho.

–Què vau veure?

–Com es deia? «Fresas salvajes», em sembla. Ni me'n recordo.

–Era una llauna i a més s'havien de llegir aquelles lletres per entendre què deien. –La mare deixava constància que a ella no li havia agradat, tampoc–. Però com que ton pare no va voler que anéssim a veure la que jo deia...

–«El violinista en el tejado» segur que està bé, però és un musical, i a mi ja saps que els musicals no em fan el pes.

–Doncs la que tu deies. També hauria sigut millor.

–«Las cuatro plumas», hi anirem aquest diumenge. I tant que serà millor. Al Pere no li he dit que no ens va agradar, no cal que em prengui per un ignorant. Però ja et dic que la pel·lícula no s'entenia i, en canvi –el pare no ha acabat de desenvolupar aquesta comparació amb la pel·lícula que se li ha acudit la primera vegada que ha esmentat el seu company de feina i no deixarà de parlar fins que ho hagi fet–, a tu sí que t'entenem. Creu-nos, Marià. I ja m'has entès. Si hi ha res que hagis de resoldre, fes-ho abans que sigui massa tard.

–I mira, al capdavall, com que no esteu casats...

–Montse, per favor, el noi ja ens ha entès, no cal que siguis tan...

–Tan què?

–... tan, no ho sé, tan brutal. De vegades t'assembles massa a ton pare.

I, dit això, es va ficar per fi la forquilla a la boca, va mastegar a poc a poc i no va dir res més fins que el Marià ja havia ajudat la mare a desparar taula, havia refusat la tassa de cafè que ella li oferia i es va acomiadar dels pares amb dos petons a cadascun.

–Ho sento si he sigut massa... Ja m'entens –es va excusar el pare al rebedor.

–No passa res, ja sé que només voleu que tot vagi bé.

–Exacte, fill, és exactament això.

–Ja ho sé, no t'amoïnis. Sé el que em faig.

La conversa havia sigut massa llarga per a un àpat que ell havia escurçat tant com havia pogut. Quan va sortir de casa dels pares, una frase ressonava com un gong que dugués adossat al clatell i es repetia, persistent, mentre caminava per la Travessera de Dalt. Les ones d'aquell eco metàl·lic vibraven al mateix ritme dels passos dubitatius quan baixava pel carrer Gran. No es va aturar fins que va ser a la consulta, es va ficar al quarto de bany privat, es va rentar les mans i les dents i, al despatx on es canviaven, es va posar la bata blanca, per ocupar la resta de la tarda, com sempre, amb la seva guerra, la mateixa que emprenia cada dia, contra els bacteris que actuen sobre les capes desmineralitzades i provoquen la càries a les dents dels seus pacients.

«Oi que us estimeu?» havia tingut el mateix efecte de la fresa amb punta de diamant que destrueix l'esmalt i hi penetra, al mateix temps que obre una cavitat. Podia sentir el brunzit de l'instrument com girava a gran velocitat mentre foradava les seves conviccions. I no va trobar cap manera de reomplir el forat profund que havia obert, o sigui que al cap d'uns quants dies encara li feien mal les mateixes paraules i ara encara se'n ressent quan la Teresa li treu la camisa i sense cap pausa li descorda el botó i la cremallera dels pantalons.

–Estàs ben suat. Oi que m'estimes, amor? Digues que sí. Digues que sí.

–Sí –li diu en veu molt baixa, just abans que ella fiqui els dits una mica freds per dins dels calçotets.

–El nostre amor no el podrà vèncer res ni ningú, per això som tan especials. Oi que és per això?

–Sí, sí que és per això –ho murmura tan a prop de la seva orella esquerra que la Teresa té una esgarrifança i obre les cames mentre es posa al seu damunt.

Al cap d'una hora, quan el Marià surt de la dutxa, la Teresa li anuncia que vindrà el seu germà a sopar.

–L'he convidat perquè fa dies que no el veiem, però he pensat que seria millor si sortim. Què et ve de gust?

–Estic una mica cansat.

–Però si tu et refàs de seguida.

–No, de debò, no ho podem deixar per a un altre dia?

–Ara ja l'hi he dit. Per què no anem al Pekín?

–No el conec.

–És un restaurant xinès. Jo sí que hi he estat. Hi vam anar amb els pares quan no feia gaire que l'havien obert. No pot ser que no hagis menjat mai en un restaurant xinès.

–És que ho trobo estrany.

–El Jep també el coneix. Segur que li agrada.

No és capaç d'oferir gaire resistència. Deixa que ella esculli la camisa que s'ha de posar. Quan el Jep toca el timbre, la Teresa treu el cap per la finestra i li diu que ja baixen i que soparan fora. Agafen un taxi a la plaça Lesseps i el Marià paga la carrera quan els deixa al carrer Còrsega. Hi ha taules lliures i no els fan esperar gens. La Teresa insisteix que ha de tastar els rotllets de primavera i el

Jep li aconsella que no es deixi perdre el pollastre agredolç. El Marià fa cara de circumstàncies i accepta que els dos germans triïn els plats d'un àpat que no havia previst.

–Què, oi que són bons?

–Psi –contesta sense ganes.

Troba que l'embolcall dels rotllets és massa oliós i les verdures que hi ha a dins estan massa picolades, com les de l'amanida pitjor que ella fa de tant en tant. Els dos germans parlen dels seus pares, comenten que la mamà s'ha posat molt pesada amb les potingues contra les arrugues, i el Jep explica que el papà potser es compra un cotxe nou.

–Un Saab. D'importació. Em sembla que ho diu perquè et puguis quedar l'erra vuit.

–De veritat? –Se li encenen els ulls–. Que bé, tindrem cotxe, Marià, que ho sents?

–Sí.

–T'hauries de treure el carnet de conduir. Deus ser l'únic home de Barcelona que no en té. Vols dir que no és una obligació tenir carnet, si ets dentista?

–No ho crec –prova de somriure–, a la facultat no ens el van demanar mai.

–Doncs estaven equivocats. I si hi ha una urgència?

–En tenim cada dia, d'urgències. Quan algú té mal de queixal, mataria a qui fos per evitar el dolor.

–Va, no siguis tan avorrit i posa'ns una mica més de vi. Ets tan formal, quan vols.

–Sóc com sóc.

–Sí, per això m'agrades tant. Au, va, alegra aquesta cara i explica'ns alguna cosa.

–Sobre què?

–Sobre la feina. Segur que hi ha mil i una anècdotes gracioses. Tota aquesta gent amb les seves càries.

–Em sembla que tinc mal de cap. –És una excusa molt banal, però ara mateix és incapaç de ser més imaginatiu.

Omple les copes de vi i fa mala cara.

–Vols una aspirina? –El Jep es fica la mà a la butxaca de la jaqueta i en treu una píndola.

–No, gràcies. La portes sense capsa? –ho diu sense mirar, just abans que el noi torni a la butxaca el que sigui que tenia al palmell.

–Sí, sempre en porto a la butxaca.

–No n'hauries de prendre gaire sovint.

–L'aspirina és innòcua.

–No és veritat. Es carrega l'estómac, entre altres coses.

–No facis de metge, Marià, ara no –la Teresa el vol aturar.

–Aquestes són franceses –el Jep hi insisteix–, segur que no en vols una?

–I tu deixa estar les teves aspirines. –Sonen estranyes les dues paraules juntes, perquè la Teresa les pronuncia amb un èmfasi irregular, que subratlla el possessiu i, en canvi, desmenteix la qualitat del nom–. Què ens anaves a explicar? –s'adreça al Marià.

Hauria de dir alguna cosa. El que sigui. Però encara no s'ha tret del damunt aquesta sensació i li és impossible inventar-se res que els distregui prou de pressa, alguna cosa que li permeti dissimular que està de mal humor perquè encara hi ha un gong que li ressona al clatell i que aquest gong l'hi va encastar al clatell el seu pare, dijous passat, mentre intentava sostenir la seva autoritat conjugal al mateix temps que s'esforçava per mostrar-se paternal o, com a mínim, tan paternal com era capaç de mostrar-se tants anys després que li tustés el cap prometent-li que un dia tornarien junts, i sols, al parc del Tibidabo.

–Per què ho has dit així: les «teves» aspirines?

–Què vols dir?

–Vull dir si de debò són aspirines.

–Què vols que siguin –la Teresa només ho mormola.

Els dos germans se'l miren amb impaciència, com si tot això no fos res més que el preludi de la història que se suposa que els ha d'explicar.

–Et passa alguna cosa?

És una pregunta que l'ofèn, i de seguida sap que només ho podrà superar si de debò els entreté amb el que esperen. O sigui que abandona la fixació per la manera com la Teresa ha dit aquestes paraules i s'esforça perquè quedi ben amagada aquesta idea absurda en alguna butxaca del seu pensament, al costat del seu mal humor i el so furiós i alegre alhora del gong que no ha parat de molestar-lo. Per això els parla del Boines, del seu pacte i de la barra que té.

–Això t'interessa, oi Jep?

–I tant –el noi s'hi apunta de seguida–. Així, tens un bon contacte a l'exèrcit? No voldria haver fet la mili, mai.

–Vol dir que no la vol fer. –La Teresa es mira el seu germà com si el volgués renyar.

–No, no hi tinc cap contacte. És un antic company de classe que ho va deixar estar abans d'acabar. El seu pare és metge i coronel o no sé què, no hi entenc, de graduacions militars.

–Doncs hi hauries d'entendre, aquestes coses està bé saber-les –la Teresa pren partit pels interessos del germà.

–És un penques. Li vam prometre que no li cobraríem i s'ho ha pres al peu de la lletra.

–O sigui que hi ha gent que ateneu gratis.

–No, només aquest.

–I els parents, suposo. A mi no em cobrareu mai, oi, amor?

–No, a tu no.

–Ni a ell tampoc.

–Dona, no ho sé. –Somriu sense gaires ganes.

–És el meu germà.

–Li farem un descompte.

–Només un descompte? No li facis cas, Jep, avui fa veure que és un agarrat. Però ja et dic jo que a tu no et cobrarà. Pots tenir totes les càries que vulguis, que no et costarà ni un ral.

–Tant me fa pagar el dentista, tinc la dentadura estupenda. El que em vull estalviar és aquesta merda del servei militar.

–De moment tens pròrrogues, oi? –El Marià s'assegura que no hi ha cap urgència, que el dolor no és immediat, que no el necessita ara mateix.

–Sí, però l'any que ve s'acaben i no sé què faré.

–A les persones sensibles us haurien de deixar fora d'aquestes llistes, no trobes, amor?

–Potser sí.

Abans que el Jep digui res, el cambrer deixa a la taula la safata amb el pollastre agredolç i un bol gran d'arròs blanc.

–Ja ho veuràs, té un gust molt especial. De veritat que no n'has menjat mai? Ets ben estrany.

–Persones sensibles –el Marià repeteix les paraules de la Teresa, gairebé sil·labejant-les, però de seguida li fa por que hagi sonat com un escarni–. Els de Filosofia i Lletres sempre m'heu semblat molt especials, potser perquè nosaltres ens hem hagut de concentrar en les qüestions pràctiques, ja m'entens.

La manera com ha dit «nosaltres» ha semblat una mica pretensiosa. Nosaltres, els metges. Nosaltres, els que us guarim quan esteu malalts. Nosaltres, els que us obturem les càries. Però la Teresa i el Jep fan veure que no ho han notat i tornen de seguida a la qüestió del servei militar. Hi insisteixen durant tot el segon plat, fins que el Marià els deixa ben clar que no hi pot fer res, que aquest individu amb tanta barra no és un amic, ni tan sols un «contacte», que és la manera com el Jep no ha parat de referir-s'hi.

–Hauràs de trobar una altra forma d'escapar-te'n –ho remata perquè no en quedi cap dubte–. A tu no t'agrada la mili i als meus pares no els agrada Bergman. A tothom el disgusta alguna cosa.

–És impossible que Bergman no agradi. És un geni. –El Jep ha mossegat l'esquer, i el Marià confia que s'oblidi d'una vegada d'això del servei militar.

–No anem gaire al cine. –La Teresa posa una mà al braç del Marià.

–A la tele també fan pel·lícules bones, al canal UHF sobretot.

–Hem de comprar un televisor, Marià. Devem ser els únics de Barcelona que encara no tenim tele.

–No ho crec –es defensa.

–No pot ser que siguis dentista i no tinguis carnet de conduir. No pot ser que siguis dentista i no tinguem tele.

El Marià paga i deixa una propina generosa perquè té pressa per sortir del restaurant.

–Com aniràs a casa? Agafa un taxi.

–Em sembla que no porto prou diners.

–No pateixis. –Es tomba cap al Marià–. Dóna-li cent pessetes.

El Marià obre la cartera i busca un bitllet marró, però no en troba cap i n'agafa un de blau.

–Només en tinc de cinc-cents.

–Deixa-l'hi, ja ens ho tornarà, oi, nano, que ja ens ho tornaràs? Nosaltres anirem a peu, és aquí mateix.

Caminen junts fins al passeig de Gràcia, esperen que el Jep agafi un taxi cap a Sarrià i, quan ja se n'ha anat, s'agafen de la mà i tornen cap a casa.

–De veritat que no el pots ajudar en això de la mili? Ets metge.

–Exacte, sóc metge, no sóc militar. No, ho sento, no hi puc fer res.

–Quina merda de país. Dissabte anirem a comprar una tele. Això sí que ho podem fer, oi que sí?

–Suposo que sí.

Més enllà del Cinc d'Oros, la Teresa posa el cap a l'espatlla del Marià. Li diu que està contenta, que li ha agradat que sopessin amb el Jep, que no s'ho ha passat tan malament i que potser ja no està tan cansat com deia, oi que no? Quan són al llit, encesos per la calor enganxosa dels estius a Barcelona, follen amb moltes ganes i, encara que s'han rentat les dents amb una pasta dentifrícia mentolada, els petons que es fan tenen un regust agredolç.

ESTADA

L'endemà d'arribar al poble va trigar força a sortir de la casa. Es volia acostumar a anar despullat. Però al migdia, com que feia massa estona que estava en dejú, va decidir que hauria d'anar al menjador comunitari.

No hi havia ningú. Era una sala força petita, amb quatre taules. En una paret hi havia penjat un gran rotlle de paper de cel·lulosa. En va estirar un tros i el va deixar damunt d'una taula. Una porta al fons li va fer pensar que potser donava a la cuina. La va tustar amb timidesa. De seguida va aparèixer la Cris, que el va saludar amb sorpresa.

–Venia a dinar –va provar de dir mentre abaixava la vista.

–De debò? No ho havies dit.

–No, és que no he menjat res. S'ha d'avisar?

–Sí, no t'ho vaig comentar? Ho sento.

–Si no menjo alguna cosa em desmaiaré –ho va dir amb un somriure que volia ser amable.

–Ara miraré si hi ha res. Només preparem menjar si algú ho demana. Normalment, la gent avisa al matí. Voldràs sopar?

–Em sembla que hauré de menjar aquí cada dia, si pot ser.

–Sí, si ens avises, no hi ha cap problema. Espera. Agafa un tros de paper i seu, que ara t'ho dic.

–Ja l'he agafat, el tovalló.

La Cris va riure.

–No, home, això és per seure. Que siguem naturistes no vol dir que no ens importi la higiene.

–Per seure? Ah –hi va caure tot d'una–, és clar, i tant, ja ho entenc.

Va posar el tros de paper a la cadira i es va asseure. Com que no els havia avisat, es va haver de conformar amb un plat d'amanida i dos daus de tonyina marinada que havien quedat del dia abans. La Cris li va preguntar si beuria te o aigua. Va callar perquè no sabia què respondre, i ella va suposar que triava l'aigua. Va deixar una gerra de plàstic transparent a la taula i un got, també de plàstic, del color del robí. Al cap d'una estona, la Cris li va dur el menjar i va seure amb ell.

–Fem torns. Aquesta setmana m'encarrego dels serveis comunitaris. Acceptem voluntaris.

–Potser més endavant.

Quan va acabar, va recollir el tros de paper i el va llençar al cubell on havien enganxat una cartolina amb la paraula «Papers» escrita a mà. Al vespre es va presentar al mateix lloc i es va comportar com si ja fos un usuari habitual. Va agafar el tros de paper del rotlle penjat, el va posar damunt la cadira i es va asseure. Li va semblar que podia repetir els gestos sense pensar-hi. Parlava amb la Cris sense témer que els seus ulls recorreguessin amb indiscreció el trajecte des dels pits fins als pèls rinxolats que amagaven la vulva. Va saludar amb un cop de cap una parella. No semblaven gaire més joves que ell. La dona tenia els cabells blancs. L'home era més aviat gras. Bevien te, amb uns vasos que li semblaven els d'un menjador escolar, com el seu però de color blau. Intuïa que els àpats serien l'única oportunitat de veure els altres estadants.

Al matí del segon dia va seure una estona al porxo de davant de casa i va fer una volta pel poble. En veure'l passar, una parella el va saludar amb jovialitat. Potser tenien trenta anys o potser encara no els havien fet. Ell duia cabells llargs i barba espessa. Ella es feia trenes, tan llargues que li arribaven a mitja esquena. S'estaven a una casa baixa, a trenta metres de la mitja casa que li havien assignat a ell. El barbut seia en un tamboret, davant de la porta, i foradava un tronc, que mantenia dret entre les cames, amb gúbies i burins de diverses mides. Ella seia al seu costat, en una cadira de reixeta, i llegia. Desprenia una olor molt penetrant que ell de seguida va reconèixer i que el va fer pensar en molts anys enrere, quan el pàtxuli es va posar una mica de moda.

El tercer dia es va apuntar a una sessió de meditació que dirigia l'home que acompanyava sempre la dona de cabells blancs. Van seure damunt d'unes estores una mica aspres, on calia deixar abans un tros de paper. Gairebé no es va fixar que els altres també anaven despullats. Si no hagués vist l'altra gent sense roba, potser no s'hauria adonat que ell no en duia. Potser hauria hagut d'anar despullat tota la vida.

L'hora i mitja de meditació li va semblar avorrida.

Però va actuar amb obediència. Només havia de tancar els ulls i fer veure que tenia el pensament en blanc. Li era impossible. Però s'esforçava a dissimular-ho. Enmig d'aquell silenci, podia escoltar les veus de la gent que havia conegut, de tothom que havia perdut, les veus fantasmagòriques que li parlaven dels anys que volia oblidar. En la foscor dels ulls tancats, veia els somriures dels que ja no hi eren, les mirades dels morts que havia deixat enrere i, també, les mans suplicants dels que no havia sabut ajudar. La meditació no havia sigut gaire bona idea.

Un altre dia va provar el bany de fang, que va trobar excitant. Mentre es rebolcava en la barreja d'argiles aquoses, es va mostrar enjogassat, com si encara quedés dintre seu un rastre minúscul d'una infantesa que no recordava tan divertida, com si n'hi hagués prou de deixar-se portar a la gropa d'aquest poni tan alegre com desconegut. Al final es van estirar a prendre el sol, fins que el fang es va assecar i se'ls esquerdava damunt la pell. Per torn, es van ruixar amb una mànega d'aigua tèbia fins que van quedar ben nets. Aquella activitat els obligava a comportar-se com si ja es coneguessin.

Al vespre, quan es va ficar a la dutxa, va descobrir que encara tenia trossets de fang als llocs més recòndits del cos: darrere les orelles i a les parpelles, a les ungles i entre els dits dels peus, entre les natges i al prepuci, perquè no s'havia atrevit a passar-s'hi la mà mentre un desconegut li llançava el raig d'aigua per esbandir-se.

Va passar un parell de dies sense parlar gaire amb ningú. Es va entretenir passejant pels límits del poble. Va descobrir el lloc exacte des d'on es podia veure el mar i va pensar que, si es llevava prou d'hora, hi podria anar un matí a veure com sortia el sol. Va tenir ganes d'explicar-ho a algú i es va recordar que ja feia mesos que li havien dit que s'havia de comprar un telèfon mòbil, però no ho havia volgut fer. Decebut, va acceptar l'experiment de les infusions purgants que li oferien. La Cris l'hi havia suggerit. Va dir que era força interessant per als que no ho havien provat mai. Però aquella purgació va resultar desagradable.

Li van donar una infusió amarga de bon matí. El mal gust no se'n va arribar a anar fins unes quantes hores després. Li va tocar un got de color blau. Aleshores ja tenia clar que aquells vasos vermells i blaus eren els únics que hi havia.

En comptes del dinar, li van servir un puré tan espès com insípid i, tot seguit, un got del mateix beuratge amarg. Se suposava que havia d'anar de ventre i, en efecte, es va asseure dos cops a la tassa del vàter.

L'endemà, quan es va llevar, encara va haver d'anar al quarto de bany amb certa urgència. Quan va arribar al menjador comunitari, la Cris li va preguntar com es trobava i ell va dir que se sentia molt bé. Va mentir. Ella li va explicar que els òrgans agraïen aquella neteja i ell va fer veure que s'ho creia. Encara no havia dit a ningú que era metge.

Més tard la Cris li va presentar una altra dona, que li va fer l'efecte que era de la mateixa edat que ella, tan madura com imprecisa. Es deia Laura. Tenia els ulls ametllats i duia a les orelles uns objectes molt estranys, de color negre, que el van fer pensar en els guarniments tribals que havia vist alguna vegada als documentals de la tele.

La Laura serviria els àpats aquella setmana. Li van tornar a preguntar si no es volia oferir com a voluntari. Va repetir que s'ho pensaria. La Cris li va dir que la Laura era una massatgista estupenda, i la Laura es va enrojolar una mica. «Té les mans d'or», va deixar anar la Cris.

La dona dels cabells blancs que anava amb l'home una mica gras, el mateix que havia dirigit la sessió de meditació, va assentir. A ella li havia deixat l'esquena nova. I això que el seu cas no era gens fàcil. Quan la dona es va girar per anar a buscar la seva estora, ell es va fixar en les protuberàncies que se li marcaven a la línia de la columna vertebral i es va adonar, per primer cop, que estava massa prima. Aquella magror li va semblar exagerada, malaltissa.

De cop i volta, tothom que s'estava en aquell poble li semblava exagerat. Ja ho havia pensat durant els banys de fang, quan aquella dona s'havia empastifat les trenes i, encara més, quan el seu acompanyant barbut s'untava el penis amb l'argila rogenca. «T'has d'abaixar la pell i deixar-ho tot ben enfangat», li havia dit. Havia provat d'imitar-lo, però es va sentir estrafolari i es va girar d'esquena perquè no el veiessin com ho feia.

Les purgacions li havien confirmat que era un lloc massa extravagant per a ell. Què hi feia, amb gent estranya que esculpia troncs i es cobria el gland amb argila molla? S'havia equivocat. S'havia deixat portar per la sensació enganyosa de viure una experiència nova i sorprenent, però tot plegat era massa esperpèntic. Ell no era com tota aquella gent. Potser sí que havia cregut que ho necessitava. Però ja ho havia provat. Ja en tenia prou. Al seu cos no li calien més beuratges amargs. La meditació només l'atordia. Els banys de fang eren excitants, però més aviat l'avergonyien. Estaven tots sonats.

Però comprenia que no tindria cap sentit haver anat fins al poble si marxava abans del seu aniversari.

Plenitud
1973

–Sí, ha anat molt bé, ja t'ho he dit tres vegades –es mira el ram de flors–. No calia.

–No sabia què portar. Em sap greu que ahir se'm va fer tard. Ho teníem tan ple que li vaig dir a la Núria que digués als dos últims pacients que no els podria agafar.

–Com ho fa? Encara s'equivoca amb les fitxes?

–Se'n surt prou bé. Encara no hi té la traça de la Marta, però ja n'aprendrà. I més ara, que serà per sempre.

–No ho sé, la Marta diu que vol tornar, que sense ella ens enfonsarem.

–I què més. Tu què hi dius?

–Que faci de mare, que estigui tranquil·la. Les primeres vint-i-quatre hores, ja se sap, diuen bestieses. T'ho hauria volgut dir personalment, però la Núria em va dir que estaves enfeinat amb una «tipus II», ho va dir així.

–Veus com n'aprèn? Vaig pensar de venir, però era massa tard.

–No t'haurien deixat passar. Són molt estrictes, aquestes monges. Per cert, que et farem padrí.

–No m'atabalis, no vaig mai a missa.

–És broma, burro. Ho hem dit al meu pare, s'ha posat molt content. Li cau la bava, literalment.

–Com aquella dona, te'n recordes?

–No, quina?

–Aquella que treia saliva sense parar, just al contrari de l'altra que vam enviar al Llesques.

–Sí que és veritat, un Sjögren autèntic. Va dir que encara no n'havia vist cap. Ens va donar les gràcies, com si fos cosa nostra. Què, que no penses pujar?

–Sí, però com que m'has aturat aquí.

–És que havia de sortir un moment i respirar una mica. Va, vine, la Marta ja ha preguntat no sé quantes vegades si encara no t'havia avisat. L'has encertada, li agraden les margarides.

–Volia portar roses, però he pensat que d'aquí a quatre dies tothom en tindrà. I a més, no ho sé, m'ha semblat massa íntim. Ja n'hi regalaràs tu, de roses.

–Ja ho he fet. Aquest matí, un ram preciós, ara el veuràs. Vine, va, pugem. El nen és a la sala de nounats. Té la cara rodona i el cap pelut. Fa molt de goig, però sembla un mico. No diguis a la Marta que t'ho he dit, em matarà. –El Tomàs comença a riure i el seu amic l'abraça, però no li dóna cap cop a l'esquena perquè a una mà hi té el ram i a l'altra el diari, que ha comprat al quiosc de la cantonada.

–Es dirà Jordi. Ja sé que et vaig dir que li volíem posar Manel, com el meu pare, però la Marta hi ha insistit. Com que ha nascut tres dies abans.

–Almenys no ha nascut el dia del meu aniversari. Mira que t'hi vas lluir per casar-te.

–Era l'únic diumenge de març que li quedava lliure al capellà. Ja t'ho vaig dir.

–Que és broma, burro. Que content que estic, Tomàs, de veritat, molt content.

S'abracen una altra vegada abans d'agafar l'ascensor que els portarà a la segona planta de la clínica del Pilar, al carrer Balmes. Fa molt de temps que no s'abracen, fa anys que no es diuen «burro» en aquest to jovial tan encomanadís. Fa temps que no es veuen fora de la consulta.

El Marià ha passat els últims mesos d'una manera estranya, com si hagués dividit la seva vida de cada dia entre dos mons que no tenien cap vincle entre ells, dos planetes tan lluny l'un de l'altre que era impossible establir-hi cap mena de connexió, fora de la seva ruta a peu des del pis del carrer Verdi fins a la consulta del carrer Gran.

A un lloc hi passava cada vegada més hores i, gràcies a aquest sacrifici, si és que en podia dir així, atenien molts pacients als torns de matí i tarda i ingressaven cada vegada més diners. En aquest món, duia bata blanca, fixava els ulls a la lloseta de vidre on preparava la pasta i funcionava com un autòmat, que disposa d'un braç extensible capaç de sostenir amb seguretat el mànec de la turbina i del contraangle, premia el pedal sense haver de mirar i es concentrava en la seva missió reparadora. Tants anys després d'haver-hi pensat per primera vegada, trobava la recompensa que l'ajudava a viure en la certesa que ja s'havia convertit, per fi, en un dels responsables de la restitució. En aquest món d'or i plata, era un dels amos de la boca dels altres i els restituïa, això era el que feia, les peces que el temps o la falta de cura havien malmès. En aquest món, sense dubtar-ho, hi era feliç. Potser de vegades acabava esgotat o li feia mal l'esquena a causa de la posició forçada cap endavant, però no se'n queixava. Sabia que quan s'abocava a una boca oberta, se li obria la porta del món que coneixia. Als paladars dels desconeguts, hi trobava totes les certeses que sempre havia buscat.

A l'altre món, on procurava passar cada dia menys estona, hi havia roba deixada de qualsevol manera al sofà i a les cadires, sabates a la taula o al damunt de la tele, discos fora de la funda, plats bruts escampats per la cuina, com si s'hi hagués celebrat un autèntic banquet de miserables, i taques de la menstruació, quan arribava de sorpresa, que vivien als llençols durant molts dies i els feien companyia quan dormien.

I hi havia la Teresa, que el mes de setembre no va començar a treballar a cap escola, ni tampoc per Nadal, quan havia sorgit una oportunitat, a través de la seva mare, perquè una altra mestra s'havia posat malalta i trigaria molt de temps a poder tornar a les aules. Els arguments que havia fet servir es basaven tots en la suposada falta de preparació. Un any de maduració, amb unes quantes hores per repassar el més important de les lliçons que potser ja havia oblidat, seria la garantia que, quan per fi s'incorporés a l'ofici de la docència, sabria respondre a l'exigència.

Que no treballés no volia dir que estigués desvagada. L'època de les hores passades al llit a l'espera que el Marià l'hi trobés havia deixat el seu lloc a un seguit de moviments incansables, com si hagués de demostrar que no la manava la desídia. Per això havia d'oferir les proves d'aquesta activitat.

Qualsevol dia podia decidir que havia de fer un plat especial i embrutava dues olles i tres paelles i sopaven davant del televisor. Però no solien acabar de veure cap de les pel·lícules que començaven, perquè en algun moment la Teresa li abaixava la cremallera dels pantalons, posava la boca encara plena de salsa al penis dur del Marià i l'obsequiava amb una fel·lació molt lenta, que sabia allargar amb un domini sever. Una vegada el va fer ejacular damunt d'un plat de macarrons. Tot seguit van sopar i, encara que a ell li va fer una mica de fàstic, no va saber protestar, perquè ella li repetia que eren lliures, com dos animals salvatges, i que estaven per damunt de les convencions estúpides dels que no sabien viure la vida amb plenitud.

El Marià no podia evitar de trobar-la preciosa i se sentia responsable de la seva agitació constant. Tenia por de no saber-li oferir raons més poderoses per estar junts que el sexe, experimentat fins a la sacietat, però sense arribar mai a saciar-los. De tant en tant reapareixia al clatell un gong repetitiu que li preguntava si encara se l'estimava, i ell sempre responia que sí, que més que mai, però que tenia tanta feina que li costava ocupar-se de l'amor que estava segur que per força existia.

Hi havia matins que ella dormia fins molt tard i quan es llevava se n'anava de casa. Quedava amb alguna amiga, de tant en tant mirava de convèncer els amics d'abans que preparessin una festa, una bona festa com aquelles que els havien divertit tant, o es ficava sola en un cine i gairebé sempre en sortia abans del final, perquè se li havia fet tard i volia ser al pis quan el Marià arribés. Altres vegades conduïa el cotxe sense anar a cap lloc concret.

El Marià no s'hi enfadava, no discutien mai. Ni tan sols quan la Teresa improvisava i feia venir el seu germà, que comptava els mesos que li faltaven per vestir-se de soldat i fer marxes amb el fusell d'assalt a l'espatlla. Molt de temps abans que anés a la mili ja va saber que el Cetme havia substituït els vells Màuser de l'exèrcit espanyol i que molts reclutes l'anomenaven igualment «chopo», per la culata de fusta. El Jep en parlava amb esgarrifança.

D'altres vegades es presentava al pis de Verdi sense que la Teresa l'hagués convidat. Gairebé sempre duia un disc nou. No fa tant, va arribar, molt excitat, brandant una funda negra amb un triangle al mig, on un raig de llum blanca es descomponia en l'arc de Sant Martí. «Deixeu estar el Dylan i escolteu això», els va comminar. «És del mes passat, me l'han dut uns amics de Londres», els va informar amb orgull. «És al·lucinant». I no semblava que hagués triat la paraula sense haver-hi pensat. «És clar que no és el mateix si l'escoltes amb una mica d'ajuda. Tu no et deus haver col·locat mai, oi?», es va adreçar al Marià, que s'havia posat uns pantalons a corre-cuita perquè un segon abans que el Jep premés el botó del timbre tenia el penis al cul de la Teresa, que s'arrapava al sofà.

El Jep es va ficar la mà a la butxaca plastró d'una trenca amb botons de banya i en va treure una pastilla. «No és aquesta butxaca», es va queixar mentre tornava la píndola on era i tot seguit ficava la mà a la butxaca dreta. En va treure un porro, que ja duia embolicat, i el va encendre. Quan es va desempallegar de la trenca, van veure que duia una camisa amb un estampat d'aire oriental: flors de lotus, o alguna cosa que s'hi assemblava, flotaven en un mar de núvols. O potser eren volves de neu mal dibuixades o només bafarades de fum molt espès. El Jep va encendre la trompeta i els va prometre molts més núvols.

Fins i tot el Marià, que no havia fumat ni un cigarret, ni tan sols a les festes on havia anat amb la Teresa, va aspirar el fum d'aquella herba encesa com si en depengués la seva vida i sense estossegar ni a la primera pipada, com si ho hagués fet sempre.

«Aquest disc de Pink Floyd marcarà una època nova, creieu-me», els pronosticava el Jep, amb una energia que el Marià atribuïa a la seva joventut. Les corredisses, els rellotges, els crits, les explosions i tots els sons que acompanyaven aquella simfonia de la bogeria els van deixar estabornits a terra, damunt d'una catifa tota fúcsia que la Teresa havia comprat feia pocs mesos. Seien tots tres molt a prop l'un de l'altre, amb el cap recolzat al sofà, i de tant en tant el Jep els avisava: «Atenció, això que ve ara és molt bo, no us ho perdeu», però era ell qui trepitjava la música amb les seves frases.

El van escoltar sencer dues vegades seguides i van tornar a fumar la mateixa herba. El Jep els va proposar un joc. Cadascú hauria de dir quin era el primer record que tenien. El primer de tots. Quants anys enrere podrien viatjar a cavall de la memòria? El Marià va dir que era una bestiesa i que no se'n recordava, però la Teresa va contestar, amb una alegria desbordant, que el seu primer record era ell, el seu germà. Ella devia tenir una mica més de quatre anys. Els pares li posaven el nadó a la falda. Potser tenia quatre mesos, potser una mica més. Seu en un sofà. La mare és al seu costat, per si de cas. El pare és al davant, ajupit, per agafar la criatura si caigués de la falda. Es va sentir important. No ho va dir amb aquestes paraules, però la manera com amb les mans reproduïa el gest de tenir un nadó a la falda ho revelava amb claredat.

El Jep no va arribar a dir quin era el seu primer record. Però el Marià, animat per l'alegria de la Teresa, sí que ho va fer. Va dir que el seu primer record no era de debò, sinó que era un somni. La Teresa va dir que no s'hi valia, que un somni no era un record. Però el Jep, que era qui s'havia inventat el joc, i per tant qui posava les normes, va dir que qualsevol record podia ser el primer record, també el record d'un somni. Per això, com que sí que valia, el Marià els va dir que, en aquell somni, nedava sense arribar mai enlloc. Fins que un àngel nedava al seu costat.

La Teresa va dir que era una merda de somni. El Marià hauria reconegut que era absurd, perquè els àngels, amb les seves ales, no poden nedar com un home. Però no hi va ser a temps perquè el Jep va trobar en el somni del Marià un pretext per acorralar-lo amb preguntes tan enganxades que no es podien contestar: «Quants anys fa que vas tenir aquest somni? Es va repetir? Estàs segur que el recordes del primer cop o a la teva memòria s'hi han ajuntat totes les vegades que hi has tornat a somiar? Com en pots estar segur?».

Com que el Marià no obria la boca i el Jep no aturava el reguitzell d'interrogants, la Teresa es va posar dreta i va ballar. Es movia a poc a poc, com una dansarina oriental en alguns moments i com un fantasma ingràvid en d'altres. Dibuixava amb els braços columnes de llum que el fum dissolia com un prisma i amb el cap els feia veure que estava viva encara que flotés. Duia un vestit curt que s'havia posat al damunt mentre el Jep pujava l'escala, amb la mateixa pressa que el Marià s'havia posat uns pantalons quan el Jep havia pitjat el timbre. Va ballar per a ells, descalça. Tots tres hi anaven, perquè el Jep s'havia tret les botes de pell girada tan bon punt havien posat el disc per primer cop.

Al Marià el neguitejava que la Teresa s'oferís amb els seus gestos descarnats i va provar de posar tota l'atenció en el Jep, encara que això l'obligués a provar de respondre almenys una o dues preguntes. No en podia estar segur, potser no era el primer record, potser era un somni que havia tingut alguna vegada i que després havia recordat com si fos el primer. Era impossible estar segur d'aquestes coses. El Jep se'l mirava embadalit i assentia amb somriures agraïts.

Quan la Teresa es va adonar que ja no se la miraven, es va ajupir i va fer al Marià un petó als llavis, molt llarg. Li va endinsar la llengua a la boca i no l'hauria treta si no fos que el seu germà es va aixecar de cop i volta, amb la punta del porro encara entre els dits. «Ja me'n vaig, no patiu. Com sou, hòstia, com sou». Es va posar les botes de pell girada i se'n va anar. L'agulla recorria els solcs de la superfície de vinil, als cercles més curts, però ja no se sentia res fora del so esmorteït del final d'un elapé que no va treure ningú.

L'endemà era dissabte i el Marià no treballava. Es van llevar molt tard i, en comptes de fer un esmorzar amb cafè i torrades, van menjar una de les seves amanides, com si ja fos l'hora de dinar. La Teresa va tornar a posar la mateixa música, però al Marià ja no li venia de gust escoltar el disc del Jep.

Es va ficar a la dutxa i s'hi va estar molta estona, com si l'aigua calenta pogués esborrar els records del somni que l'havia despertat. Nedaven tots tres, la Teresa, el Jep i ell, fins que un àngel enfonsava a l'aigua un raig de llum blanca que es descomponia en un ram multicolor que topava amb els ulls del Jep, i gràcies a aquest feix de colors el Jep deixava de mirar com la Teresa entreobria la boca quan el Marià s'hi atansava, la llum de l'àngel impedia que el Jep es quedés mirant com el Marià llepava els mugrons de la Teresa, com cremaven tots dos mentre nuaven les llengües sota l'ímpetu d'una onada encesa.

Si el Jep no s'hagués aixecat per anar-se'n, potser ella hauria volgut que es comportessin com si estiguessin sols. No ho podria saber. Per sort, el germà de la Teresa s'havia alçat d'un rampell i s'havia acomiadat amb ironia.

Es va eixugar de pressa. Es va posar uns texans que només feia servir els caps de setmana i una camisa de quadros blancs i grocs, superposats. La Teresa ja l'esperava, amb uns texans més foscos que els d'ell i un jersei de coll alt, de la mateixa tonalitat. S'havia posat una cinta al cap força ampla. El color blau li quedava molt bé amb els cabells negres.

–Si que has trigat. Va, que marxem.

–A on?

–Ja ho veuràs, és una sorpresa.

Es van ficar al cotxe i ella va conduir amb perícia. El Marià va preguntar unes quantes vegades a on anaven, però ella li somreia i repetia que seria una sorpresa.

–No em despullaré davant de tothom, això t'ho aviso.

L'altra vegada que la Teresa l'havia dut amb cotxe sense dir-li a on anaven també havia sigut una sorpresa. L'havia portat a una platja amagada perquè es banyessin despullats, però ell s'hi havia negat. «Però si és el que tu vas dir, que a la piscina no et podies despullar però que a una platja és diferent», li va recordar, per mirar de convence'l. «És que ara també és diferent. A les festes només hi havia amics i aquí ens veuria tothom. Què vols? Que se'm posi dura perquè et tinc al costat mentre uns desconeguts m'observen i que faci veure que no tinc vergonya quan surti de l'aigua amb la titola arronsada». La Teresa es va banyar despullada, mentre el Marià se la mirava des de la tovallola. Havien tornat al cap de poca estona i ella no li havia proposat mai més que anessin a una platja on es pogués practicar el nudisme encara que fos d'amagatotis.

–No siguis idiota, però si ara no és temps d'anar a la platja –li va deixar anar quan agafava la carretera cap al Tibidabo.

Quan va aparcar a les portes de la gossera, van sentir els lladrucs abans de sortir del cotxe.

–Necessitem un gos –va ser tota l'explicació que la Teresa li va donar–. I ells també ens necessiten a nosaltres. Per desgràcia, no ens els podem quedar tots. Per això no volia venir sola, a mi em farien tanta llàstima. Tu ets més racional. Oi que sí? M'ajudaràs a triar el gos que salvarem. Només en podrem salvar un.

Va ser aleshores, va ser en aquell moment precís, quan la Teresa va acabar de dir aquestes paraules, que el Marià va saber que no podien continuar junts. Encara no era capaç d'explicar-ho, només hi havia una intuïció, però era tan poderosa que no tenia cap dubte que un dia o altre se separarien.

La Teresa pretenia que compartís amb ella un dolor que el Marià no comprenia, perquè només es podien endur un gos en comptes de quedar-se'n cent. No podia ser. No tenia cap sentit. I no sabia com ho havia de fer per dir-l'hi. Si no ho feia, tornarien cap al pis amb un gos al seient del darrere. I si ho feia..., com li podia dir que ja no podien continuar junts, de cop i volta, sense cap discussió, sense que s'haguessin enfadat, allà mateix, a l'aparcament de la gossera municipal? No podia. Era impossible. Com li podia explicar que la nit abans estava content de ficar-li el penis a l'anus i que ara ja no podia viure amb ella perquè ella volia que adoptessin un gos abandonat?

Estava atrapat. Hauria plorat allà mateix. Hauria clavat puntades de peu a les rodes del Renault 8 platejat. Hauria esbotzat la porta del cotxe amb el cap si el seu cap ho hagués resistit. Va ser perquè va tenir aquesta idea que es va fixar en la porta del conductor i hi va veure el bony.

–Què és això? Que has tingut un accident?

–Ui, ja fa dies, no t'ho vaig dir?

–No, no m'ho vas dir. Què va passar?

–No va ser res. Un idiota que se'm va llançar al damunt.

–Un altre cotxe? A on? Quan?

–Com vols que contesti tantes preguntes a la vegada? Va ser un idiota que portava un 850, no em va veure. No va passar res, anàvem tots dos molt a poc a poc.

–Però quan va ser, Teresa?

–Ja no ho sé, fa uns quants dies. Havia anat a la platja. Potser va ser el dia que vaig anar a Sitges, no ho sé. Què t'ha agafat, ara?

–No podem tenir un gos. –Va pensar que si no ho deia de seguida ja no ho diria.

–Què hi té a veure, això?

–No ho sé, potser no hi té res a veure o potser sí. Però no podem tenir cap gos.

–Em passo el dia sola a casa, necessito companyia. Des de quan no t'agraden els animals?

–No és que no m'agradin. –Si acceptava que no li agradava gens la idea de tenir una bèstia al pis, potser sí que tindrien una discussió, i va preferir evitar la confrontació–. Però al pis hi vivim tots dos. Abans n'hem de parlar, no et sembla?

–Parlem-ne –la Teresa va encreuar els braços i va recolzar les natges al capó del cotxe.

–Amb calma, vull dir. No és una decisió que es pugui improvisar.

–Volia que fos una sorpresa. No t'ho podia dir i que fos una sorpresa, oi que no? O una cosa o l'altra.

Havia de trobar una proposta pacificadora, una solució de compromís.

–Fem una cosa, si vols. Hi entrem, ens mirem els gossos aquests i en triem un. Després tornem a casa i en parlem. Ens ho pensem. Els avantatges ja estan clars: et faria companyia. Mirem també quins inconvenients hi hauria: les despeses, perquè un gos l'has de dur al veterinari, li has de comprar menjar, perquè a un gos se l'ha d'alimentar, i queda l'assumpte de la higiene, perquè un gos és un animal i els animals són bruts, més bruts que nosaltres, vull dir.

La Teresa no deia res. Se l'escoltava amb un posat descregut, gairebé asseguda a la part frontal del Renault 8 que el seu pare li havia regalat. Com que no pronunciava cap paraula i el Marià temia que un silenci massa llarg pogués acabar amb una morrejada a la porta de la gossera, va continuar dient coses.

–Un gos és un niu de paràsits. Quan tens un gos, tens moltes més bestioles a casa teva –feia trampa, i ho sabia, perquè a la facultat ja els havien fet aprendre que al cos de les persones hi ha més fongs, bacteris i altres microorganismes que cèl·lules–. Un gos és l'hàbitat natural de les paparres, és el paradís de les puces. De debò que volem omplir el pis de puces i paparres? No et sembla que ja hi ha prou gèrmens amb tota la brutícia que hi acumulem?

Ella no obria la boca, només se'l mirava d'aquella manera tan esforçada, amb la cara contreta com si anés a fer el petarrell.

–Per tenir un gos s'ha d'estar preparat, Teresa, i no estic segur que nosaltres ho estiguem.

Els primers sanglots van sonar distants, com l'eco d'un efecte sonor que un enginyer innovador hagués afegit a una pista d'un disc revolucionari. Però no van trigar a convertir-se en una ganyota que combinava l'arronsament del nas amb l'obertura parcial de la boca. De seguida van arribar les llàgrimes, que rodolaven per les galtes sense que la Teresa digués ni una paraula. El Marià es va espantar.

Li va agafar la cara amb les dues mans.

–Nena, què et passa? No et posis així –va començar–, no n'hi ha per a tant. Tu mateixa ho has dit, que sóc més racional. –Li va fer un petó al lòbul del nas–. Ja ho saps, que m'agrada pensar bé les coses. –Amb els polzes va provar d'eixugar les llàgrimes i, com que no feia prou, la va besar i amb els llavis les recollia i les trobava salades i, també, saboroses–. Només dic que no ens precipitem, Teresa, preciosa. –Li besava els llavis, que ella obria no per rebre el petó sinó per expulsar el so inquiet del plor–. No veus que només parlem d'un gos. –Però aquesta última frase va tenir un efecte contrari i ella va esclatar a plorar de debò, amb les mans a la cara.

Al vespre, van veure a la tele la notícia que s'havia mort el pintor Pablo Picasso, però no en van fer gaire cas perquè estaven ocupats barrejant arròs bullit amb la carn del paquet que havien comprat en una botiga d'animals. L'endemà van fer un volt per la plaça Lesseps, per acostumar-se a la rutina de les dues passejades diàries, però l'aire era tan fred que van tornar al pis de seguida. Una nevada primaveral va emblanquir el Tibidabo.

Quan el Tomàs i el Marià entren a l'habitació, la Marta els rep amb un somriure generós.

–T'ha dut un ram –explica el Tomàs, de manera innecessària perquè el Marià fa el gest de donar-l'hi.

–A veure –diu ella, perquè li acosti les flors–. Margarides, que boniques. Moltes gràcies, doctor.

Li fa aquesta broma perquè a la consulta, quan hi ha pacients al davant, sempre els tracta a tots dos d'aquesta manera, i a ells se'ls fa una mica estrany.

–No sabia què portar –s'excusa el Marià.

–Són precioses, de debò. Allà hi ha un gerro buit. –Amb el cap assenyala la lleixa de sota de la finestra–. Ja heu vist el nen?

–Encara no, primer de tot et volia felicitar.

–Com estàs?

–Ja ho veus, grossa i cansada, però molt contenta.

–Demà vindrem amb la Teresa, avui ha hagut d'anar al veterinari, una visita d'urgència –la justifica mentre posa el ram al gerro.

–Ja m'ho va dir el Tomàs, que teniu un gos. Deu ser com una criatura, saltant d'un lloc a l'altre sense parar.

–No és cap cadell. És una gossa, petita i peluda. Van dir que és un grifó belga, però potser és una barreja.

–Com es diu?

–Floyd. Va estar a punt de dir-se Pink, però com que és més aviat blavosa... Se't veu molt maca, Marta, de veritat. Aquí va bé? –ho pregunta mentre posa el gerro amb les margarides una mica més cap a la dreta.

–Sí, aquí va bé. Estic horrible.

–No, estàs fantàstica. La pell rosada –fa el posat de metge que explora la pacient–, la cara rodona, els ulls esplèndids...

–És el que li dic –hi intervé el seu marit–. Però no em vol creure. Parteres.

–Has de veure el nen, Marià. És tan bufó. –Sembla que estigui a punt de sanglotar, però és només l'emoció que li sobrevé quan parla del seu fill, cada vegada que s'adona que ja en pot parlar com d'algú que existeix després de tenir-lo amagat a la panxa tant de temps.

–Ara hi anem –promet el Tomàs.

–Peludet, remenut, i no plora. S'ha agafat al pit a la primera.

–A veure qui no –fa broma el Tomàs.

–De veritat, és el millor que m'ha passat mai. El millor que ens ha passat.

–Estic molt content.

–Mira qui hi ha –exclama, quan entra, una dona elegant, amb faldilla de tub de color perla i una brusa amb coll de camisa que sembla fúcsia però que potser només és de la mena de blau fosc brillant del pèl de la Floyd–, el soci del meu germà.

–Hola –s'hi acosta i li fa un petó a cada galta.

–Au, va, aneu a veure el Jordi –la Marta gairebé els fa fora.

–Encara no l'has vist? És una monada –l'Anna Maria se'l mira als ulls.

–Va, anem, deixem-les soles –el Tomàs l'estira pel braç.

Quan són al passadís, li demana com l'ha vista.

–Fa molt bona cara, les dones que han parit sempre estan contentes encara que no ho sembli.

–No, vull dir la meva germana. Va trencar amb el nòvio fa dues setmanes i em sembla que encara no s'ha refet.

–No sabia que tingués cap nòvio.

–Abans-d'ahir ens va fer companyia tota la nit, mentre la Marta comptava les contraccions. Una mica més i entra a la sala de parts. I avui segur que no es mou de la clínica.

–No m'ha semblat gens rara, tot el contrari.

–Què vols dir, tot el contrari? Hem de baixar, la sala de nadons és al pis de baix.

–No ho sé, que fa bona cara. Ja saps que sempre l'he trobada molt bonica.

–«Bonica», quina paraula més sonsa, no fa per a tu.

Després de veure la criatura a través del vidre de la sala de nounats, tornen a l'habitació i el Marià es queda dret mentre el Tomàs seu a la cadira que hi ha al costat del llit i agafa, sol·lícit, la mà de la Marta, que no sembla gaire xerraire i de tant en tant tanca els ulls. L'Anna Maria endreça les flors, entra i surt del lavabo per buidar els gerros i tornar-los a omplir, i cada vegada que passa pel costat del Marià li dedica un somriure. Quan el Tomàs diu que ha d'anar a buscar el seu pare, el Marià ho aprofita per anar-se'n. Fa dos petons a la Marta, la felicita de nou, li promet que l'endemà tornarà, però aquesta vegada ja no fa servir la primera persona del plural. Fa dos petons a l'Anna Maria. Atura els llavis a la galta amb precisió, primer a la galta dreta i després a l'esquerra.

–Tinc el cotxe aquí mateix. Vols que et porti a alguna banda? –s'ofereix el Tomàs mentre baixen.

S'abracen per tercera vegada aquest matí. El Tomàs gira pel carrer Madrazo i el Marià baixa per Balmes, sense pressa. Creua la Diagonal al costat d'una parella d'ancians que s'agafen de la mà. Camina molta estona, sempre cap al mar. Travessa la Gran Via al costat d'una família que s'han vestit com si fos diumenge. Arriba a la plaça Catalunya i el sorprèn una mica que a aquesta hora ja sigui tan bulliciosa. Hi ha pares amb criatures que ofereixen veces als coloms. A Canaletes, hi ha grups de persones que discuteixen. Sense sentir-los, sospita que parlen de futbol. Gira a la dreta pel carrer Tallers. Entra a Discos Castelló i busca algú de la botiga que el pugui atendre.

Hi ha uns joves amb grenyes que remenen els contenidors de discos i un matrimoni gran que pregunta el preu a una noia que porta ulleres rodones, com les de John Lennon. Quan queden satisfets, continuen buscant i el

Marià demana a la noia si el pot ajudar. Li agradaria saber si encara es pot trobar un disc que vol tenir. No sap com es diu, però hi ha una cançó que vol escoltar: «L'àguila negra». A la noia se li escapa un somriure. Sí que el tenen. Si la vol escoltar en català, ha de comprar un disc de la Maria del Mar Bonet. És un single. Però «en realitat» és una cançó francesa. El Marià fa cara de sorprès. La noia hi insisteix. La Bonet la canta en català, però la versió original és d'una cantant que es diu Barbara. També tenen discos d'ella. Potser no en trobarà cap amb aquesta cançó, però ho pot mirar. Li demana que ho faci. S'espera mentre la noia desapareix de la seva vista. Els joves amb grenyes piquen de mans quan troben el que buscaven. N'hi ha un que fa una olor estranya. És el primer cop que el Marià ensuma el pàtxuli. La noia torna amb dos discos. Pregunta què valen. Se'ls queda tots dos. Paga i surt amb la bossa a la mà, content com si hagués adquirit un tresor.

Agafa la línia tres del metro fins a l'última parada, que és la de Lesseps. Quan arriba a casa, hi troba la Teresa, que pentina la Floyd amb un raspall de pues dures, però la gossa no sembla gaire contenta.

–Li han posat una crema. Dermatitis, m'han dit.

–No serà res, no pateixis.

Posa el disc de la Bonet.

–Què és això?

–La Maria del Mar Bonet.

–Ja ho sé. Vull dir que des de quan l'escoltes.

–Des d'avui. No vols saber com està la Marta? Li he dit que demà hi aniríem.

–Perdona, me n'havia oblidat. És que es gratava molt,

no te n'havies adonat? Dermatitis –ho torna a dir, amb una pausa després de cada síl·laba.

–Estan molt contents, ja t'ho pots imaginar. Vindràs, oi?

–I tant, tinc moltes ganes de veure el nen. –Li fa un petó al coll–. Però no podem deixar la Floyd sola a casa. Demanaré al Jep que vingui.

–Com vulguis.

–Has trigat molt. Has vist com fa cas? Mira: «Poteta» –això ho diu a la Floyd, que aixeca una pota del davant.

–És que he anat a passejar.

–Li vull ensenyar a fer salts. Demà començaré a fer exercicis, de moment amb una cadira. És una gossa molt llesta, oi que ets molt llesta?

Mentre ella li parla, la gossa de musell curt es llepa una pota. La Bonet canta: «Un bon dia, o potser una nit, prop del mar jo m'havia adormit quan, de cop, el cel s'omple de llum i un ocell negre surt sense venir d'enlloc». El Marià troba que és una frase sense sentit, perquè els ocells, com tothom, sempre arriben d'algun lloc.

Recés

Ja havia decidit que se n'aniria, i pensava fer la maleta aquell matí, sens falta. Però es va presentar a la casa on ell s'estava la dona que duia aquells discos negres als lòbuls de les orelles.

–Sóc la Laura, te'n recordes, oi?

–Sí. –Va clavar els ulls en les seves orelles.

–He vingut per demanar-te si ens vols donar un cop de mà. Hem de renovar l'espai dels banys de fang. Estem buscant voluntaris.

–Què s'ha de fer?

–No gaire cosa. Hem pensat que podries carregar les galledes d'aigua.

Al cap de mitja hora portava galledes des d'un safareig fins al lloc on l'home més aviat gras i el barbut que esculpia troncs llançaven palades de terra vermellosa, i un altre home, que encara no havia vist, anava i venia amb carretons d'una terra més groguenca, d'un ocre estabornit. Ell i la Laura duien galledes. La Cris, la dona dels cabells blancs i la dona de les trenes remenaven el fang amb les mans i els peus.

Mentre feien aquella feina, gairebé havia deixat de ser conscient que anaven sense roba. La nuesa era molt diferent quan formava part de la normalitat. Una cosa era seure al menjador amb el tros de paper sota el cul, i una altra, que no hi tenia res a veure, carregar terra i aigua, rebre instruccions, ajudar-se i complir un propòsit. Ara portar roba o no portar-ne es convertia en un matís inapreciable. Potser no s'hi estava tan malament.

Ja s'adonava que els altres compartien més o menys unes idees que a ell li semblaven estrafolàries, però, si prescindia d'aquest detall, eren persones corrents com ell, gent normal que fa coses normals, com portar galledes mentre els pits o els testicles salten al ritme que els braços carregats transmeten a les cames.

El noi dels troncs li va preguntar a quina feina es dedicava i ell va explicar que ja estava jubilat. La dona de les trenes va dir que el seu marit volia saber a què s'havia dedicat abans. El va estranyar que digués la paraula «marit». Havia pensat que eren de la mena de gent que odiaven aquests termes, que els trobaven antiquats i opressius. Atrapat per la sorpresa, va dir la veritat. Quan va pronunciar la paraula «dentista», tots dos li van dedicar un somriure graciós. En aparença, tenien la boca ben sana.

Ho devien dir a algú altre perquè, al cap d'una estona, quan ja tornava a ser a la casa, la Laura es va tornar a presentar d'improvís i li va preguntar si només era odontòleg o si també era metge. Va dir que havia sigut metge, i ho va dir així, amb el verb en passat. Com si fos un ofici del qual es pogués desprendre, que ja sabia que no. Li va fer tantes preguntes que el va atabalar. En lloc de provar de contestar-les, va preguntar a la Laura per què ho volia saber.

–De vegades hi ha persones que vénen fins aquí per viure els últims dies, no sé si m'entens.

–Més o menys. Vols dir que hi vénen a morir?

–No ho diem així, però sí. Normalment, no ens fa falta cap metge.

–No, per a això no cal –va dir en veu baixa, com si no ho volgués dir.

–Hi ha una persona molt malalta entre nosaltres. Els metges ja li han dit que no hi ha remei. Només volia que ho sabessis.

–Per què? Jo sóc dentista. Què té? Càncer?

–Sí. Està al final, o això ens diuen. No necessita res més que la pau que troba aquí. Però hem pensat que ho havies de saber. Si en algun moment ens fes falta...

–No és la meva especialitat, no hi podria fer res...

–No, no, ja ho sabem. Només vull dir que potser en algun moment va bé saber que tenim un metge entre nosaltres. T'ho volia comentar perquè n'estiguis al cas.

–Molt bé.

–Doncs gràcies, ens agrada que siguis tan col·laboratiu. Comptem amb tu.

La Laura ja se n'anava, quan ell la va retenir amb un gest de la mà que no va arribar a tocar-li el braç però que ella va entendre igualment.

–Suposo que hauria de saber qui és. Per si de cas, vull dir.

–I tant. Em pensava que ja te'n devies haver adonat. Com que està tan prima...

Va pensar de seguida en la dona dels cabells blancs.

–No hi havia caigut.

–Aquesta vegada no ha volgut que la maltractessin amb la quimioteràpia. És la tercera recaiguda, i el diagnòstic va ser tan radical que ha preferit viure els últims dies sense medicaments.

–Sembla tan... tan plena de vida –va aconseguir mentir.

–Sí, i és tan alegre. La vida és ben estranya, oi?

–Vols seure una estona? Vaig comprar cafè a l'economat i te'n puc fer una mica.

–No en prenc mai, però gràcies.

Quan la Laura se'n va anar, el Marià es va recordar de l'alegria amb què remenava el fang la dona que havia anat al poble per morir-s'hi i ho va trobar inaudit, això d'entomar el darrer tram com si no ho fos, com si pogués ser tan important que la terra d'un ocre desmaiat i la terra més fosca, gairebé caoba, es barregessin bé amb l'aigua que duien des del safareig, com si de debò el resultat d'aquesta mescla fos la cosa més transcendental del món. Aquesta dedicació tan profunda el va commoure. I des d'aquell moment ja va ser inevitable, quan veia pels carrers del poble aquella dona, que s'imaginés que es moria, de cop i volta, davant seu. Va arribar a somiar que es moria quan ell hi parlava, que es moria quan ell feia de voluntari al menjador i li oferia un got d'aigua, un d'aquells vasos de plàstic, un de blau o un de vermell.

La manera com es mostrava nua, sense cap complex, li va semblar molt més meritòria que la manera com els altres caminaven despullats. Perquè els altres, els vius, només ensenyaven el seu cos nu mentre que ella, gairebé una moribunda, mostrava a tothom com seria molt aviat el seu cadàver.

DIFUNTS
1974

–Ja arriben, mireu.

–Agafa'l fort. –Mentre ho diu, el Tomàs posa la mà dreta a l'esquena del nen que la Marta porta a coll.

–Ets tan patidor. És un encant. –Això últim, que és un elogi, la Marta ho diu a l'Anna Maria, que assenteix amb un somriure.

–Només és la banda. Els cavalls i les carrosses van al darrere.

El Marià troba que el Tomàs es fa el saberut d'una manera nova, que no sap si ha d'atribuir a la paternitat o a la manera també nova com ell i la Marta es comporten quan estan davant d'altres persones. Li sembla que reconeix els gestos gairebé comuns, l'aire que prenen les frases que es diuen i una mirada sempre còmplice que recorda als altres que estan junts, units sobretot per aquest ésser fràgil i indefens que és la seva creació.

–Mira, Jordi, ara ens llançaran caramels –la Marta li parla amb veu amorosa, però el Marià se l'afigura com una veu que no és encara tota la veu, com si cada afirmació de la mare estigués pensada per acoblar-se a una altra afirmació equivalent del pare.

–Però si encara no té l'any, quins caramels vols que mengi?

–No en menjarà mai, no veus que és fill de dentista.

Ja hi ha tornat. El Tomàs s'ha mostrat segur d'ell mateix a la vegada que tocava el clatell del nen i, tot seguit, el braç que el sosté. El Marià ho pot reconèixer ara ja sense cap dubte. No es tracta de les paraules ni dels gestos, perquè no són els mateixos que ell veia quan era petit. El que l'ha sorprès és la claredat amb què demostren que el fill els ha convertit en una forma nova, que transcendeix la seva persona, perquè ells dos, el seu amic Tomàs i la Marta, a més de ser qui són, també són «els pares» del Jordi.

S'han encabit tots quatre, i el Jordi, a coll de la Marta, al balcó de la consulta, encara que és diumenge i ja fosqueja, per veure passar la desfilada de Sant Medir. La processó de colles és rebuda amb crits i aplaudiments de les famílies, que fa estona que ho esperen. Hi ha finestres on es veuen paraigües de cap per avall i al carrer hi ha nens amb bosses de plàstic, que confien omplir de caramels abans de tornar a casa.

El Marià fa una moixaina al fill dels amics i tot seguit posa la mà dreta, amb suavitat, al ventre de l'Anna Maria, que té just al davant, amb compte que els altres no se n'adonin. L'enretira i li fa un petó volàtil als cabells, que li cauen darrere l'orella esquerra, i li diu que l'estima. Ella només aixeca una mica de res les espatlles, per distribuir, amb elegància, el corrent elèctric que els llavis del seu marit han deixat tan a prop de la nuca, el punt més sensible del seu cos visible, com ell ja ha descobert fa uns quants mesos.

No van començar a sortir junts de debò fins que el Marià va deixar la Teresa i, de manera provisional, va tornar a casa dels pares, encara que hauria preferit estar més lluny, molt més lluny, del pis del carrer Verdi. Va ser abans de Sant Joan. Se'n recorda perquè ja no va anar a la revetlla que el Jep va preparar per celebrar que acabava la carrera i, també, perquè sabia que passaria un any vestit de soldat.

Va saber des del primer moment que un dia posaria la mà al ventre de l'Anna Maria. Hauria pogut anticipar el petó volàtil que acaba de deixar al seu clatell quan li havia telefonat, un diumenge de maig. Es va empescar un pretext banal: li volia donar una cosa. Ho havia trobat per casualitat i s'havia recordat d'ella. Mentia. Ho havia comprat per a ella. Per això l'hi havia de donar. Però no podia dir què era i ella havia acceptat aquesta broma. Quan es van trobar a la plaça Catalunya, davant del Zurich, van demanar cafè i prou, amb discreció. Ella li va donar les gràcies quan va desembolicar el disc de la Barbara, amb la versió original de la cançó que cantava la Bonet, i ell va aprofitar l'oportunitat per proposar-li que algun dia l'escoltessin junts.

Va anar a casa d'ella, a casa dels pares d'en Tomàs, a on havia anat tantes vegades i a on feia tant de temps que no havia tornat, una tarda que es va escapar de la consulta. Després d'aquella audició compartida, la primera, el Marià va dir que se n'havia d'anar i va arribar a casa amb la culpa minúscula d'una traïció que no li feia falta consumar per saber que hi era.

Les setmanes següents, amb la Teresa van discutir tot el que no havien discutit mai i es van barallar com no ho havien fet fins aleshores. Cridaven, de vegades s'arribaven a insultar, però sempre hi havia un moment en què, en comptes de buscar una reconciliació tranquil·la, transformaven la violència de les disputes en un encontre sexual igualment tempestuós. Es clavaven les dents a la pell, feien força quan s'entortolligaven amb abraçades arravatades, ell la penetrava amb fúria o ella galopava a cavall del seu penis amb la fogositat del genet que tem córrer l'última cursa.

El Marià passava més hores que mai al seu món asèptic de resines acríliques i compòsits dentals, al planeta de la restitució, on preparava, amb la vista segura i les mans ja més expertes, ciments d'endodòncia amb hidròxid de calci mesclat amb aigua destil·lada i obturadors provisionals, amb acetat de zinc i eugenol, l'oli que, segons la Teresa, no en té prou d'embafar les consultes dels dentistes, sinó que a més s'entesta a presentar-se a casa impregnat a la roba i a la pell.

Quan tornava a casa, no sabia afrontar la situació sense el set d'exploració que, a la feina, tenia el poder essencial de l'instrumental primari: sonda, pinces i mirallet dental. Com podia parlar amb la Teresa sense aquest estri que permet veure-hi allà on no es veu res? Com li podia mentir sense l'ajuda d'unes pinces per endur-se la falsedat? Com li podia dir que ja no se l'estimava sense clavar el ganxo de la sonda al cor?

Estava segur que no l'havia deixat d'estimar. Com a mínim, encara no. No hauria pogut. Però un sisè sentit, que només tens si els teus pares te l'han administrat amb una injecció de por i amb molta paciència, l'advertia que l'amor no tenia res a veure amb la vida o, en tot cas, que no hi havia cap obligació que es portessin bé. I la vida que volia fer, això ja ho començava a entendre, no consistia a viure en un pis desendreçat amb algú hipersensible i amb l'humor capriciós. No es veia fent-se gran mentre treia a passejar una grifó belga malcriada que li ensenyava les dents, no s'imaginava que viure consistís a ejacular en un plat de macarrons. I si no es veia envellir d'aquesta manera, potser era perquè hi havia alguna raó important.

La vida com a festa havia sigut formidable, però un instint íntim de regeneració, que tot just polsava, com la percepció d'un batec distant, li deia a l'orella que amb la Teresa no voldria mai tenir un fill. Tenia tanta por que la seva relació encara incipient amb l'Anna Maria no fos res més que una resposta a aquesta necessitat, que es va esforçar per endormiscar l'emoció recuperada d'una cita, l'alegria per agrair un somriure, la serenor d'una conversa sense interrupcions sexuals.

Es van veure tres vegades el mes de maig i dues de molt seguides a principis de juny. L'última va ser un diumenge. La Teresa, que anava a casa dels seus pares, li havia deixat la Floyd. Va improvisar: li va telefonar i l'Anna Maria va dir que sí. Van quedar al cap d'una hora a l'estació de França. Al metro no li van dir res pel fet de dur la gossa, ni al tren tampoc. Van anar a veure els avis de Badalona, perquè feia molt de temps que no hi anava i perquè l'avi estava malalt. Ja feia mesos que sobrevivia sense cap esperança.

L'àvia va estar molt contenta. Li va demanar que deixés la gossa lligada a una pota de la taula del menjador abans que entressin a l'habitació de l'avi. De primer va semblar que no el reconeixia. Al cap de poc va voler que s'hi acostés més i l'hi va demanar amb gestos lleus. Quan el va tenir ben a prop, va començar a parlar, però no semblava que volgués dir res al seu nét, més aviat transmetia la sensació que era una cosa que hauria dit igualment a qualsevol persona que se l'escoltés: «Passem la vida somiant que hi ha molts destins possibles, fins que un dia comprenem que l'únic destí que tenim és el mateix que se'ns va assignar quan vam néixer, perquè és en aquell moment exacte quan es va decretar que un dia morirem. Oi que ho entens, això? Perquè és l'únic que hem d'entendre».

Quan van sortir de la cambra, l'àvia li va preguntar si li havia parlat del destí dels homes, assignat a tothom al mateix moment de néixer, i abans que el Marià contestés li va explicar que ho repetia a tothom i que a ella mateixa l'hi deia tres i quatre vegades cada dia, des de feia unes quantes setmanes.

Quan ja se n'anaven, l'àvia es va doblegar una mica per fer un gest afectuós a la Floyd, però quan la gossa va veure un braç que arribava des de més amunt, va bordar i li va plantar cara mentre tensava la cua escapçada. «Caram, quin mal geni», es va apartar l'àvia. «M'ha agradat molt que hagis vingut. I m'ha agradat conèixer per fi la teva dona», li va deixar anar, entre dos petons de llavis caiguts. Ell no la va desmentir, perquè haurien fet falta massa explicacions que l'àvia no entendria. Ho va comentar a l'Anna Maria quan ja eren a la Rambla, caminant sota les palmeres. Va passar un tren i l'Anna Maria no el va sentir, o sigui que va haver d'esperar que el comboi ja hagués passat per tornar-l'hi a dir. Ella va somriure. Hauria esperat que ella rigués, però només havia somrigut.

–Potser un dia n'hem de parlar, Marià.

–De què? –va fugir d'estudi mentre estirava la corretja de la Floyd.

Però ella no va contestar, perquè ja havia entès que no era una pregunta, sinó un mer recurs per guanyar temps. El temps de passar a l'altre costat.

–Vols dir? No és perillós? –va demanar l'Anna Maria quan el Marià va proposar de passar per damunt de la tanca més aviat baixa que hi havia a banda i banda de la via.

El pas a nivell més pròxim era el que hi havia a tocar de l'estació, i la majoria de les persones passaven d'aquella manera per qualsevol punt de la Rambla. L'avi li havia explicat històries de la via més aviat esfereïdores, com la del cambrer sord que passava cada dia cent vegades pel costat de la via. Un matí que tenia festa, se li va acudir passar damunt la tanca. L'avi deia que el cambrer sord només havia mirat a un costat. L'empenta del tren havia llançat l'home enlaire, i per això, quan les rodes que el van recollir després ja l'havien seccionat, a la catenària hi havien quedat els peus penjats de les sabates. Si l'avi l'havia volgut espantar perquè fos prudent, ho havia aconseguit.

–No, no és perillós –mentia–. Quan venia aquí a l'estiu i m'hi passava una setmana, amb els amics posàvem pedres a les vies. I també monedes.

Quan van ser a la sorra de la platja, es van treure les sabates. El Marià no va deixar anar la gossa. Feia un dia mig ennuvolat i no hi havia gaires banyistes. No duien tovallola ni vestit de bany, la invitació improvisada només havia inclòs un passeig per la platja, sense cap altre al·licient, però es van asseure a recer de la brisa, entre les barques de pesca encallades a la sorra, apartats de l'aigua enfosquida, més que res molt enrogida, pels productes químics de les indústries d'una mica més al sud. El Marià va ordenar a la gossa que estigués quieta, però no se'n va sortir fins que li va donar un mitjó lligat que feia dies que era la seva joguina preferida. Se'l ficava a la butxaca de la jaqueta, quan sortia de casa amb la gossa, com a provisió de seguretat.

L'Anna Maria va dir que feia molt bon dia, encara que ja es veia que no era així. Va elogiar la seva paciència amb la gossa i va dir, sense que sonés exagerat, que li sabia greu que el seu avi estigués tan malalt. El més important ho va afegir després d'aquest pròleg.

–M'agrada molt que ens estiguem veient.

–A mi també.

–I ja sé que no vol dir res, però has d'entendre que se'm faci una mica incòmode. Vius amb algú.

Era un parany. Si hagués respost que això no hi tenia res a veure, que viure amb la Teresa no li impedia fer amistat amb altres persones, si hagués fingit que només volia que fossin amics, potser l'Anna Maria no hauria dit res més, en algun moment hauria trobat que ja era l'hora d'agafar el tren cap a Barcelona i qui sap si no s'haurien tornat a veure.

El Marià va detectar la forma obliqua de l'abisme que ella havia obert al seu davant, va acariciar amb familiaritat la testa de la gossa i va trobar la resposta correcta, l'única resposta bona, perquè era sincera i no amagava el que ja sabien: que s'agradaven i que potser valia la pena descobrir fins a quin punt s'agradaven, perquè ja no eren tan joves i tots dos podien creure que arribaven d'un fracàs.

–Tens raó. Em sap greu si t'he fet sentir així. No et demanaré que ens tornem a veure mentre encara visqui amb la Teresa.

Va deixar que hi hagués un silenci, però no el va voler allargar. Va agafar el mitjó de la boca de la Floyd i l'hi va tornar, perquè era un joc que havien fet altres vegades.

–Per això no et telefonaré fins que passin ben bé deu dies. És el temps que necessito. –Era una declaració i, a més, era una declaració formal.

No s'havien fet mai ni un petó. Per aquesta raó es va inclinar cap a ell i va entreobrir els llavis, perquè ell veiés que era això el que li oferia. Es van besar per primera vegada i les seves llengües es van tastar amb tanta lleugeresa que se'n van sorprendre.

Quan separaven les boques, potser per treure importància a aquesta sorpresa, o tal vegada per fugir de l'excessiva solemnitat que les paraules del Marià havien atorgat al petó, l'Anna Maria va voler prendre el mitjó a la Floyd, com ho havia fet ell, per jugar, només per jugar. Però aquesta vegada la gossa no es va deixar. Va moure el cap amb el mitjó entre les dents, com si volgués matar una rata a sacsejades, i amb la pota del davant, que donava a la Teresa quan ella li deia «poteta», va provar d'esgarrapar la mà juganera que l'havia provocada.

El Marià li va picar el cap a temps d'evitar cap ferida, però la Floyd va reaccionar amb un gest esquiu i, espantada, es va girar i es va posar a córrer, aprofitant que, durant el petó, el Marià s'havia desfet de la corretja. «Vine, Floyd», li va manar mentre es posava dret. «Que vinguis», l'empaitava.

La Floyd va semblar que l'obeïa i tot seguit se'n tornava a anar, com si fos un joc nou més divertit que l'ensinistrament de la Teresa, que s'havia entossudit a ensenyar-li a saludar amb una pota alçada i a saltar la cadira. Corria i tornava, el Marià la cridava i l'Anna Maria els observava. Fins que la grifó belga va saltar la tanca. El salt va ser molt ajustat, però la Teresa n'hauria quedat satisfeta.

La gossa no va veure que venia un tren en direcció a Barcelona. De primer va rebre un cop que la va llançar tres metres cap endavant. Però de seguida el morro verd la va tornar a agafar i l'esgarip d'un segon abans es va convertir en un grinyol. Quan el tren ja havia passat, damunt la via hi havia dues meitats de la Floyd, una que encara es movia, com si hagués adquirit un tic nerviós o truqués a la porta del cel dels gossos, i l'altra que havia quedat aixafada per les rodes. La part que s'estremia ja s'havia quedat inerta quan el Marià i l'Anna Maria van aconseguir passar la tanca, amb les cames tremoloses, i s'hi van acostar.

S'hi va atansar força gent. N'hi havia que els avisaven que havien de sortir de la via si no volien acabar com l'animal, i n'hi havia que deien que era terrible. Algú va dir que l'havien de treure d'allí i algú més va anunciar que ja avisarien els bombers, però un altre va assegurar que no era feina dels bombers de cap manera i que ja hi passarien els escombriaires.

El Marià els podia sentir, però no els escoltava. L'Anna Maria es tapava la cara amb una mà i posava l'altra damunt l'estómac d'ell, que estava just al seu davant. Li hauria fet un petó darrere l'orella, però només repetia que era una desgràcia, i ho deia tan a prop del seu clatell i amb veu tan baixa que de debò les paraules semblaven petons. Per això el Marià alçava les espatlles amb una esgarrifança, per distribuir de manera uniforme el corrent elèctric que l'alè d'ella li transmetia.

No se la podien endur. Van fer cas als que deien que se n'anessin i van caminar encara tremolant fins a l'estació. Al tren no es van dir gairebé res, però es van agafar la mà. Un cop a l'estació de França, el Marià va cridar un taxi i va fer que els portessin a casa d'ella. Quan hi van ser, li va dir que aprofitaria el mateix taxi. No es van fer cap petó de comiat, ni a la galta. Quan va arribar a casa, el Marià encara no havia pensat com ho diria a la Teresa.

Va començar amb una història inspirada en els fets però farcida de dubtes, com si li costés de recordar-se'n. Se l'havia volgut emportar a Badalona, això era veritat, s'havia escapat, també ho era, i l'havia perduda, només era veritat si considerava que perdre-la equivalia a deixar-la abandonada, partida per la meitat i trinxada, a la via del tren. Però al mateix temps es va sentir incòmode amb la mentida, cosa que el va preocupar, perquè anticipava que també diria la resta de la veritat. Va trigar més d'una hora a arribar fins al final, i això que només havia parlat de la Floyd i havia deixat per a un altre dia el petó entre les barques de pesca i el que li semblava que podia significar. Un sol petó volia dir, de sobte, molt més que uns quants anys d'una relació sexual abrusadora.

La Teresa va plorar i el Marià també va plorar. Ella

plorava per la gossa, que no havia vist a la via però que es podia imaginar, perquè havia insistit que en volia saber els detalls. Ell plorava per ella, per tots dos i per aquella gossa estúpida que en realitat també s'havia estimat. Es van recordar del dia que l'havien anat a buscar a la gossera, del primer passeig per la plaça Lesseps, del fred i la nevada de primavera. De tant en tant la Teresa somicava i deia «poteta» i tornava a plorar sense consol.

Una altra persona potser hauria tingut en compte les circumstàncies, s'hauria adaptat a la situació, i hauria esperat unes quantes setmanes, però el Marià encara no havia cedit a la pulsió del seu entusiasme ni sabia doblegar-se a la voluntariosa insistència del seu pensament racional. Ho havia previst d'una manera, ho havia promès a una altra persona i adaptar-se no era el verb que l'empenyia a l'acció. El que el distingia era actuar amb decisió. A la consulta, era més partidari de l'odontologia conservadora i procurava salvar la peça danyada abans d'optar per l'extracció, que li semblava un últim recurs. A casa, no tenia cap dubte que no quedava més remei que arrencar aquell queixal corcat i expulsar-lo de la seva vida. És el que va fer. No va esperar ni una setmana. No va anar bé.

La Teresa va plorar, després va riure i al final es va trobar malament. Va plorar quan ell li va dir que no podien seguir junts i que se n'aniria. Va riure quan ell es va oferir a pagar el pis els mesos que calgués, perquè ella hi visqués, però sobretot va riure quan ell va afegir-hi, tan formal, que ho faria encara que no estiguessin casats i no l'hi poguessin obligar. Se li va encarar. O sigui que, en el fons, era tan conservador com els seus pares. Per què, si no, ho havia hagut de dir? Que la llei no reconegués la seva vida en comú volia dir que ell se'n volgués aprofitar? Dient allò reconeixia que per a ell no era el mateix viure amb ella que haver-s'hi casat. Es va trobar malament quan va provar de reconciliar-se i ell va refusar el petó. Va vomitar. Com si hagués presenciat una vivisecció i al mateix temps ella en fos la protagonista. El Marià es va ajupir i va recollir el vòmit amb una tovallola. Tot seguit va fregar el terra.

La següent vegada que va telefonar a l'Anna Maria ja ho va fer des de casa dels pares. No estava gaire animat, però si ella ho volia podrien anar a fer una volta. Preferia ser sincer i deixar-li clar d'entrada que no trobaria el millor Marià. Li semblava que era bo que es veiessin en un mal dia. L'Anna Maria es va presentar amb una brusa de flors i un somriure d'orella a orella.

Un dia de juliol, va anar al pis de Verdi per recollir quatre coses. La Teresa li va oferir cafè, que ell va acceptar, i li va explicar que la revetlla del Jep havia sigut magnífica. Havien rigut, havien ballat, havien begut i havien llançat coets. Els hauria d'haver vist.

A principis d'agost van passar tres dies amb l'Anna Maria a la Cerdanya. Va ser la primera vegada que dormien junts. La primera nit va semblar que tots dos fossin verges una altra vegada. A poc a poc, i sense gaire traça, van temptejar el cos de l'altre, es van alentir quan hauria calgut més ímpetu i es van apressar quan hauria anat bé la contenció. Però tots dos en van quedar satisfets i es van llevar de bon humor. La segona nit van renunciar d'entrada a l'apassionament i es van obsequiar amb petons plens de paraules, com si s'haguessin de demostrar que l'amor que volien per a ells vivia molt més enllà del desig.

L'endemà, abans d'agafar l'autobús de línia i després el tren, l'Anna Maria li va dir que no passava res si de tant en tant es recordava de la Teresa. Ella també es recordava del seu nòvio d'abans i ho trobava molt normal. «Han format part de la nostra vida, i sempre hi seran. El que compta és el que tu i jo siguem capaços de fer junts». Van decidir provar-ho de seguida, com si tinguessin pressa. Es van casar la segona quinzena de novembre i van fer un viatge de noces curt, a París, perquè a l'Anna Maria li venia de gust visitar els llocs que havia vist a les fotos del seu germà. Van comprar un pis al carrer Atenes, se n'hi van anar a viure i des del primer dia van deixar de banda qualsevol precaució contraceptiva.

La Teresa es va quedar al pis de Verdi, i el Marià, mentre ella va ser-hi, va pagar el lloguer i les altres despeses. L'Anna Maria, que ho sabia, no va fer mai cap comentari. També va saber que el Marià l'anava a veure de tant en tant abans de casar-se: quan ella li telefonava perquè l'escalfador del gas s'havia espatllat i no sabia com avisar algú perquè l'arreglés, quan li suplicava que s'emportés una camisa que s'havia descuidat i que ella preferia no tenir més a l'armari, però que es negava a llençar si ell no l'anava a buscar.

L'Anna Maria no va dir res ni tan sols quan una crisi de nervis va obligar el Marià a quedar-se tota la tarda amb la Teresa i la va avisar per telèfon que arribaria una mica tard. Va ser el 20 de desembre. La Teresa li havia telefonat esverada després de saber per la ràdio del quarto de bany que una bomba havia llançat el cotxe del president del govern per damunt del mur d'un convent. La mort de l'almirall Carrero Blanco, suposadament l'hereu de Franco, potser va fer témer a uns quants militants opositors que esclatés una onada de revenja repressiva, però la Teresa es va espantar d'una altra manera, com si hagués de començar una guerra justament al seu pis, al seu quarto de bany, allà mateix on hi havia endollada la ràdio. El Marià es barallava amb un ullal tossut i no hi va poder parlar fins que ella va trucar per tercera vegada. Tenia feina, però hi aniria de seguida que pogués. Hi va arribar a mitja tarda i van veure junts a la tele el mateix que la Teresa ja se sabia de memòria: el Dodge 3700 GT de color negre al pati del convent on havia caigut després de volar per l'aire, i les imatges d'arxiu del militar de carrera, quan havia estat nomenat president, mig any abans. Quan va dir a l'Anna Maria que trigaria una mica, es va adonar que era ridícul fer companyia a la Teresa només perquè al matí s'havia espantat.

–I ara què passa?

–Llancen caramels als cotxes de la policia.

–No pot ser. Qui són?

–No sents què criden? És pel jove aquest, l'anarquista.

–El Puig Antich? Què hi té a veure, amb Sant Medir?

–Es veu que unes germanes seves es mouen pel barri, m'ho ha dit aquest matí el noi aquell de la gingivitis. Com es diu aquest lloc? Els Lluïsos, van als Lluïsos.

–Els pegaran –sospira la Marta–. Anem, no vull que ho vegi el Jordi.

–És tan petit que no se'n recordaria. I potser sí que ho

ha de veure. –El Tomàs fa sortir a la llum, de cop, una indignació que el corca des que s'ha sabut que l'execució s'ha consumat–. Saps què és el garrot vil? Una crueltat. Una putada. Una indecència.

Ho diu en aquest ordre creixent. Com si una indecència fos molt pitjor que una putada i que una crueltat.

–Ara no ens en podem anar, hi haurà merder. –L'Anna Maria agafa la mà que el Marià té al seu ventre, perquè no l'abandoni.

–Vols dir? És una festa per als nens. La festa dels caramels. Per què ho han d'espatllar, oi, Jordi? –La Marta tapa la cara del nen i entra perquè no es vol estar al balcó ni un minut més.

Quan, al cap d'uns quants dies, el Marià va al pis de Verdi perquè la Teresa li vol explicar personalment que ja fa un mes que li han apujat el lloguer, miren de concentrar-se amb fredor en l'aspecte essencial de l'assumpte: quina part d'aquest augment assumirà el Marià. Però ella es mostra una mica absent, tal com havia fet al desembre, quan al televisor ensenyaven el cotxàs negre destrossat de l'almirall al pati on la bomba l'havia projectat des del carrer. És un aire absent que sol anunciar l'intent d'ella per dur la conversa cap a la nostàlgia. Això vol dir que, quan ell ja se n'anava, com si hagués esperat aquest moment perquè era l'últim que passarien junts aquell dia, ella ha començat un discurs desordenat sobre la vida que han compartit. Aquesta vegada actua d'una altra manera i, quan ja han acordat que ell pagarà, de moment, tot el que calgui fins que ella trobi una feina i pugui tornar als pares l'ajuda que també li passen cada mes, com que no tenen res més de què parlar i el Marià ja està a punt d'anar-se'n, la Teresa posa entre ells dos el mort més recent que hi ha i lamenta que no es queixi ningú de la mort horrible que el govern ha donat a Salvador Puig Antich. Tan jove, diu ella. Tan ple de vida, entoma ell. Tan com nosaltres, en el fons, declara ella. Tan diferent, accepta el Marià, però tan idealista, això no l'hi perdona.

La mort no és com una dent corcada. No hi ha la possibilitat de la restitució. Ho va tornar a entendre, una setmana abans de casar-se, quan l'avi de Badalona a la fi va morir i es va donar la raó a ell mateix sobre el destí que s'assigna als homes quan neixen. Després del funeral, quan parlava a soles amb l'àvia i mirava de consolar-la amb paraules que fossin bons records, li va venir a la memòria la història del cambrer atropellat pel tren i això va fer que es recordés de la Floyd. Va estar a punt de plorar, i ni ell mateix no hauria pogut discernir si les llàgrimes haurien sigut per l'avi profeta, per la gossa esventrada o per ell mateix i l'amor perdut. L'àvia, que devia pensar que estava trist per ella, li va explicar que havia estimat l'avi perquè era un home fort, perquè sempre havia volgut un home fort al seu costat. Quan tenia vuit anys, un tornado va assolar Badalona. Va fer malbé les parets i les teulades d'unes quantes cases i també de les fàbriques, la de galetes de la viuda Palay, l'Anís del Mono i la Cros. Aquell dia va saber que viuria amb un home fort. El Marià va fer una abraçada a l'àvia, una abraçada que no havia fet mai a ningú.

La presència de Puig Antich fa encara més trista la conversa amb la Teresa. La memòria del funeral de l'avi hi aporta sentiments autèntics, i la imatge del tornado que havia espantat l'àvia ho mescla tot amb els remolins voraços d'una gran ventada. Potser és a causa d'aquest conjunt d'elements imprevistos que aquesta vegada, quan la Teresa intenta estendre uns quants records a les seves faldes, en comptes d'aixecar-se i anar-se'n, el Marià accepta que ella li agafi les mans.

Mentre ell li explica això del tornado que va espantar l'àvia, es recorda del petó entre les barques, el primer que es van fer amb l'Anna Maria. O sigui que es recorda del dia que en certa manera va trair la Teresa. Ella és davant seu. La traïció, encara no. Hi ha un buit i ell és l'únic que pot restituir amb normalitat el que hi ha d'haver.

Com que tenen les mans agafades, a causa de la por de l'àvia que s'ha encomanat al Marià i a causa de la tristesa que l'execució del jove barceloní ha clavat al cor de la Teresa, no és tan estrany que ella li vulgui parlar d'ells dos, de quan vivien junts.

–Ens han quedat tantes coses per fer junts.

–Vols dir?

–Sí, moltes. No t'he vist mai despullat en una platja, per exemple.

–Ni ho veuràs. No m'agrada despullar-me davant dels desconeguts, ja ho saps, això. No podem parlar d'una altra cosa? –Li deixa les mans, ara sí.

–La nostra ruptura –sona tan esquerdat– no ens ha fet mal només a nosaltres. T'ho hauria hagut de dir.

–No és veritat. Els teus pares quasi no els veia mai. I els meus, en fi, no van arribar mai a saber qui ets.

–Et parlo del meu germà, Marià, del Jep. –Ella li vol tornar a agafar els dits.

–Al Jep se li'n fot, segur, però a mi em cau bé. –Aixeca els braços, com si tinguessin alguna missió molt important ara mateix, lluny de la seva falda–. Com li va?

–No gaire bé, com vols que li vagi! No t'hi has fixat mai, oi?

–En què? Què vols dir?

–El Jep és... una mica especial. No és res greu, no passa res. Però no és fàcil.

–Teresa –deixa que ella s'arrapi a les seves mans, tan hàbils quan han de reconstruir una dent–, què t'inventes ara?

–Confon el temps. No li passa sempre. Només de vegades.

–No m'estranya, els estupefaents tenen conseqüències.

–No m'entens, és d'abans. Des de petit. Vaig ser la primera que ho va notar, abans que els meus pares. De vegades les línies del temps se li creuen al cervell, saps? Li sembla que torna a viure el mateix que ja ha viscut. Tornarà a fer la mili tota la seva vida. Per això et vaig suplicar que m'ajudessis.

–I per què no ho dèieu als metges?

–I què? No té res diagnosticat, els pares no ho volien i ell tampoc. A l'escola, quan van veure que confonia la dreta i l'esquerra, van dir que era dislèxia.

–Però la dislèxia no té res a veure amb confondre el temps, com tu dius.

–Ja ho sé. Però això no li passa sempre. Només de tant en tant. Hi ha un medicament. Ens ho van dir uns amics dels pares. Li va bé. Ja sé que no és tan greu. Però em fa patir tant...

–A tots ens passa una mica. –La vol assossegar, per això no li deixa anar les mans una altra vegada–. Tots provem de jugar amb el temps. Suposo que més i més a mesura que et fas gran, però encara no ho puc saber –diu somrient.

–Ell sí que ho sap, però no ho entén.

–Tots hi juguem, amb el temps –continua el Marià, sense fer cas de la insistència de la Teresa a parlar del seu germà–. Ara mateix, tu i jo també ho estem fent. I no ho hauríem de fer. És un joc perillós.

El tornado de l'àvia entra per la finestra amb el cadàver trist d'un jove executat de manera indecent i també cruel. El seu amor feréstec es bat amb la gropada d'aire veloç i al final guanya.

–Tots fugim d'on volem quedar-nos. –El Marià parla perquè si deixa de parlar li farà un petó–. Tots ens quedem a on no volíem anar.

Diria més coses, però ja no pot. No han d'acostar gaire les boques perquè ja són tan a prop que esquivar el petó seria cruel i, també, indecent. Les línies del temps amb què juguen s'entortolliguen mentre ells es fan un petó llarg i profund, com si el tornado se'ls emportés tan amunt que poguessin tornar l'avi amb els vius i, fins i tot, salvar el jove executat de la crueltat indecent del garrot vil. En comptes de tot això, l'únic efecte real d'aquest petó és el que sempre han tingut els petons que s'han fet, i no triguen gens a treure's la roba.

Comunitat

Va començar amb la dona prima dels cabells blancs. Va deixar de ser la dona prima dels cabells blancs i es va transformar en la Margarida. Tenia nom i ell hi podia parlar. Saber que es moriria aviat, potser al cap d'uns quants mesos, potser tan sols al cap d'unes quantes setmanes, li conferia un caràcter nou. L'home de la Margarida era en Klaus, un alemany que feia trenta anys que havia arribat al país i parlava en un català deliciós, sonor i compassat. Es quedaria amb ella fins a l'últim dia i havia convertit aquest acte en el tram més important de la seva vida, de la vida d'algú que vivia per veure morir la persona que estimava.

El noi dels troncs es deia Jaume, era traductor de textos científics, havia estudiat biologia i s'havia decantat per un ofici de lletres. Malvivia, perquè els preus havien caigut d'una manera terrible en menys d'una dècada, i pensava de debò en la possibilitat d'aprendre a fer formatges o assaonar embotits per vendre'ls a les fires. El volia convèncer l'Adela, que portava trenes perquè sabia que un dia ja no en podria dur, això deia, i li agradava sentir que sí, que encara podia portar-ne. Estava fascinada amb les escultures del Jaume i havien anat al poble per pensar amb calma en tots els projectes que tenien. El segon dissabte que va passar al poble hi havien arribat el Miquel i el Nyicris, que és com l'anomenaven la Cris i la Laura.

Eren uns desconeguts, només sabia d'aquella gent allò que ells mateixos explicaven i, per tant, allò que volien que sabés. Però en tenia prou perquè ja tenien noms, tots en tenien un. Quan havia decidit que aniria a aquest lloc només ho considerava un parèntesi, una estada que li hauria de permetre descansar, tornar a pensar en la seva vellesa, una mena de recés, potser l'últim. Acceptava una invitació anònima perquè intuïa que per fi batria el dolor constant amb què en secret bategava i respirava, cada dia. Però de cop i volta hi havia una sensació nova, que el retornava a aquells anys de l'amistat i la companyia confiada, als anys de la complicitat juvenil. Tornava a passar estones llargues amb altres persones. Ja no estava sol.

Els trobava estrafolaris, però eren la seva gent, d'una manera provisional, ja no eren uns mers desconeguts, uns tipus estrambòtics amb qui compartia banys de fang. Vivia en una comunitat estranya, però una comunitat al cap i a la fi. La seva comunitat.

Havia d'estar disposat a compartir alguna cosa més que un vas de te amb gel en un got blau o vermell, segons quin li toqués. No eren éssers perduts en un recòndit poble nudista. Eren persones de carn i ossos, i ell ja en sabia el nom. Eren persones que podia acceptar o rebutjar, en això era lliure, però que no deixarien de ser qui eren a causa de la seva decisió. Va preferir entomar aquesta evidència de bon grat. Els escoltaria, entendria què li deien i, a canvi, no calia que donés gaires explicacions. Només va dir que vivia sol, que estava jubilat, que havia sigut dentista, això ho havia de dir, i que també tenia un motiu per ser allà. Tothom en tenia un.

La Margarida era al poble perquè hi volia morir. El Klaus era al poble perquè la Margarida no morís sola. El Jaume era al poble per decidir si canviava de vida. L'Adela era al poble per convèncer el Jaume que havia de canviar de vida. El Miquel era al poble perquè era el germà de la Laura. La Laura era al poble perquè hi anava dues setmanes cada dos mesos, com a part del seu compromís amb l'associació que s'ocupava d'administrar aquell lloc. El Nyicris era al poble perquè hi era la Cris. La Cris era al poble per la mateixa raó que la Laura i, també, perquè li agradava que el Nyicris hagués d'anar fins allà per veure-la. El Marià era al poble perquè intuïa qui l'hi havia convidat sense donar la cara i, també, perquè no havia trobat una manera millor de celebrar que faria setanta anys.

Exèresi
1976

–És que hem anat a deixar el Jordi a casa dels meus pares i ens hi hem entretingut. –Per això han arribat més tard, s'han quedat a l'última fila de bancs i no s'han vist fins ara, que ja s'ha acabat la cerimònia–. On teniu l'Oriol?

–Amb el meu pare –explica l'Anna Maria–. Ara el passem a recollir.

–Com ho portes? –La Marta clava una llambregada al ventre de la seva cunyada.

–Emocionada. Tinc ganes que siguem al juny –li respon en veu baixa.

–Estàs bé? –Totes dues saben que la pregunta no té res a veure amb els efectes fisiològics de l'embaràs.

–Sí.

La resposta és tan breu que, després d'un silenci que totes dues tracten com si amb un drap eixuguessin una copa de cristall, comprèn que hi ha d'afegir alguna cosa més.

–No és fàcil. Però ens en sortirem. –Es torna a aturar, però aquesta vegada reprèn la paraula més de pressa–. Ens estimem.

La Marta i el Tomàs han sigut dels primers a sortir perquè eren al darrere de tot. La Marta ha fet una abraçada als pares de la Teresa, que havia conegut quan s'havien fet amigues, i el Tomàs ho ha aprofitat per apartar-se una mica, a veure si trobava el Marià i l'Anna Maria, que s'han entretingut a dintre de l'església perquè ella no volia saludar la família. Quan el Tomàs els ha trobat, la Marta ja s'hi havia afegit. Però no han estat gaire estona junts tots quatre perquè el Marià sí que volia donar la mà als pares de la Teresa i fer una abraçada al Jep. Com que el Tomàs s'ha ofert a acompanyar-lo fins a la rotllana de gent que espera a prop de la porta, elles dues s'han quedat soles.

El Tomàs es queda una mica enretirat mentre el Marià aconsegueix per fi acostar-se fins al Jep, que té els ulls fixos, com si una paràlisi sobtada li impedís moure'ls cap a un costat o l'altre.

–Jep –fa el gest d'anar-lo a abraçar, però l'altre fa un pas enrere–, ho sento tant que no sé com dir-ho –gairebé ho murmura a cau d'orella, però com que el Jep ha fet un pas enrere les paraules cauen de la boca del Marià sense trobar l'orella que cercaven, rodolen per terra i es perden entre els peus de la gentada que s'allunya.

–Així que al final has vingut.

–És clar que he vingut, Jep.

Encara que tingui els ulls immòbils en el mateix punt, hi deu poder veure perquè s'adona del gest que li fa el seu pare.

–Així que has vingut –repeteix.

Com que el Marià té por que el Jep, que ara mateix li

sembla un ninot espatllat, faci alguna cosa estranya, aprofita que el pare de la Teresa ha aixecat el braç per girar-se i oferir-li una encaixada, que l'home accepta en silenci.

–Ens en hem d'anar –diu el Jep als seus pares, en veu massa alta, abans que el Marià pugui dir res a la mare de la Teresa.

Se'n van tots tres sense que el Marià hagi fet al Jep l'abraçada que havia pensat, l'abraçada que li deu des del dia que es va presentar a la consulta amb la notícia que ella era morta. Es queda sol mentre tothom desfila, fins que el Tomàs el recull i es retroben, deu metres més enllà de la porta, amb les seves dones. Tots quatre veuen passar el cotxe fúnebre. Els coloms surten volant des del campanar vuitavat de Sant Vicenç de Sarrià i el so dels seus esbatecs alats sona multiplicat dins el cap del Marià, com si l'huracà que s'ha endut la Teresa per sempre es volgués emportar l'edificació neoclàssica, tot el barri i, de passada, la ciutat sencera.

Caminen tots quatre sense dir res. Aquest matí fred de gener, les campanes han tocat a difunts però, al cor de l'Anna Maria, potser han sonat com els tocs de l'alliberament. No hauria volgut mai que la Teresa fos morta, és clar que no, però no podria negar sense enganyar-se que li sembla que viurà més tranquil·la.

Va ser en un to d'aparença neutral, gairebé com la cronista d'un relat que no l'afectava, que va anar explicant el que sabia a la Marta. A qui més ho havia d'explicar? S'havien entès des del primer dia. S'havien fet amigues com si no hi hagués cap altra possibilitat, com si no pogués ser que fossin totes les altres coses que ja eren sense que també fossin amigues. Al capdavall, la Marta era la dona del seu germà, i el seu germà era el soci del seu marit. Tots quatre s'havien convertit en un grup molt unit i va ser el més normal del món que l'Anna Maria ho expliqués tot a la Marta.

Ho va fer de seguida que el Marià n'hi va parlar i la Marta se la va escoltar primer en silenci i després amb molta paciència. No la va interrompre, fora d'un parell d'ocasions en què va fer veure que no li calien més detalls, potser per confirmar que els detalls eren certs, i al final li va demanar permís per parlar-ne amb el Tomàs. «Ja sé que és un germà, però estic segur que...». No la va deixar acabar. Si l'hi deia tot, també era precisament perquè volia que fos ella qui ho digués al Tomàs. Era el favor que n'esperava, que li estalviés el tràngol d'explicar-ho al germà gran.

O sigui que, sense parlar-ne mai tots quatre junts, tots quatre sabien que la Teresa s'havia quedat embarassada, que deia que el fill era del Marià i que ell ho negava, tot i que havia reconegut que la possibilitat hi era, perquè ell l'havia vista d'amagat des de la primavera de l'any passat. La Marta va explicar al Tomàs tot el que l'Anna Maria li havia dit, que era gairebé tot el que el mateix Marià li havia confessat, una nit de finals de setembre, quan l'Oriol ja dormia, després d'una petita festa familiar per celebrar el seu primer aniversari.

–Em costa d'entendre com va començar. –L'Anna Maria no va deixar anar cap llàgrima, no davant d'ell.

–Potser és que no havia acabat mai del tot. Em sap tant de greu. T'ho prometo, donaria el que fos per tenir una màquina del temps i tornar enrere. He sigut un idiota, t'he fet mal, ens hem ferit sense motiu.

–Però has fet bé de dir-m'ho.

L'havia anat a veure al carrer Verdi una tarda de març, poc després de Sant Medir, i van acabar estirats al sofà sense saber per què, potser només perquè els entristia no haver estat capaços de ser feliços plegats o perquè tenien pendent passar unes hores junts en una platja nudista, prendre el sol i banyar-se despullats, o perquè un tornado, que giravoltava amb l'àvia a dins i Salvador Puig Antich assegut a la cadira del garrot vil, s'havia ficat al pis per la finestra i els obligava a tornar a follar, ni que fos per última vegada, a canvi de sobreviure.

Però no va ser l'última vegada. A l'estiu es van tornar a veure, un parell de cops, sí, els dies que l'Anna Maria se n'havia anat amb la Marta i el Jordi a un càmping de la Costa Brava mentre els dos dentistes es quedaven sols a Barcelona. Després que nasqués l'Oriol, només s'havien trobat per coses del pis. L'hi prometia: no havia passat res. Abans de Nadal, aquella nit que ella havia passat a casa d'una amiga de la feina perquè els seus pares havien mort en un accident de cotxe, i havien deixat l'Oriol a casa de l'avi Manel, no ho tenia previst, havia cedit davant d'un impuls estúpid i hi havia tornat. A la primavera, havien quedat unes quantes vegades, no sabia dir quantes. Potser va anar al pis de Verdi un cop cada deu dies, durant un parell de mesos, no ho podia saber del cert. S'hi estava molt poca estona, eren escapades cada vegada més fugaces i desagradables, era impossible anar-se'n d'allà sense comprendre que es deixava portar per un entusiasme passatger. Era desconsolador adonar-se que l'entusiasme, al qual havia gairebé retut culte com a idea, podia ser tan efímer.

Enganyar-la el feia sentir molt malament, prendre a la Teresa la dignitat que hauria hagut de respectar el feia saber-se molt vulgar. Ho va dir així, amb paraules clares i humiliants, com si així pogués quedar net i oblidar per sempre la fastigosa sensació de no ser gaire més que un altre home inepte, amb aquesta immaduresa patètica que aflora quan l'adúlter es confessa a l'esposa. Es presentava a l'Anna Maria com un altre imbècil que mantenia en una llar el cor mentider i en una altra la veritat simple del penis. Ho va voler deixar, i tant que sí, unes quantes vegades, però no ho va arribar a fer fins que la Teresa li va plantar al davant la notícia que esperava un fill.

Què pretenia? Era evident que ell no renunciaria a l'Oriol ni a l'Anna Maria ni a l'amistat de tots quatre ni a la seva vida quotidiana, que es balancejava entre el pis del carrer Atenes i la consulta del carrer Gran de Gràcia. La idea de tenir el fill, perquè així tindrien alguna cosa dels dos que els sobreviuria, li va semblar tan estrafolària que no entenia que la Teresa no ho veiés igual que ell. En quin moment li havia pogut fer creure que encara se l'estimava de la manera que algú estima algú amb qui vol tenir fills? O en quin moment s'ho havia volgut creure?

La primera conversa sobre l'anunci d'un embaràs va acabar amb la reacció de negar-ho, perquè les dates no coincidien. «Ara ets tan fill de puta com el dia que em vas dir que pagaries el pis encara que no estiguéssim casats, te'n recordes? O sigui que només pagaves el lloguer de l'amant, m'has volgut de mantinguda, i ara què? Com ho resoldràs? També pagaràs el viatge i l'avortament?». Havia sonat esgarrifós, però el Marià no estava segur si la Teresa l'insultava o si el que feia era trobar una manera de demanar-li els diners, perquè era evident que no ho diria als seus pares.

Ell mateix s'havia ficat en una gàbia i no en podia sortir sense que es notés. Per això ho va dir a l'Anna Maria. No hi tenia més remei. No tenia cap alternativa. O no la va saber veure. Va ser després, que hi va trobar virtuts. Va ser després quan va pensar que era un acte purificador, que amb la sinceritat posaria a la disposició de tots dos un fonament nou per tornar a començar la seva relació. Va ser després, que va combinar les elucubracions necessàries per donar-se la satisfacció de comprovar que havia obrat com calia. En un primer moment, ve-t'ho aquí, no havia sabut trobar cap altra clau que obrís la gàbia.

La Teresa hi aniria sola. Ell estava enfeinat i, a més, va tenir el valor de fer-ho servir: hi havia l'Anna Maria, que també mereixia ser respectada. Tenia un bitllet d'avió per volar a Londres, la reserva d'un hotel a Chelsea i la visita apuntada a una clínica que un col·lega li havia suggerit, on estava segur que l'atendrien amb una gran professionalitat. Al final, la va acompanyar el Jep, que ja havia liquidat el servei militar.

Quan van tornar de Londres, el Marià li va telefonar per saber com havia anat. Ho va fer des de casa, perquè ja ho havia explicat tot a l'Anna Maria i no volia amagar, més aviat al contrari, que podia tenir el gest responsable de preguntar-li com es trobava. Es va estar vint minuts al telèfon, mentre l'Anna Maria acotxava l'Oriol, però no va parlar amb la Teresa, sinó amb el Jep, que li va fer un resum de l'excursió, que era com en deia el germà de la Teresa, i li va assegurar que tot havia anat bé, és a dir, que la Teresa ja no estava embarassada. Però estava molt dolguda i no tenia més remei que dir-li que ell també pensava que s'havia comportat com un miserable. No li agradava dir-l'hi per telèfon i hauria preferit que es veiessin, però com que no sabia si mai en tindria l'oportunitat, no hi podia parlar sense ser molt sincer. Semblava que al Jep l'haguessin canviat les marxes amb el fusell a l'espatlla i les ordres rebudes de forma arbitrària. El tractava amb una severitat que no li havia vist mai abans. Va provar de fer-li entendre que ell s'havia estimat la Teresa, que també s'havia equivocat, però no se sentia còmode dient aquestes coses sense saber si l'Anna Maria el podia sentir, perquè no havia tancat del tot la porta del quarto de l'Oriol. Per això va dir en veu més alta que havia trucat per saber com es trobava però que ja no ho faria més, i que no es veurien mai més perquè la Teresa i ell ja no es podien tornar a equivocar mai més. «En això estàs d'acord amb la Teresa», va contestar el Jep. «Ella tampoc et vol veure mai més, et vol esborrar de la seva vida. Però a mi em sembla que tu hauries de tenir la valentia de veure-la encara una vegada i dir-l'hi a ella, a la cara, en lloc de dir-m'ho a mi. Ja que ets un fill de puta, com a mínim tingues el valor de ser-ho del tot».

El Marià ho va explicar a l'Anna Maria quan es va ficar al llit. Va repetir tot el que havia dit, però no va arribar a confessar que havia parlat amb el Jep i va semblar que ja havia dit a la Teresa que no es veurien mai més i que, per fi, el relat que havia començat la vigília de la Mercè havia arribat al punt final.

–Vine, abraça'm. Marià, t'estimo. –Va girar el coll perquè ell li besés la nuca i li fes venir una esgarrifança.

–Jo també t'estimo, et juro que no m'estimo ningú com t'estimo i que només vull passar tota la vida amb tu.

–Vine, Marià, vine.

Ja hi era, però li volia dir que s'hi acostés més i per això li agafava la mà i l'hi feia moure entre les cames.

–Marià, vull que tinguem un altre fill. Si pot ser avui, millor que mai.

–Jo també –ho va dir sense pensar-hi, sorprès per aquella reacció però content d'interpretar-la com una prova de perdó.

–Tot el que ha passat ja ha passat. Per sempre.

–Per sempre, t'ho juro.

–Vine, Marià, fem-lo ara, el nostre fill.

–Vull una nena –deixava mossecs al clatell entre cada paraula–, una nena preciosa que ens estimi molt a tots dos.

El ginecòleg no va confirmar l'embaràs a la primera visita, perquè l'Anna Maria va anar-hi contenta només tres dies després que la regla no es presentés puntual com solia, a principis de novembre, però al cap d'un mes ja va quedar clar que esperava una altra criatura.

La decisió de no veure la Teresa mai més, la va seguir al peu de la lletra. No hi va voler quedar el dia que la Teresa li va trucar a la consulta per demanar-li que almenys es veiessin una última vegada, per dir-se adéu, com a bons amics, com dues persones adultes, va arribar a dir, ni tampoc quan va encarregar al Jep que li digués que deixava el pis de Verdi i el convidava a anar-hi per última vegada i agafar el que fos que s'hagués descuidat. Aniria a viure amb una amiga del barri, en un quart pis, amb rajoles antigues, això era el millor, no gaire gran però amb un balcó magnífic. Aquesta decisió de la Teresa l'alliberava per fi de l'obligació que s'havia imposat fins aleshores de pagar-li el lloguer. Els seus pares l'ajudarien fins que treballés, que seria després de Nadal, perquè la seva mare ja s'havia ocupat, sense deixar que aquesta vegada la Teresa hi intervingués, d'aconseguir-li una plaça com a mestra ajudant a l'escola que dirigia una amiga.

No hi va anar ni tan sols quan la Teresa li va telefonar a casa, el 20 de novembre, perquè, com tanta gent a Espanya en aquella hora, esperava davant del televisor que comuniquessin oficialment que l'agonia de Franco s'havia acabat aquella matinada. El Marià ja havia parlat per telèfon amb el Tomàs i havien acordat que no anirien a la consulta, com a mínim fins que se sabés què passava. El Tomàs havia dit que ja parlaria ell amb la Núria per demanar-li que avisés tots els pacients per posposar la visita. Quan la Teresa va trucar, va agafar el telèfon l'Anna Maria, que no li va penjar i li va respondre amb cortesia que sí, que ja ho sabien i que el Marià era a casa, i l'hi va passar, amb una naturalitat que només podia provenir de la certesa que el Marià, en efecte, havia estat bon complidor i que les coses que havien passat ja havien passat, per sempre, però també amb una engruna d'enuig, una engruna que creixia i esdevenia una gran nosa perquè la disgustava que la Teresa no s'acabés de rendir i no sabés desaparèixer del tot de les seves vides, de la seva vida.

És a causa d'aquest sentiment irritat que les campanes que han tocat a difunts poden haver semblat tocs de celebració. I és el rastre d'aquesta intranquil·litat el que li ha fet viure la mort de la Teresa amb un punt d'alleujament, sense que ho pogués evitar, un alleujament que a mesura que també creixia, com ho havia fet l'enuig mentre ella encara era viva, la feia sentir una mica malvada.

La Marta és conscient d'aquesta experiència íntima de la seva amiga d'una manera intuïtiva, que insinua amb paraules escollides per al Tomàs mentre van a casa dels seus pares per recollir el Jordi. Però el Marià fa veure que no s'adona de l'existència d'aquest pensament secret de l'Anna Maria, justament perquè sap que la fa sentir una mica malvada. De manera que tots quatre conviuen amb la desgràcia d'un suïcidi que ha tingut com a única virtut la seva condició de punt final.

La gàbia ja ha quedat oberta, ara sí, per sempre, i el Marià podrà sobreviure perquè el tornado ja ha passat. S'ha salvat del garrot cruel i viurà sense la Teresa, sense les seves telefonades, sense el temor d'una aparició inesperada i sense haver de contemplar com envelleix. A canvi d'aquesta pau, haurà d'acceptar que s'hagi convertit en un fantasma personal, en l'esperit d'una dona que en part potser es va matar a causa d'ell, no deixarà mai d'afegir-hi aquest «potser», i que ara viurà amb ell per sempre, fins i tot quan ell faci veure que no se'n recorda i que se n'ha oblidat, perquè resulta que la vida que ja ha passat, doncs això, ja ha passat.

El dia que va morir Franco, va trobar normal parlar-hi una estona, al capdavall era indubtable que la biologia posava fi a una etapa de la seva vida, ni que fos com a contemporanis de la dictadura, i podia tenir sentit recordar-s'ho, però no va esperar ni cinc minuts per dir-li que havia de penjar, que ho havia d'entendre, que ja es feia el càrrec que a tots dos els podia venir de gust de tant en tant tornar a parlar, com ho havia volgut dir ella, com a bons amics, però que no podia ser, que era impossible, perquè ells no serien mai bons amics. La Teresa s'hi va enfadar. Va ser l'última vegada que van parlar, i les últimes paraules no havien sigut cap bon record. «Em vas matar la gossa, em vas fer matar el fill, què més vols que faci?» era una pregunta retòrica que no anticipava cap decisió fatal, era més aviat un altre insult i era, per damunt de tot, una gran mentida, perquè el Marià sabia que la Floyd la va matar un tren, per accident, i que el fill no havia sigut res més que un nonat, per una decisió que havien compartit, perquè ell no l'hi hauria pogut forçar. Però la pregunta va quedar a l'aire i, com que ell no la va contestar mai, la Teresa va entendre el que va voler i, per cap d'any del primer any sense Franco, va fer l'últim pas. Des d'un balcó.

Ella ho va saber pel Jep, que es va presentar a la consulta a primera hora del dia 2 de gener, abans i tot que ell arribés. La Núria el va avisar que hi havia a la sala d'espera algú que no tenia concertada cap visita, que havia dit que era un amic i que ella ja li havia insistit que només obrien al matí, per atendre urgències, i que no donaven hora fins després de Reis. El Marià havia quedat amb el Tomàs que encara que fos divendres, abans d'un pont llarg que mig país s'agafaria, algú hi hauria d'anar. Quan la Núria va dir que la persona que l'esperava es deia Josep Llopis, ell va respirar fondo i el va anar a buscar abans d'entrar a la saleta on es posava la bata blanca i es convertia en el doctor Solvell.

De seguida va entendre que havia passat alguna cosa greu perquè el Jep tenia els ulls inflats. Era evident que no havia dormit i que havia plorat, la roba que duia explicava amb crits arrugats que era la mateixa de feia més de vint-i-quatre hores, els cabells despentinats accentuaven la desolació que duia pintada a la boca trista i, per fi, el seu cos inquiet, quan es va posar dret, va anticipar les paraules que no va trigar gens a dir: «La Teresa és morta, s'ha matat, va saltar d'un balcó, ahir. O va ser abans-d'ahir. Ja era aquest any, això segur».

Es van abraçar. Va ser una abraçada molt curta, quasi inexistent. Però hi va ser. El Marià no deia res, com si esperés que l'altre repetís el que ja havia dit. I ho va tornar a dir. Dues i tres vegades. No li queia cap llàgrima, ja no, però els ulls encara haurien plorat si haguessin pogut.

Hauria hagut de preguntar on era, s'hauria hagut d'oferir per fer-li companyia, l'hauria hagut d'abraçar amb més força. No va fer res de tot això. Va dir al Jep tot el que faria aquell matí. Tenia una visita que arribaria d'un moment a l'altre. Era una endodòncia que no podia deixar a mitges i que havia començat feia tres setmanes. Després vindria un home que ho havia suplicat gairebé de genolls la tarda del 31, massa tard, perquè ja tenia compromès que soparien amb el Tomàs i la Marta i elles els esperaven feia estona amb les dues criatures, i a qui havia assegurat que veuria el primer dia de feina, o sigui el dia 2 de gener, també a primera hora. I, en acabat, hauria de guarir tres càries que ja sabia que se li plantarien al davant, perquè les visites estaven programades com a visites urgents, que era un truc que s'havia inventat la Núria per reomplir forats a l'agenda, quan n'hi havia, i per afavorir, si podia, els pacients més fidels.

El Jep va deixar que el Marià deixés anar aquell cúmul d'excuses. «Ara mateix li fan l'autòpsia, t'ho imagines? Tot de metges que la...». El Marià no va voler que acabés aquella frase perquè sabia com seria, i sí que s'ho imaginava: el crani de la Teresa obert, els forenses buscant l'hematoma. «Tinc molta feina, t'ho prometo» va ser una manera vulgar de treure-se'l de sobre. «Ja trucaré aquest vespre» va ser una altra mentida.

Per això, uns quants dies després del funeral, el Marià sap que l'ha d'anar a veure, que no ho pot tornar a deixar per a un altre dia, i ho diu a l'Anna Maria: «Hi he de parlar, hem de parlar». Ho justifica una mica amb el detall que el dia del funeral gairebé no es van poder dir res i que ho té pendent.

A l'Anna Maria li sembla com si la Teresa encara hi fos, com si encara el pogués atreure amb una xarxa invisible, fins i tot morta, com si hagués encomanat al Jep que fos perseverant com ella, que els perseguís en nom d'ella i no els deixés mai en pau. Però no ho diu, perquè ho troba un pensament malèvol, perquè no vol ni pot ser injusta i perquè entén molt bé que el Marià no pugui suportar el record de les últimes paraules que la Teresa li va dir, i que ell li va transmetre de seguida, una mica abans que el president Arias Navarro plorés davant de les càmeres quan explicava a tots els espanyols, en blanc i negre, que sí, que Franco havia mort.

De tota manera, el Marià ho sap, que ella ho pensa, perquè comprèn que és inevitable que ho pensi i perquè ell mateix també hi ha pensat. I sap que han de parlar. Per això telefona a casa dels pares de la Teresa, per això aconsegueix que el Jep li torni la telefonada i per això queden un diumenge a mig matí a la plaça Lesseps, a la porta del Drug Blau, perquè és un edifici que destaca enmig de les construccions de molts anys abans que hi ha a la zona, i serà fàcil de trobar per algú que no és de Gràcia.

–Podem anar al mig de la plaça –proposa el Marià, que hi veu un lloc segur, semblant encara a la plaça familiar que creuaven per anar a missa a l'església dels Josepets, gairebé igual que la plaça on havia dut a passejar la Floyd per primer cop, mentre començava a nevar.

Al centre, la plaça Lesseps és una illa voltada de carrers amb força cotxes. Hi ha uns quants espais separats per arbres i arbustos. Hi arriben en silenci, com si tots dos preferissin que el que s'hagin de dir tingui un escenari més adequat que una vorera massa estreta per aturar-s'hi gaire estona. En una banda, hi ha una circumferència de ciment amb una barana de metall tot al voltant. De vegades hi ha nens que aprenen a patinar sobre rodes. A l'altre costat, hi ha bancs a l'ombra i, cap a la part de mar, hi ha una bassa on la canalla fa navegar les barques de joguina. Seuen en un banc a prop d'aquesta bassa.

–Em vaig portar com un covard, et volia demanar perdó, per això volia parlar amb tu –comença sense embuts, perquè ja hi ha donat moltes voltes i està segur que és el millor que pot fer.

Com que el Jep no diu res, com si esperés que ho digui una altra vegada, el Marià hi insisteix.

–T'hauria hagut d'acompanyar. És veritat que tenia feina –això ho ha de dir, no pot semblar que va ser tan mala persona–, però, no ho sé, potser hauria pogut demanar al Tomàs que vingués, em vaig atabalar. Potser no hauria servit de res, però hauria hagut de venir al tanatori, hauria hagut de dir alguna cosa als teus pares.

Es posa la mà al front. No té mal de cap gairebé mai, però ara mateix li retrunyen les seves paraules, les que enllaça sense estar gens segur que siguin les més oportunes, i li sembla que el crani li esclatarà.

–Tens una aspirina? –demana de sobte.

–No –és una resposta abrupta.

–Sempre en portes a la butxaca, me'n recordo.

–En portava. Ara ja no.

O sigui que no té cap pretext per aturar-se i haurà de dir tot el que ha pensat que volia dir.

–Va ser tan trist –diu, i li sembla que podria arribar a plorar, però no vol que passi, semblaria una falsedat i, en canvi, avui serien llàgrimes sinceres, plenes del dolor que va haver de dissimular davant de l'Anna Maria, tacades per la vergonya que va sentir– que no sabia què dir ni què havia de fer. Em sap molt de greu i t'ho volia dir.

–Ja està?

–Què vols dir?

–Això, si ja està, si és això el que em volies dir i el que

et va fer suplicar-me que ens veiéssim, si és per això que vas telefonar a casa dels pares, si això és tot, si ja està.

–Sí, bé, no ho sé, és el començament.

–Ah, bé, doncs, què més?

No s'esperava aquesta reacció. No l'ha imaginada així, aquesta conversa pendent.

–Què vols dir què més? No ho sé, Jep, vull dir que tu i jo ens hem conegut per la Teresa, però ens hem conegut, això és el que ara compta, ets el seu germà, hem sopat junts, hem rigut, ens hem divertit, i ara estem destrossats tots dos. El que vull dir és que potser no hauríem de deixar que això ens faci més mal.

Mentre diu tot això al Jep, es recorda de les paraules que va fer servir l'Anna Maria quan ell li va fer saber que ja havia quedat amb el Jep. Eren paraules que brillaven tant que, mentre les deia, a l'Anna Maria se li van tornar els ulls de robí. El seu amor seria per sempre perquè no el deixarien perdre, perquè ells seran com dues roques que veuen passar sense por les onades, això no li havia quedat gaire convincent, mentre que la seva relació amb la Teresa havia sigut el foc roent que tot ho abrasa, i tothom sap que hi ha parelles que són així però que no poden crear res, perquè les flames que els fan sentir vius també els destrueixen, i això havia sonat més efectiu, sobretot perquè mentre ho deia va ser de debò que els ulls de l'Anna Maria es van transformar en dos robins de foc que se'l miraven i sense dir res més li preguntaven si de debò creia que viure enmig d'un foc encès podia ser viure.

A la bassa, un nen s'acosta massa a l'aigua i el seu pare el renya. Dues barques han topat al mig, han quedat nuades, i els nens no saben com recuperar-les. Li agradaria ajudar-los i, si no pogués, donar-los barques noves, restituir la pèrdua. Es mira els nens amb un afecte que l'amanseix.

Ara que no hi és la Teresa, li sembla que per fi té sentit que el Jep sigui el germà que no ha tingut mai, algú a qui podria protegir, ajudar i salvar, si algun dia cal, d'algun mal que el món li dugui. L'hi voldria dir, però no sap triar cap paraula perquè l'actitud del germà que no ha tingut mai l'ha desconcertat.

–Ara sí? Ara ja està?

I com que el Marià es queda tan parat que el Jep faci aquest paper, que no sap què més dir i calla, el germà petit de la Teresa, que no és el germà del Marià, ni ho serà mai, es posa dret, se'l mira amb menyspreu i se'n va, sense dir adéu, sense girar-se quan el Marià també es posa dret i el crida, sense respondre quan el Marià se li planta al davant i li barra el pas, sense immutar-se quan el Marià li crida que què vol i que si espera que es posi de genolls, ni tampoc quan li demana que li doni la mà, ni que sigui per respecte a la memòria de la Teresa, que tots dos van estimar.

Quan el Marià es rendeix, ja no diu res, només mou els braços com si volgués fer aturar el món, si més no fins un segon abans que la Teresa saltés des del balcó d'un quart pis, i veu el Jep que se'n va, sense tombar-se ni una sola vegada, com una ànima en pena, com un altre mort que una ventada s'emportarà de seguida que ell no miri.

Segona part

DIAMANT BLAU

Felicitat
1983

–Sembla que sigui la primera vegada que tries pèsols.

–És la primera vegada, t'ho asseguro.

Els van comprar ahir, en una visita a Badalona que no tenia cap sentit, fora de deixar-se dur per la curiositat. El pare li havia comentat que la casa dels avis havia canviat de propietari una altra vegada, però que aquest cop els compradors hi anaven a viure.

Quan va morir l'àvia, un any després de l'avi, el pare es va posar d'acord amb els seus dos germans i van decidir que vendrien la casa. Ja no anaven mai a Badalona i no hi pensaven tornar. Potser podrien fer una bona inversió amb els diners. Seria el seu raconet per a la vellesa. Van trigar més d'un any a vendre-la. Els que se la van quedar no hi van anar mai. La volien enderrocar i pensaven aixecar uns pisos nous al seu lloc. Però no devien aconseguir diners o van trobar massa rígides les normatives que els nous ajuntaments anaven aprovant. La finca va quedar buida i al pati minúscul del darrere, que els avis havien anomenat «badiu», hi convivien malament els gats i les rates. La notícia que s'havia venut altre cop i que hi viuria una família de Barcelona, que volia tornar a les arrels familiars i s'instal·lava a la Rambla de Badalona, li va fer venir ganes d'anar-hi.

Sortien de tant en tant amb els nens. A l'hivern, al Montseny o al Vallès. Quan feia bon temps, cap a la costa. L'excursió a Badalona va consistir en un passeig pels carrers del centre, fins que l'Oriol i l'Olga se'n van atipar. Es van ficar al mercat, perquè era tan a prop del carrer de Mar que hauria sigut un pecat no entrar-hi. A l'Anna Maria li va dir una venedora que els pèsols eren molt especials perquè eren dels primers, i ella va pagar el que en demanava. Van tornar i la casa que anaven a veure tot just l'havien mirada de reüll, mentre hi passaven pel davant. Els pèsols són a la cuina i no hi ha més remei que pelar-los.

El Marià deixa les pellofes a una bossa de plàstic i fica la grana en un bol de vidre. S'ha acostumat a aquesta mena d'obediència de cap de setmana, que no hauria cregut mai que el pogués amansir tant. Nou anys enrere, l'Anna Maria potser li hauria dit: «Què et sembla si tu peles els pèsols mentre jo...?». I la vacant dels punts suspensius l'hauria omplerta amb qualsevol altra tasca més o menys necessària per a la seva vida domèstica. Però després que nasqués l'Olga, d'una manera immediata i sense possibilitat de tornar enrere, l'Anna Maria donava per descomptat que ell ja sabia que ella faria qualsevol altra cosa, perquè sempre n'hi havia per fer, tothora. Fins i tot quan se n'anava a dormir sabia que li quedaven una pila de feines pendents, i això la tenia tan intranquil·la que dormia malament i havia arribat a la conclusió que la millor manera d'agafar el son era prescindir de les abraçades massa impetuoses i esquivar la reclamació d'una activitat sexual que la posava nerviosa.

Sense miraments i amb claredat, les frases sonen ara d'una altra manera: «Pela els pèsols, Marià». De primer el va sorprendre l'escurçament, com si es tractés d'una decisió de caràcter econòmic. Tot seguit en va copsar la intenció pràctica i ho va considerar natural. Ara ho trobaria a faltar. Sense aquestes ordres precises, s'avorriria a casa i es mouria, desconcertat, com un mort vivent. «Fes un tren per als nens». «Porta'ls al parc». Gairebé hi podria haver afegit: «Estima'ls, són els teus fills». Van caldre uns quants anys per trobar la forma exacta d'aquestes frases, que ara ja són ganivets esmolats.

La reformulació dels intercanvis verbals s'havia anat ajustant a mesura que els fills es feien grans. Al principi tenien massa feina a entendre com havia canviat tot plegat, i el centre de les seves vides era un punt lluminós en què somreien els dos nous éssers que el Marià s'estimava, i tant que els estimava, però que no havia sabut com acollir, a diferència de l'Anna Maria, que va decidir de seguida que deixaria la feina i que, de moment, es quedaria a casa per tenir-ne cura. Fer de pare li va semblar una novetat tan estranya que s'hauria atabalat massa si no hagués après a acceptar, amb molt més que servitud, les instruccions que l'Anna Maria sempre tenia a mà per a la vida de cada dia o, si més no, per a la vida que compartien al pis del carrer Atenes.

A la consulta, sense ella ni la Marta, els dos amics feien la seva i s'esforçaven perquè, en efecte, fos un altre món, el seu món, sobretot quan va quedar clar que la Marta, tot i la seva idea inicial, al final renunciava a asseure's a la recepció, tot plegat per obrir la porta, cobrar i agafar el telèfon. La Núria ja s'hi havia acostumat i ells ja l'havien acceptada del tot. Les auxiliars canviaven, perquè trobaven una altra feina o se'n cansaven o es casaven i, de moment, ho deixaven. Però aquesta rotació no els molestava, més aviat era útil per ratificar que es movien, que el temps passava.

–Ja has pensat què vols fer?

–No ho sé, em fa molta mandra. Aquests que tenen una taqueta marró, també els poso?

–A veure? –Agafa un pèsol amb dos dits i l'observa amb posat una mica científic–. Si ho prefereixes, no fem res. Ens quedem a casa. Però és una llàstima. No els tornaràs a celebrar. –Torna el pèsol al bol–. Si és així de petita, deixa'ls. Si és més gran, llença'l.

De moment, els nens s'entretenen junts amb el tren que el Marià ha muntat fa una estona, però tard o d'hora hi haurà algun problema urgent que reclamarà la seva intervenció immediata. L'Oriol admira l'enginy i la tossuderia de la seva germaneta, però de vegades necessita refermar la posició de primogènit. I l'Olga admira la prudència i la saviesa innata de l'Oriol, que sap com s'ha de posar el tren a la via perquè no descarrili, però no accepta de grat que ell necessiti refermar la condició de primogènit ni cap altra cosa.

Aquesta disponibilitat també ha exigit un aprenentatge, i ara sap que hi ha cent mil detonadors que poden fer explotar una baralla fraternal. Mentre n'aprenia, es va fer estrany. De vegades va pensar que no ho aconseguiria.

Eren dies que a la feina hi havia hagut massa dificultats. Un d'aquells dies que s'adonava que l'esforç conservador no sempre obtenia el premi que esperava, aquells dies que la restitució era una quimera. Quan arribava a casa i hi trobava aquell enrenou, n'hauria volgut fugir. Sí que va ser estrany.

Però va passar, de la mateixa manera imprevista que l'auxiliar que l'ajudava els matins va plegar, d'un dia per l'altre, perquè a una altra consulta li pagarien millor. I s'hi va acostumar. Quan arribava a casa, fins i tot els mals dies que li demostraven que la fe en l'entusiasme té un preu, hauria mort de l'ensurt si no hagués sentit les veus de l'Oriol i l'Olga que jugaven, sumaven o cantaven.

Per això se sent més segur. Perquè entén molt bé quines condicions ha acceptat per viure i no té res a oposar-hi. Gairebé totes les converses amb l'Anna Maria giren al voltant dels fills o d'aquesta nova unitat indissoluble que s'anomena família. L'avantatge d'aquesta limitació és que poden fer veure que els records d'abans de ser pares s'han esvanit, com si el passat quedés arraconat en un forat negre, perquè el món sencer, per a ells dos, recomençava a les dates de naixement dels fills: el 23 de setembre de 1974 i el 10 de juny de 1976.

Amb una colla de nou criatures i sis adults, havien anat a buscar fòssils al peu d'un barranc i havien muntat a cavall. També havien anat a les sessions matinals de cinema infantil. Un any, algú va insistir que havien d'anar a Riells per veure la pujada en costa. Quatre quilòmetres de revolts fins a Sant Feliu de Codines, amb cotxes i motos de diverses cilindrades. Amb els cotxes, va guanyar Juan Fernández conduint una barca de color groc, un Lola que a tothom li va semblar preciós. Van anar al parc zoològic més d'una vegada. Als nens els va ensopir una mica el goril·la blanc que tant fascinava els pares. Molts diumenges, les hores passaven al parc de Monterols.

La llei de l'oblit era còmoda i agradable al mateix temps. Els únics companys vitals de més enllà del principi de l'univers eren el Tomàs i la Marta, però com que l'Anna Maria era la germana del Tomàs i el Marià havia estudiat amb ell a la facultat, aquesta relació tenia les credencials que l'autoritzaven a formar part d'un passat d'encara més enrere que el passat que intuïen que havien d'evitar. Els nous amics eren pares de nens que anaven a escola amb els seus fills. Els nous hàbits consistien a fer coses que valguessin la pena per als fills. I visitar els avis ja no s'assemblava a l'obligació moral d'anar a veure els pares.

L'única marrada per saltar-se aquesta norma és de dos anys enrere. Però no va anar al cementiri perquè sí, hi va haver un motiu. Era un diumenge de gener. Feia fred. L'Anna Maria havia encasquetat gorres de llana als nens abans que ell se'ls endugués al parc. A la nena la duia a coll. No s'hi van estar gaire estona. Semblava que nevaria. I l'aire tallava amb fulles d'afaitar, com si el salobre que transportava s'hagués gebrat i se'ls volgués clavar a les galtes. El va veure quan tornaven. Potser no era ell, segurament no l'era. Es va donar per satisfet amb aquesta explicació. Era normal. No l'havia vist mai més des d'aquell dia a la plaça Lesseps.

Els primers mesos hi pensava sovint. Haurien de parlar. Potser li telefonaria. Era ridícul que hi hagués entre ells la llosa d'aquell comiat adust en una plaça que el Marià coneixia de tota la vida. Però no s'hi decidia. Va passar el temps. Una ajudant es va casar i va plegar, de moment per una temporada. Els nens creixien. El calendari es tornava implacable, i el Jep ja només era aquell fantasma que l'havia deixat amb la paraula a la boca, que se n'havia anat sense girar-se ni una sola vegada. Per això es va estranyar tant quan li va semblar reconèixer la seva figura, que canviava de vorera i de seguida girava a la primera cruïlla. Va estar a punt de cridar-lo. Però es va conformar amb la idea que potser no era ell. Que s'havia confós. Que era, de debò, la visita recreada d'un fantasma de la memòria.

Va pensar que ho diria a l'Anna Maria, però hi va renunciar. Si no era ell, no tenia cap sentit. Avui m'ha semblat que veia el Jep pel carrer, però ara ja estic segur que no era ell. Era ridícul. Només l'hauria neguitejada. Els obligaria a recordar-se que abans dels nens hi havia hagut una altra vida, aquella vida en què el Jep l'havia plantat amb ira, aquella vida que va acabar quan la Teresa va morir.

No ho va comentar, però era inevitable que hi pensés. Per això va anar al cementiri al cap d'una setmana. No va trobar la tomba de la Teresa. Va dir el seu nom a la caseta d'informació, però no podien mirar totes les fitxes. Si sabia el número, això sí, li dirien a on era. Va caminar una estona entre els nínxols de difunts desconeguts i se'n va tornar a la consulta, d'on s'havia escapat amb el pretext que volia conèixer més bé el representant nou d'un dipòsit dental que prometia preus molt interessants.

Li va saber greu. Havia cedit a la pressió dels records, s'havia deixat vèncer pels fantasmes. Li feia ràbia. Tot plegat, per culpa d'una confusió. Sí que era ridícul. I, com que no se li acudia cap altra manera de fer-se perdonar per ell mateix, es va esforçar encara més per demostrar a l'Anna Maria que, si a la consulta ell era l'amo, a casa trobava natural que fos ella qui manés i que ell se sentia molt feliç d'obeir-la i provar de recompensar-la pels sacrificis constants que feia sense queixar-se'n, amb molta determinació. «Aquesta tarda podríem anar a aquella botiga de mobles que em vas dir del carrer València». I van passar dues hores embriagats per l'allau de novetats que s'exhibien a Pilma. «M'agradaria veure com ha quedat la casa, però si et fa mandra hi anem un altre dia». De la mateixa manera que van anar a Badalona i van comprar pèsols. «Aquest sí que el llenço, oi?».

–No ho sé, que vinguin el Tomàs i la Marta amb el Jordi i ja està, no cal fer res més.

–Home, a casa ja hi vénen sempre que volen. Si ho hem de celebrar, potser que els convidis.

–Vols dir que anem a dinar? Amb els nens?

–És que així, només amb ells, és poca cosa. Si ho diguessis als teus pares. I al meu pare, i així hi haurà tots els avis. Una festa familiar. No és el que toca?

No ho sap. Fa tant de temps que ho pregunta tot que ara ja no sap què toca. Només sap que fa quinze dies que ella li repeteix que s'acosta l'aniversari i que als números rodons se'ls ha de fer una mica de cas, perquè ja no tornen mai més, com si els altres números sí que tornessin. O sigui que els seus quaranta anys han deixat de ser una prova del temps que fa que és al món per convertir-se en una obligació que cal atendre, en un problema que ha de resoldre, un problema molt diferent dels que ell sí que sap acarar. Una barrina de zero coma sis o una de més calibre? Un segellat segurament provisional o una intervenció més dràstica? Però a casa no pot aplicar una solució antisèptica a les preguntes de l'Anna Maria ni serviria de res injectar cap anestèsic als dubtes que li planteja. O sigui que haurà de fer veure que té alguna preferència.

–Potser sí, que vinguin tots. Tens raó, quaranta anys no es fan cada dia.

–Ho veus, Marià, ja t'ho deia. Sort que et conec i ja ho vaig encarregar tot a la pastisseria aquella que vas dir que t'agradava tant, no la de sempre, aquella altra. Brioixos de pernil dolç, llonguets de pernil salat, pasta de full i rebosteria.

Anys enrere potser s'hauria sorprès i potser, ja no ho sap, li hauria sabut greu que ella fes veure que era ell qui ho decidia mentre que ella ja ho tenia encarregat. Ara ho agraeix. S'estalvia de pensar-hi. És un assumpte que ja ha quedat resolt. Un problema que no existeix perquè ella ja hi ha trobat la solució. Sí, barrineta de zero coma sis.

El sofregit de ceba ja està a punt. L'Anna Maria hi ha posat bocins de pernil, del bo, que és com ho ha après a dir de la Marta, i tomàquet cru. Hi posarà els pèsols de seguida, mentre el Marià para taula i demana a l'Oriol que l'ajudi. De postres, hi ha flams. Els va fer l'Anna Maria ahir a la tarda. Se suposava que els nens l'havien ajudat, però només havia sigut una manera d'entretenir-los. Han obert la nevera una pila de cops aquest matí per comprovar que els flams hi són i que tenen la forma que han de tenir.

Els troben molt bons. Una mena d'alegria gens desbordant però apreciable sura damunt la taula del menjador i els quatre escuren amb la cullereta el caramel que ha quedat al plat.

–Volem un gosset.

Ho diu l'Oriol, que fa de gran perquè es mira la seva germana amb complicitat, deixant-li clar que, de vegades, potser sí que li està bé que reclami la seva condició de primogènit, com ara, que és ell qui diu el que tots dos han acordat.

–De cap manera –contesta el pare.

–Sí, volem un gosset que sigui molt maco –la filla aporta amb gràcia la vocació de convèncer.

–El Jordi en tindrà un i nosaltres també en volem un. –El fill no pensa permetre que li prenguin la iniciativa.

–M'ho ha comentat la Marta –l'Anna Maria se sent obligada a intervenir-hi–, i jo els ho he explicat. Però encara no ho saben segur, només hi estan pensant.

–Només hi estan pensant i el Jordi ja ho sap?

–Ja els coneixes, no fan res sense que el nen n'estigui al corrent. –Les seves crítiques sobre la manera com el Tomàs i la Marta eduquen el Jordi ja els van procurar moltes respostes als dubtes que se'ls plantejaven quan van ser pares, i és un recurs que de tant en tant encara fan servir, per assegurar-se que no s'equivoquen.

–El Jordi és més gran que vosaltres. –El Marià intenta fer servir arguments racionals per parlar amb els seus fills només quan sap que tindrà la batalla perduda i sospita que l'Anna Maria trobarà la manera de dur-li la contrària sense que ho sembli.

–Tenir un gos és molt maco. A tu no t'agraden? –La pregunta de l'Olga és tan directa que no la pot esquivar.

–No –menteix–, no m'agraden gens. Em fan por –somriu, perquè quedi clar que ho diu de broma.

–Sí que ens agraden. –L'Anna Maria es justificarà després, quan estiguin sols, amb la idea que no és bo fer creure als nens que no els agraden els animals perquè és de bona persona sentir afecte pels animals de companyia–. El que passa és que no sabem si en podem tenir.

–Els gossos embruten molt –això va adreçat a l'Anna Maria–. Fan una mica de pudor –es posa els dits al nas per fer riure els nens, que no riuen–. I costa molt que facin cas –li canvia la cara de cop i volta.

–Si els ensenyes sí que fan cas –ho diu l'Oriol, que està una mica disposat a acceptar l'envit sobre els arguments racionals.

–S'escapen –murmura el Marià–, corren i es posen al mig de la via quan ve el tren i després –ensuma– queden trinxats –sanglota–, partits per la meitat –s'espanta quan s'adona que no s'ho diu a ell mateix sinó que ho diu als nens, però ja no té més remei que acabar-ho de dir–, amb els budells a l'aire.

–Fa broma –l'Anna Maria despara taula amb gestos nerviosos–, el pare fa broma.

–I per què plora, per una broma? –pregunta l'Olga.

–No ploro –prova de dir.

–El pare –l'Anna Maria seu una altra vegada al seu lloc– va tenir un gos, quan era més jove. Era una gossa. Se l'estimava. Però no feia cas. Es va escapar. I un tren la va atropellar. I el pare s'ha posat trist quan hi ha pensat, perquè ja feia molts anys que no se'n recordava, i ara se n'ha recordat, perquè hem parlat del gos que potser tindrà el Jordi, i que consti que he dit potser, només potser, perquè els seus pares encara no ho han decidit.

–Pare –la filla li ha allargat la seva maneta, que li ofereix indecisa–, et prometo que el nostre gos no el matarà cap tren.

–No, nosaltres sí que li ensenyarem a fer cas. –L'Oriol no ha trobat res més que aquest argument de fa una estona, però no està disposat a cedir el pas a la seva germana petita.

De nit, quan els nens ja dormen, mentre el Marià es renta les dents, ella li diu que li sap greu, que no havia pensat que fos tan important, que potser ha valgut la pena, perquè ja està bé que els nens vegin que el pare es posa trist per alguna cosa, i que està segura que ha sigut una experiència important.

–Em pensava que tot això ja havia quedat enrere, per sempre –li diu quan ell es posa el pijama.

–Jo també m'ho pensava, ho sento molt. Ha sigut com si la veiés, allà a la via.

–Vine. –Posa el clatell al seu abast.

Fa temps que les seves escasses relacions sexuals es resolen amb certa professionalitat i amb molta brevetat. La norma general és que de nit dormen perquè estan cansats i els nens els podrien sentir. Quan l'han trencada, ella ha sigut tan severa amb els detalls que ell gairebé en perdia les ganes: obrir el paquet quadrat, treure'n el preservatiu, posar-se'l sense que ella hi participés gens ni mica, dur a terme una penetració lenta molt poc desitjada, moure's sense fer soroll ni respirar fort, agafar-li les natges sense fer gaire força, més que res per conservar l'erecció, i provar de tenir un orgasme silenciós i més aviat de pressa. Totes aquestes dificultats han acabat descoratjant-lo, i només copulen ben bé si ell hi insisteix molt.

Que sigui ella qui s'ofereixi és una novetat, una ventada dels primers dies que ja no espera entomar a la cara. Per això sospita que potser no és casual. Li sembla una idea estranya, però no aconsegueix descartar-la. Encara menys quan ella ho torna dir.

–Deixem-ho enrere, ara i per sempre, per favor, que no torni mai més.

Ja ho sap, que no és la gossa i que és la Teresa. Li sap molt de greu que, per culpa seva, l'Anna Maria encara pensi que ha de lluitar contra un fantasma, contra un esperit que es nega a desaparèixer del tot de la faç del planeta. No en parlen, però és evident que el dubte hi ha sigut sempre. Han fet veure que no hi era i avui ha tornat. Li sap tant de greu. És el que diu, molts cops, mentre ella belluga el cap com si es volgués escapar de les mossegades que ell li deixa darrere les orelles.

–Vine.

Li fa cas, obedient. Es despullen més que la majoria de les vegades, quan en tenen prou si ell s'abaixa els pantalons del pijama i ella s'apuja la camisa de dormir. Fins i tot respiren una mica fort. Aquesta vegada, no ha d'estripar amb les dents cap embolcall, ni ha d'agafar amb els dits un cèrcol de làtex untuós, no cal que tingui en compte els aspectes tècnics que el solen distreure, i entra al seu cos. Es diuen l'un a l'altre que s'estimen, repeteixen que no els tornarà a passar, que seran més forts que els fantasmes, que venceran els esperits dels gossos morts. I esbufeguen.

Però quan ell està a punt de deixar anar una vocal llarga i un xic escandalosa, l'Anna Maria l'atura de cop i volta.

–Surt, però què estem fent, surt home, que no portes res –i l'empeny–, som uns irresponsables –sentencia mentre comprova que ell ja se n'ha anat de dintre seu.

Sí que surt. I quan el penis li queda fora del tot, sense esperar ni un segon més, el Marià ejacula i deixa una clapa de mel blanca als pèls púbics de la seva dona, que ho palpa i li mana que porti de seguida un rotllo de paper de vàter per netejar-se, en comptes de posar-li el palmell a la cara o llepar-se els dits, que és el que hauria fet la Teresa i el que fa ara el fantasma de la Teresa, que mentre llepa riu. Per esborrar de pressa aquesta rialla, el Marià s'aixeca, porta el paper higiènic, ajuda l'Anna Maria a netejar-se, s'ho emporta tot, ho llença al vàter, es renta les mans, comprova que els nens encara dormen, torna a l'habitació i es fica al llit.

Celebració

Diumenge, quan va dir a la Laura que dimarts seria el seu aniversari, ella va fer veure que no hi parava atenció. Però a la tarda la Cris li va preguntar si havia pensat amagar-ho i, com que ell va dir que no, que el que passava era que no hi havia pensat fins que ho havia dit, el va advertir que no li passés pel cap de celebrar-ho tot sol. Però només va ser una broma. O sigui que el va sorprendre igualment que dilluns al vespre fossin tots al menjador comunitari a l'hora que s'obria. Les mirades còmplices eren tan reveladores que li feia una mica de cosa haver de dissimular que els havia descobert. Després de sopar, l'Adela va sortir de darrere una porta amb les trenes molt ben pentinades i un tronc esculpit a la mà, que només podia representar una boca oberta, una mena de tòtem indígena que figurés una cara rectangular amb la mandíbula separada del maxil·lar i amb totes les peces dentàries ben posades. Va acceptar el regal amb un agraïment silenciós.

Tot seguit li van cantar una cançó infantil que es referia a l'aniversari i, abans que els pogués donar les gràcies, la Margarida va treure d'alguna banda un pastís amb set espelmes, cadascuna d'un color diferent. Va haver d'acceptar el ganivet que li oferien i li va tocar fer-ne talls adequats a la mida que cadascú demanava.

Van menjar i tothom va elogiar el gust intens de pastanaga i la textura amable de la nata gebrada amb cogombre. El Jaume va posar damunt la taula dues ampolles de cava, que els dos amics de la Cris i la Laura havien anat a comprar a mitja tarda. Com que al menjador comunitari no hi havia copes, van fer servir els vasos de sempre.

Algú va cantar una cançó, algú en va cantar una altra, el Klaus va dur l'aparell de música que hi havia a la sala on es feien les sessions de meditació i els massatges terapèutics. No hi va posar cap disc dels que solien fer servir en aquella sala, amb ritmes molt suaus i melodies calmoses, sinó que va connectar la ràdio i va buscar una emissora amb peces ballables. No eren ben bé les que hauria preferit ningú, però tothom ho va acceptar i, durant una bona estona, van ballar, canviant de parella.

El Marià va ballar amb la Margarida, a poc a poc, i amb l'Adela, d'una manera una mica més desinhibida. Va ballar amb la Cris, sense arribar-se a agafar del tot, i amb la Laura, molt junts, amb una confiança que el va estranyar. També va ballar amb el Klaus, mentre reien, i amb el Jaume, que sostenia entre tots dos el tòtem que ell mateix havia esculpit.

Al cap d'una hora ben llarga, a la taula hi quedaven de testimoni silent només les molles de la festa i uns quants gots vermells i blaus, la majoria buits.

HÀBITAT
1991

–Una mica més de pasta. –Li torna l'eina, oferint-li el mànec–. Ja estem acabant –diu al pacient, l'últim d'una tarda que se li ha fet una mica més llarga que altres–. Hi tenies un bon trau, aquí. –Li agrada fer notar que la seva intervenció reparadora era imprescindible.

El noi farfalleja una resposta justificadora però no aconsegueix que els sons que emet tinguin cap sentit.

–L'atacador.

Quan acaba, el doctor Solvell es renta les mans mentre adverteix al seu pacient que això és provisional i que haurà de tornar. La Núria li donarà hora. Com sempre, després de cada visita acaba dient el nom de la Núria. Ella és qui dóna hora, ella és qui cobra, ella és qui coneix els pacients d'una manera diferent, perquè hi parlen drets en comptes de fer-ho ajaguts, que és com ja els troba el doctor quan entra a la sala. Mentre un pacient parla amb la Núria, el metge surt un moment o bé cap al seu despatx, que és on es canvien tots dos, o bé cap al petit magatzem, mentre l'assistent de torn entra a la sala d'espera i avisa el següent, el fa passar a la sala de visita i li posa el pitet, omple el got d'aigua, que deixa a la base d'un braç de la butaca, i només aleshores el metge torna a entrar. La consulta és una estructura organitzada que els dos amics haurien de dirigir, però han preferit concentrar-se en la seva tasca mèdica i han cedit el control de la sala de màquines a la Núria, perquè és ella qui sap quin pacient té més pressa, quina atenció és més urgent, qui paga sense cap problema i qui necessita pagar-ho amb quotes mensuals. La Núria és la primera persona que parla amb els pacients, quan arriben, i també l'última, quan se'n van.

Des que es va divorciar, encara no fa dos anys, li ha canviat el caràcter. El Marià la troba més esquerpa i el Tomàs, al contrari, assegura que es mostra més cordial que mai. Que tots dos notin que ha canviat, encara que sigui de maneres tan oposades, els fa pensar que tenen raó. Gairebé sense adonar-se'n, ells també han canviat la manera de tractar-la. Hi tenen la mateixa confiança quasi infinita, però ja no hi ha aquella familiaritat dels primers anys. Potser és per això que ella ha insinuat dues vegades que un dia o altra haurà de canviar d'aires.

Si complís aquesta amenaça velada, tindrien un problema que no seria tan fàcil de resoldre. La Núria no es limita a obrir la porta, cobrar i agafar el telèfon. El telèfon és una petita centraleta que li permet tenir dues trucades en espera mentre parla amb algú que té una urgència perquè el mal de queixal és una tortura insuportable. La porta s'obre de manera automàtica quan ella prem un botó sota la taula. I, a més de cobrar, gestiona totes les factures amb un programa que l'operador informàtic va instal·lar a l'ordinador de taula que tenen des de fa no gaire. La Núria ingressa els diners als comptes personals del Marià i el Tomàs i s'encarrega de tots els pagaments. Això inclou les nòmines de les dues ajudants i de la higienista que ve dimarts i dijous, a més de les d'ells dos. No podria atendre cap pacient, però és l'única persona que fa anar la consulta i sap millor que ells mateixos els noms dels pacients més assidus. Més que això: els podria dir tots seguits, en l'ordre alfabètic dels cognoms: Calderer, Costa-Estrada, Jené, Perramon, Soler Casas.

Va ser ella qui va suggerir que posessin una placa nova al portal i també a la porta del replà. La vella se la va quedar el Tomàs, que la volia com a record. Va dir que la posaria al costat del fantomas, però això només ho va entendre el Marià. La Núria no va preguntar res més, perquè a ella no li interessava la placa vella sinó la nova. La que es va endur el Tomàs deia que eren metges estomatòlegs i hi posava els seus noms. A la nova hi diu «Clínica dental Brau-Solvell». Va ser idea de la Núria.

–Ja te'n pots anar –diu a la noia que l'ha ajudat.

Es fica a la saleta a on sempre es treu la bata blanca. Es descalça i deixa els esclops blancs sota una lleixa, com sempre. Seu a la butaca de pell i es posa les sabates de cordons. A la tauleta hi ha dos marcs. En un hi ha una foto amb la Marta i el Jordi. A l'altre hi ha una foto d'ell i l'Anna Maria amb els nens. Quan surt, la Núria l'espera amb l'abric posat. Té les claus a la mà. Tant l'un com l'altre, els dies que hi van a la tarda, marxen sempre amb la Núria, que és qui tanca la porta. La Núria té la clau i les fitxes, és la guardiana del pany i del llibre dels noms. Aquest és el seu poder, saber recitar sense equivocar-se: Arcarazo, Castillo, Galceran, Gomà, Guàrdia, Serra o Ametller, Blasco, Brasó,

Colomer, Lisa i Mamano. No és un poder gens menyspreable, i a tots dos els agradaria que no hi renunciés mai.

Quan són al carrer, el Marià es mira el rellotge com si aquest gest volgués dir alguna cosa més important que una mera comprovació de l'hora que és. Han convingut amb el Tomàs que el primer que pugui mirarà de parlar-hi. Li han de fer veure que és molt important per a ells. Hi han estat pensant. Sempre li han pagat una mica més cada any, però ara potser és el moment de fer un increment més substanciós. No estan segurs que els diners siguin cap bon esquer, amb ella no, però no han tingut cap idea més bona.

–Ja t'acompanyo un tros, si et va bé. L'Olga és a anglès, l'Oriol encara no deu haver acabat l'entrenament i a l'Anna Maria li serà igual si arribo una mica més tard.

Com que el Tomàs no viu gaire lluny d'on ella vivia, moltes vegades l'acompanyava amb el cotxe. Però la Núria va anar a viure a un pis del barri quan es va divorciar, per estar més a prop de la feina. I ara va a peu de casa a la consulta i de la consulta a casa.

–Com vulguis. Però no cal que patiu.

–Què vols dir? –Es posen a caminar.

–Va, que fa molts anys que ens coneixem. El Tomàs que no para de dir-me que bé que ho faig tot i tu que de cop i volta em vols acompanyar a casa.

–Dona.

–No patiu, no sé què us ha agafat, només va ser un comentari. Tu no has pensat mai, ni que sigui alguna vegada, que vols canviar alguna cosa?

–No sé què vols dir. –S'aturen al semàfor vermell–. Sóc

dentista. Què vols dir? Que deixi de ser-ho? Que em faci, què sé jo –veu que passa un taxi–, taxista?

–No és això.

–Doncs què hauria de canviar? M'agrada la meva feina, sóc feliç, la meva família... –S'adona que potser no és una bona menció–. Perdona, el que vull dir és que no sé què he de canviar.

–Verd –amb el cap assenyala el semàfor–. Mira, em vaig divorciar perquè... Això no t'ho he explicat mai, oi? El Toni va ser un bon home. Durant molts anys. Va ser tan bon home que s'hi va repenjar, no estic segura que m'entenguis. No hi has entrat mai, aquí?

–No. Que és un drapaire?

–Un brocanter. –S'aturen davant l'aparador caòtic–. Al Toni li agraden aquestes coses. Quan passo per aquí, me'n recordo. Això és tot. No hi penso més. Anava amb una joveneta. Molt joveneta. Ho vaig descobrir de casualitat. No vaig voler res d'ell. Amb vosaltres no tinc cap queixa. De debò.

–Em sap greu.

–Ja no me'n recordo. Oblidat. Oblideu-vos vosaltres també d'aquell comentari.

–De tota manera, ja que n'hem parlat una mica, potser ens hauríem de plantejar la possibilitat d'un augment de sou. Volem que no tinguis cap dubte que ets molt important, que ets part de l'equip. –Es queda parat de la seva capacitat de reproduir, més o menys, les frases que han preparat amb el Tomàs.

–No m'engalipis, que tu no parles d'aquesta manera. –Calla quan dues dones volen entrar a la botiga i s'adona que ells dos els fan nosa.

–Estàvem distrets –s'excusa el Marià, que fa dos passos enrere.

Quan les dues dones ja han passat, la Núria reprèn la marxa i el Marià es posa al seu costat, sense dir res.

–Si em voleu pagar una mica més, no diré que no –per fi ho accepta–. Però ja saps que no és això. El Toni també em volia pagar una mensualitat, encara que no tinguem fills. Deia que se sentiria millor. Millor? Pel que m'han dit, la nena aquella ja l'ha deixat. I què es pensava? No, Marià, que no són els diners. Que potser un dia tindré ganes de canviar d'aires, ja ho sabeu.

–Núria, és de veritat que ets important –busca una manera de dir-ho que la sorprengui–, tu tens la clau i les fitxes –afegeix, però de seguida s'adona que no és gaire elogiós, més aviat descriptiu i una mica vulgar–, saps els noms de tots. –Això li ha semblat més humà i més autèntic, i s'anima a posar un exemple–: Cornudella, Josep.

–No, Marià, no segueixis, que no te'ls saps i no cal, ja m'ho sé jo. Per això hi sóc. És Cornudella, Jordi. Aquell que em recita poemes en llatí. Com que no sé què diuen, ja em va bé.

–Si parlen de tu, només poden dir coses bones.

–No m'ensabonis. I no hi doneu més voltes. Només va ser un comentari. Pensava en veu alta. No ho hauria d'haver fet.

–Tots ho fem. De vegades, quan torno a casa em pregunto si algú em mira i s'adona que penso en veu alta, em sembla que sóc d'aquests que parlen sols mentre caminen, ja m'entens.

–I en què penses, en veu alta, quan tornes a casa?

–En res.

–Però si m'acabes de dir que ho fas. Aquí fan un cafè excel·lent. Si no tens pressa.

Fa una altra llambregada al canell, més ràpida. El rellotge d'or que el pare li va regalar quan va fer quaranta anys, el rellotge que el senyor Claudi havia dut tants anys i que va preferir que portés el seu fill únic, no li dóna cap excusa per refusar la proposta.

–D'acord, però cafè no. A aquesta hora ja és massa tard.

Entren i seuen en una taula a prop de la porta. Demanen un tallat descafeïnat i una aigua amb gas, sense gel ni llimona.

–Va, de debò, no siguis tímid. En què penses en veu alta? –insisteix la Núria, mentre es cargola un manyoc de cabells amb tres dits.

–De debò que ho vols saber? En els detalls. Quan camino penso en els detalls. Si he de comprar menjar per als peixos, miro de recordar si hi ha res més de l'aquari que em faci falta. Si ja sabem a on anirem a l'estiu, m'asseguro que em recordaré de comprar la guia de la ciutat. Avui, si no t'hagués acompanyat, potser hauria pensat quines frases hauria de fer servir per dir-te que et necessitem.

–Així, encara teniu aquell aquari?

–Sí, encara –se li escapa.

No van comprar cap gos, però a casa del Jordi sí que n'hi va haver un. Era un golden retriever, de pèl daurat. El van donar dos anys després. Al carrer Atenes es van conformar amb un canari, però no els va sortir cantaire. Un dia que l'Anna Maria volia deixar ben neta la gàbia, es va escapar. Després van tenir peixos. El peix vermell de la peixera rodona va durar tres setmanes. Quan el Marià el va trobar, flotava de costat. El va treure amb una cullera i el va llençar a les escombraries abans que els nens el veiessin.

Potser com a compensació, al cap d'uns quants dies es va presentar a casa amb un aquari gegantí. Un mosso de la botiga l'ajudava a portar-lo. L'operació de posar-lo en funcionament es va allargar una mica més d'una setmana. Van decidir que el tindrien al menjador, just allà on se separa de la sala d'estar amb un esglaó que havien fet aixecar a les obres de l'any anterior. Van haver de comprar el moble adequat, que resistís el pes. Com que hi hauria peixos tropicals, calia proveir-se dels escalfadors de l'aigua. A més del filtre, hi havia la bomba d'oxigenació. Al fons hi van posar arena de sílice. Van omplir aquell tanc amb aigua tractada contra l'excés de clor. Van afegir-hi els bacteris que asseguressin l'eliminació dels residus. L'últim dia, els nens el van acompanyar a buscar els primers peixos. Van aplaudir quan per fi van sortir de la bossa, que havien hagut de deixar surant un quart d'hora a l'aquari, perquè agafés la mateixa temperatura. Els neons i les zebretes van lliscar cap a la nova residència i de seguida va semblar que s'hi estaven molt bé. L'Oriol i l'Olga van picar de mans. L'Anna Maria va dir que era preciós. Quan ho van veure, el Tomàs i la Marta els van felicitar. La dona de fer feines va dir que no n'havia vist mai cap de tan gran.

–Digues al Tomàs que m'has convençut. Cada vegada hi ha més competència, a vosaltres no us ho diuen, però a mi m'expliquen que si la cunyada va a una clínica de més amunt, que si la filla prefereix anar a un centre on de passada s'han especialitzat en ortodòncia.

–Sí, però potser és una moda passatgera. També fan falta bons dentistes dels de veritat.

–Tant de bo, Marià, espero que sí.

–Et volia demanar un favor. –Fa un glop d'aigua tan llarg que s'empassa més de mig got–. Tu ets la que parles amb el banc. Jo només hi vaig a treure diners.

–Us he malacostumat.

–El pare tenia uns estalvis. No sé ben bé què va passar. Els van invertir malament, això és el que els diuen. I mira que va anar amb compte. Després d'aquells escàndols.

–Fidecaya, Sofico... Tants anys fa?

–No, no, va ser quan va vendre la casa de Badalona. Després va canviar les inversions, no sé per què. Diu que el van aconsellar malament. No m'ho ha dit, però a la meva mare li sembla que els ha volat la meitat del que tenien.

–Em sap greu. I què hi puc fer?

–No res, m'agradaria aconsellar-los, per invertir més bé el que tenen. No és gran cosa, però ara tothom compra accions, la borsa i tot això. No sé, he pensat que potser el teu contacte del banc em podria donar informació... fidedigna, no es diu així?

–No tinc cap contacte. Parlo amb el director perquè cada mes bellugo, bellugueu, una quantitat de diners que no està malament, però d'això ja te'n deus adonar.

–Doncs aquest, el director. Creus que és de confiança? Hi hauria de parlar per veure què em recomana. Em fa por que si hi van ells, que ja són grans, vés a saber, potser els donen gat per llebre.

–Sí que és de confiança. Pots estar tranquil.

Quan surten, el Marià es posa al seu costat.

–No cal que m'acompanyis, ja hem parlat del que havíem de parlar. Estigues tranquil, que sé el camí.

–Segur? No em fa res, de veritat, és un moment. No vius gaire lluny, oi?

–Un quart, des d'aquí, deu minuts a pas ràpid, però no tinc ganes de córrer. Gràcies, Marià. Vés-te'n i pensa una mica en veu alta. Però que no vegi ningú que mous els llavis.

–Gràcies, Núria. Ets un sol. Ja ho saps.

Mentre va cap a casa, rumia si encara pot trobar oberta la botiga on compra el menjar per als peixos. Però ja s'ha fet tard. Li sembla que encara n'hi ha mig pot. És important tenir-ne dos, perquè d'aquesta manera no et quedes mai sense.

La il·lusió amb l'aquari devia durar un any. A l'Olga se li va allargar una mica més. Quan l'Oriol ja no es recordava gaire dels peixos, a ella li agradava donar-los menjar. De vegades els atipava tant que es posaven malalts. Aquell primer any, l'havien ensenyat als amics d'escola que anaven a casa. Els visitants es divertien movent el dit per fer que un peix el seguís. Proposaven apagar i encendre el llum, a veure què passava. Si hi abocaven Fanta de taronja, què farien els peixos?

Quan van ser més grans, l'aquari exercia una altra mena d'atractiu. Ho va descobrir un dia que va arribar a casa d'improvís, una tarda que els havien cancel·lat dues visites a última hora. Abans d'obrir la porta, ja es va adonar que la música sonava a un volum més alt que de costum. Va entrar sense fer gaire soroll, intrigat. L'Oriol exhibia la seva incertesa de quinze anys davant d'una noia que ell no havia vist mai abans. Devien haver estat mirant els peixos, perquè estaven tots dos ajupits, amb la galta tocant a l'aquari, fent-se un petó. Va saludar com si no passés res, però l'Oriol es va atabalar, va explicar tot de coses que justificaven que estiguessin allà, mentre abaixava el volum de la música i guanyava certa distància respecte d'aquella noia, que sí que el va saludar com si no passés res, tan tranquil·la que el Marià es va espantar una mica i tot.

Tenen molts menys peixos que a les èpoques bones, quan el Marià renovava l'hàbitat tropical de manera regular, seguint els consells de l'establiment on solia anar. Només ell es recorda dels detalls: rentar, filtrar, escalfar, oxigenar, alimentar. Per a la resta de la família, l'aquari és només un moble. Un moble amb aigua. I sí, a l'aigua hi neden unes coses diminutes de colors. Però, si no hi fossin, no passaria res, fora del detall que un aquari sense peixos no és un aquari, és una nosa.

Potser se n'ha de desempallegar. No ho podrà fer sense parlar-ne amb l'Anna Maria i els fills. Potser podria treure el tema a l'hora de sopar. Si l'Oriol no torna gaire cansat de l'entrenament i hi ha una mica de bon humor a taula. Potser ho celebraran. Potser tots es volen treure de sobre l'aquari i no diuen res perquè es pensen que a ell li fa molta il·lusió, la mateixa il·lusió que li havia fet quan havia intentat com fos que no tinguessin mai un gos.

Mentre camina, com gairebé sempre, el Marià pensa en veu alta i de tant en tant tanca la boca amb força, com si així evités que algú el veiés parlant sol. Avui pensa en la conversa que ha tingut amb la Núria i en la quantitat que li assignaran, que encara han de precisar. És com un tercer soci, encara que no toqui ni una dent. Però molt abans d'arribar a casa ja ha deixat de pensar en ella perquè havia de trobar una frase adequada per al director de la sucursal. I ara que obre la porta del carrer el que l'amoïna són aquests peixos que ja no vol tenir.

Ofrena

La festa d'aniversari s'havia acabat i tothom se n'havia anat menys el Marià i la Laura, que se'l mirava des d'una cadira, baldada de tant ballar. El Marià duia el tòtem a la mà.

–Potser hauríem de recollir tot això –va proposar.

–Ja ho farem demà, no t'amoïnis.

No hi va insistir. Se'n podia anar. Podia tornar a casa. A la casa on s'estava. La casa provisional. La casa del poble on tothom anava despullat.

El primer dia s'havia avorrit i el segon dia havia volgut tornar a casa. Els dies següents havia après a tenir companyia. La festa havia tingut l'efecte d'aconseguir que se sentís còmode.

Havien ballat, havien rigut, havien celebrat l'aniversari, i ho havien fet sense que ell trobés a faltar que ningú anés amb roba al damunt. Si li haguessin dit que celebraria el setantè aniversari amb una festa com aquella, no s'ho hauria cregut mai. La festa que havien improvisat un aprenent d'escultor, una moribunda i una dona amb les orelles perforades, amb gent que ja no es preocupava per l'aspecte del seu cos, sinó, si de cas, per la capacitat d'aquest cos d'encabir dintre seu alguna idea valuosa, com ara la pensada d'anar a buscar dues ampolles de cava, preparar un pastís de pastanaga o saltar-se els costums del poble i fer una mica de soroll.

Per això no va ser tan estrany que la Laura s'oferís a acompanyar-lo ni que, un cop van ser a la porta, li preguntés si la deixaria entrar una estona.

–Encara no t'he fet el meu regal.

–No cal, n'he tingut massa i tot –va contestar, una mica cansat i també esporuguit.

–T'agradarà –va dir la Laura–, ja ho veuràs.

Al cap de cinc minuts, l'home de setanta anys s'havia estirat al llit i la noia que duia dilatacions a les orelles li feia un massatge dels que ella sabia fer. Les seves mans, de tacte una mica cantellut, escampaven l'oli essencial pels omòplats, recorrien la columna vertebral, feien pressions diverses damunt dels ronyons i sobre els malucs.

Li agradava notar els dits d'algú damunt la seva pell esgotada. Feia tant de temps que no tenia aquesta sensació. Feia segles que no el tocaven. Se'n va adonar aleshores, de com era d'important aquest detall d'aparença insubstancial. Ser tocat. Estar viu perquè algú altre posa alguna part del seu cos en alguna part del teu cos. Sentir-se així el va fer ressuscitar.

Per això, quan la Laura va acostar les mans a les natges, va entendre que no era només una sensació agradable. Li regalava plaer. El plaer físic que havia desaparegut de la seva vida. El plaer del cos. El plaer autèntic de la vida. El plaer de saber que era vell però que encara no era un moribund.

Mentre els dits de la Laura s'entretenien als engonals, va pensar que tindria una erecció. Ho va desitjar. En va tenir tantes ganes que va fer un gest per posar-s'hi més bé. Li hauria agradat tant que ella li acariciés els testicles, que li agafés el penis amb tota la mà, que li passés un dit humit pel gland, que li proporcionés aquell plaer elèctric que havia oblidat. Era el regal més bell que li haurien pogut oferir i, al mateix temps, s'adonava que, en realitat, no rebia un obsequi sinó que era ell qui feia una ofrena, a la divinitat inexistent que fos, quan entregava el seu cos a les mans de la Laura i estava disposat a deixar que fes el que volgués, perquè ell ja no podia existir per a res més.

El sexe, un sexe irreal i només imaginat, el tornava a la vida. Vet aquí per quina raó es lliurava a una dona desconeguda amb forats a les orelles. Perquè necessitava saber que encara podia viure. Convertir-se ell mateix en una ofrena era l'acte que sempre havia refusat per la dèria de restituir el que faltava als cossos dels altres. L'ofrena de si mateix, i no la restitució dels altres, era l'única possibilitat de tornar a viure.

Entusiasme
1993

–Hauríem de parlar, quan estiguis.

El Tomàs, que ha tret el cap un moment de res a la sala on treballa el Marià, tanca la porta de seguida, sense fer gens de soroll.

–Mossega i fes una mica de força, sí, així –dóna aquestes instruccions mentre sosté la punta del paper d'articular que el pacient té a la boca–. Molt bé, ja la pots obrir.

Passa les pinces amb el paper a la Clara, que avui és la seva ajudant, perquè la Nina ha ocupat el lloc de la Núria, que no ha vingut, i els dos metges han hagut d'intercalar les seves visites amb la consulta plena com cada dilluns.

Fixa la vista al tercer quadrant de la boca oberta i busca les traces de color blau que el paper ha deixat a les cúspides de cada peça. Un to més fosc indica una pressió més forta i, per tant, un contacte prematur. És el procediment per assegurar-se que, després de la reparació, l'oclusió és l'adequada. Ja està bé. Potser hi ha un punt que podria repolir, però avui és un dia complicat. Han hagut d'anullar unes quantes visites d'improvís, quan s'han adonat que la Núria no vindria.

Quan el Tomàs ha arribat, ha trobat la Clara a la porta. Això ja l'ha sorprès. Ha hagut d'obrir ell amb el joc de claus de la consulta que porta sempre a sobre. És un costum que va adquirir fa temps, quan hi va haver d'anar un diumenge a la tarda perquè no volia que el Jordi hagués de prendre un altre analgèsic. Se li havia esquerdat un queixal quan provava d'obrir una ametlla amb la boca. La Marta va lamentar que li hagués passat al fill d'un dentista, i el Tomàs va reaccionar amb l'empenta necessària per aixecar-se del sofà i fer-li saber que no calia que patís, que se n'anaven a la consulta. La Marta també hi va anar, li faria d'ajudant. Encara que no estigués preparada, com a mínim li podria passar l'instrumental quan l'hi demanés.

La Nina ha trigat cinc minuts, i al cap de poc ja hi era el Marià. Però de la Núria no en sabia res ningú. Li han telefonat, però no l'agafava. Han suposat que era un altre atac de migranya. Dijous se'n va anar amb mala cara i divendres ja no va venir. Si ha passat el cap de setmana i no es troba millor, és que ha de ser un atac dels forts.

Els va començar a patir fa una mica més d'un any. El primer cop, va haver de marxar a casa perquè es marejava. No li havia passat mai. El Tomàs va dir que li faria una recepta, però ella va dir que ja sabia què havia de fer. L'endemà es va presentar a la consulta amb els ulls empetitits. La segona vegada devia ser al cap d'un parell de setmanes. Va avisar per telèfon que no vindria. Des d'aleshores, un parell de dies al mes, però no tots els mesos, hi ha hagut una tarda que se li ha fet més curta o hi ha hagut un matí que l'han hagut de passar sense ella. Però sempre s'ho han sabut arreglar. I avui també.

Ja saben, perquè ella ho ha explicat, que hi ha atacs que la deixen tan atordida que no es pot moure del llit i que, quan li passa això, l'endemà ha quedat tan baldada que no es veu amb cor de fer gaire cosa. Han suposat que la Núria potser sentia el telèfon però que no es podia aixecar del llit, i ho han deixat córrer.

El Marià ha tolerat més bé que el Tomàs les absències de la Núria. Li està agraït perquè al banc li havien suggerit unes adquisicions que havien donat bons resultats, com si ella hi tingués res a veure. La mare li estava agraïda, tot i que al pare el molestava una mica que el fill l'ajudés a decidir com invertia els seus estalvis. El pare potser s'ofenia, però la mare s'havia tancat amb el Marià a la cuina i li havia explicat que el pare s'havia quedat amb una pensió molt curta, perquè havia cotitzat molt poc. Més de tres quartes parts dels seus ingressos no constaven com a salari, sinó com a comissions. S'havia jubilat quatre anys abans del que havia pensat, després d'acceptar un acord que li evitaria sentir-se empaitat ni un sol dia més per aquell jove espavilat que ell havia ajudat fins al punt de servir-li la cartera de clients i que s'havia casat amb l'encarregada de la merceria: «Sí que era espavilat. I ara que no li diguin mai Pedro. Es diu Pere de tota la vida».

Va demanar a la mare que li donés un número de compte i va dir a la Núria quina quantitat volia que hi ingressés cada mes. S'havia acostumat tant a recórrer a la Núria que no ho hauria sabut fer de cap altra manera. Li semblava bé que fos així. Dels diners, se n'ocupava la Núria. Ell i el Tomàs eren els metges i feien de paletes amb les dentadures dels pacients. La Marta i l'Anna Maria feien que les seves vides tinguessin sentit. Tot era perfecte. El món, al capdavall, era capaç de mantenir un cert ordre comprensible.

Potser sí que, per fi, havia après a adaptar-se. Se n'adonava quan observava l'entusiasme de la generació següent. El fill del Tomàs i la Marta ha començat a estudiar Odontologia, que es fa amb menys anys que la carrera de Medicina i l'especialització en Estomatologia que ells van fer, i ja està segur que treballarà a la consulta. La seva confiança a fer d'hereu és una mostra d'entusiasme molt eloqüent.

L'Oriol no està segur encara si vol estudiar Dret o si prefereix preparar-se per fer d'entrenador, algun dia, quan ja no pugui competir al nivell que ho fa amb l'equip de natació. Va canviar el waterpolo per les curses de quatre-cents metres, però no pot imaginar el futur sense incorporar-hi l'esport. Té a l'habitació la foto on se'l veu amb la torxa olímpica, perquè al club on nedava li havien assignat un tram del recorregut, i unes quantes medalles guanyades amb l'equip de waterpolo. El seu entusiasme, a pesar dels dubtes, és una prova rotunda que el Marià l'hi podia haver encomanat però que a poc a poc se n'havia desprès. Potser és que la vida també consisteix en això, a saber transmetre entusiasme a la generació següent, a mesura que tu el vas perdent.

L'Olga no ha mostrat entusiasme per cap afició, però l'ha abocat tot a les seves primeres experiències amoroses, que han consistit en un fracàs estrepitós seguit d'un èxit recent. Va deixar d'anar amb aquell noi que li agradava tant, un xaval espigat amb nas de pallasso i ulls de xai. La idea que tenia nas de pallasso provenia d'un comentari del

Marià, els ulls de xai havien estat cosa de l'Anna Maria. A l'Olga li agradaven molt les mans d'aquell noi, amb el palmell poderós i els dits elegants. L'havia deixat perquè ell insistia massa que el sexe era el més important d'una relació de parella. Era així com l'hi havia explicat l'Anna Maria, al llit, perquè era al llit on parlaven dels fills. Enlloc més de la casa estaven mai sols, encara no. L'efecte d'aquest hàbit era la inhibició sexual, perquè a cap dels dos no els semblava que una conversa sobre l'Oriol i l'Olga pogués anar seguida d'un acte gaire efusiu, al contrari.

Al cap de poc l'Olga es va enamorar d'un altre noi. Sembla que no té gens de pressa, encara que l'Anna Maria sospita fa temps que la seva filla ja no és verge. Això també ho va dir quan eren al llit. La idea que la seva filla no era verge va tenir l'efecte que l'Anna Maria potser havia pretès, i el Marià no va tenir cap erecció ni aquella nit ni les dues o tres nits següents. Quan l'Anna Maria tancava el llum de la tauleta de nit, el Marià ja feia una estona que s'havia adormit a mig llegir la revista d'odontologia que insistia a endur-se a casa. L'Anna Maria posava la revista a la tauleta de nit i treia al Marià les ulleres per veure-hi de prop que ja feia servir, també a la consulta.

S'ha adaptat tan a poc a poc que no ha tingut temps de pensar-hi, més o menys al mateix ritme que canviava la decoració del pis o que adquirien més electrodomèstics. Després del rentaplats va arribar el vídeo. L'equip per als discos compactes va trobar lloc al costat del plat per als discos de vinil. La liquadora va ser una temporada la reina de la cuina i va arraconar l'espremedor elèctric. Tot i que el Marià no s'ha volgut treure mai el carnet de conduir, l'Anna Maria sí que el va voler, per dur els nens a escola, a la piscina i a on fos. Van comprar un dels últims Citroën DS que es van fabricar. Als nens els encantava saber que la gent, d'aquell cotxe, en deia «tiburón». Al cap de tres anys, van tenir el Passat. Després van venir un Opel i un Audi. L'han canviat cada dos o tres anys. L'Anna Maria triava els cotxes perquè els conduïa ella. Menys aquest any. Pel seu aniversari, sense que ella ho sabés, el Marià va comprar un Mercedes.

–Què hi ha? –demana el Marià quan es fica a la saleta privada, mentre es treu la bata blanca.

–Per fi –el Tomàs es posa dret–. Val més que seguis.

–Què passa? Han pogut parlar amb la Núria?

–No, per això. És que la cosa ha agafat un altre caire. La Nina no ha cobrat. Ni la Clara. M'ho acaba de confirmar. Es pensava que era un retard. Ho volia comentar amb la Núria, perquè ja veuen que nosaltres, de tot això, no en sabem res.

–No t'entenc.

–Marià, que no ha pagat les nòmines. Has mirat el teu compte?

–No, no ho miro mai.

–Doncs ja ho pots fer. No t'han fet l'ingrés. Ni el mes passat ni aquest.

–L'Anna Maria se n'hauria adonat.

–Potser no. Hi ha hagut moviments estranys, una ordre de retracció, donada per nosaltres. Indirectament, és clar.

–No ho entenc, encara no ho entenc. Vols dir que amb les migranyes ha perdut la memòria? Potser no són migranyes. Tu saps a qui veu?

–Vols dir quin metge?

–Si fos una cosa més greu, per favor, que no sigui això.

–Marià, que no ho entens? No ha fet els ingressos, no ha vingut, se n'ha anat, ens ha robat.

–Sí, home, la Núria, i què més? Com pots dir això?

–Perquè acabo de parlar amb el banc. Perquè la Nina ha anat fins al pis i li han dit que se'n va anar divendres.

–Divendres tenia migranya.

–Doncs mira, la portera la va veure com es ficava, amb la seva migranya i dues maletes, a dins d'un taxi que la portava a l'aeroport.

–No m'ho crec. No pot ser.

–No, no pot ser. Ja ho sé. Però és el que és. Ens ha enganyat.

–Com sabia la portera que anava a l'aeroport?

–Perquè va sentir com la Núria ho manava al taxista. La va ajudar a estirar les maletes.

És una informació encadenada que el Tomàs ha de repetir una altra vegada, des del principi i fins al final, sense que hi hagi cap variació, per tornar a concloure que la Núria els ha robat i que se n'ha anat a no se sap on. És tan increïble que el Marià voldria que el Tomàs ho expliqués encara una altra vegada, que ho expliqués tot el dia, sense parar, i tot i això no s'ho acabaria de creure. Però sap que no hi hauria tampoc cap variació. L'exactitud en la repetició li fa entendre que els fets no es poden canviar i que encara que sigui impossible, encara que no pugui ser veritat, la Núria, sí, els ha robat i, també, se n'ha anat a no saben on.

No espera que siguin al llit per comentar-ho discretament amb l'Anna Maria, i ho explica abans, davant dels fills, a l'hora de sopar, encara que no hi posa l'èmfasi que el Tomàs ha fet servir, potser perquè a casa no hi ha ningú que faci la cara de sorpresa que ell ha fet. Sí que els ha estranyat. Tothom la coneix. Sempre els ha semblat una mena de tieta sobrevinguda. Les vegades que l'Oriol i l'Olga han anat a la consulta, perquè el Tomàs els visitava, sempre els ha tractat amb un afecte molt familiar. Però no tenen raons per discutir els fets. Com que se'l creuen, els estalvia els detalls més perjudicials, com ara això del taxi cap a l'aeroport, però no amaga el més rellevant. La Núria se n'ha anat amb molts diners. Es refaran, segur, però ara el més urgent és pagar el sou de la gent que treballa amb ells. Com que, tot i la seva insistència, els fills no se sorprenen gens, els en demana el motiu. Li fan entendre que no és per ella, això sí que els ha sorprès. Però no troben gens estrany que algú pugui fer una cosa així. Li pregunten a quin món viu. El més important, ho assegura perquè ja li va bé centrar-se en els aspectes pràctics, és que han de trobar algú que la substitueixi, algú de confiança. El Tomàs ho proposarà a la Marta, perquè ja coneix la feina. Si a l'Anna Maria li sembla bé.

Al cap d'una setmana, la Marta ha aconseguit aclarir els comptes. Els proveïdors també fa temps que no cobren. No ha sigut de cop. Potser això hauria cridat l'atenció, i aquest detall fa evident una planificació acurada que confirma la malícia de la Núria. A uns els deixava de pagar una factura, però els pagava una part de la següent, quan arribava. A uns altres els pagava sempre menys del que calia i els deia que hi havia hagut una equivocació, un error informàtic. En total, ha desviat cap a un altre compte, que només controlava ella, una quantitat prou important per obligar-los a negociar amb el banc. La Marta suggereix que saldin els deutes, ni que sigui amb un crèdit, però el Tomàs prefereix mirar què tenen als seus estalvis i repartir els costos.

Els pares del Marià també fa temps que no cobren mai més de la meitat de la quantitat que se suposava que els havia d'ingressar la Núria. Quan la Marta l'hi explica, ha d'anar a casa dels pares i parlar amb la mare, que no gosava dir res perquè trobava que, si t'ajuden, no pots demanar explicacions i que en tot cas et toca donar les gràcies. El Marià no li vol dir què ha passat, prefereix el recurs de l'error informàtic. Però li promet que des d'ara ingressarà ell mateix la quantitat que havia pensat, si ho troben bé.

Al Tomàs l'ha decebut, a la Marta l'ha entristida i a l'Anna Maria l'ha desconcertada. Però al Marià l'ha trasbalsat d'una altra manera. Des d'aquell dia que li va demanar l'opinió sobre el director de la sucursal bancària, s'ha sentit més a prop d'ella, de tant en tant li ha preguntat com li anava tot plegat, li ha explicat amb un somriure i puntualment totes les noves incorporacions d'estadants de l'aquari i, de tant en tant, li ha fet broma recordant-li que per culpa d'ella pensa en veu alta quan camina i la gent veu com mou els llavis. Va confiar en ella. I encara no ha acceptat del tot que els hagi traït, l'evidència que ho va calcular amb temps, que va preveure els moviments i que es va aprofitar, justament, de la seva confiança quasi infinita.

Han acordat que no faran cap denúncia. No serviria de res. El Tomàs sosté que tenen massa feina. La Marta creu que anar a la policia seria fer com ella i destruir l'afecte que els havia unit. El Marià espera que un dia la Núria torni i expliqui per què ho ha fet. Vol pensar que alguna raó molt poderosa l'ha empesa a ferir-los amb tanta malvolença. L'Anna Maria considera que l'engany és tan terrible que no hi pot haver res de pitjor.

La Núria forma part de les seves converses d'amics de la mateixa manera que abans, quan feien broma sobre aquell pentinat tan antiquat que duia, quan elogiaven la seva habilitat matemàtica. Perquè la Núria era part de la consulta i no podien impedir mai que la feina formés part dels seus àpats compartits, tot i que la seva era sempre una presència més tènue que l'omnipresència constant dels tres fills.

Havien convingut feia molts anys que el Tomàs visitaria els fills del Marià i que ell s'ocuparia de la boca del Jordi: per evitar-los la situació incòmoda de tenir el pare com a dentista. Quan el Tomàs va explicar que el Jordi volia fer Odontologia, va ser quasi inevitable alguna broma: «Si t'hagués tingut a tu, potser voldria ser manobre». No va passar d'aquí.

Aplegats de cop i volta per la desgràcia de l'engany, queden més sovint per sopar tots quatre. Gairebé sempre al carrer Atenes, perquè hi una plaça d'aparcament lliure, que havia de quedar lliure fins que compressin el cotxe de l'Oriol, que de moment s'haurà d'esperar una mica, fins que s'arreglin les coses. Però, encara que es veuen més sovint, la Núria els abandona a poc a poc fins que gairebé deixen d'esmentar-la.

En canvi, tornen a parlar més que mai dels fills, com

quan eren nens petits i tot el que feien era nou i els exigia una atenció constant. El Jordi sembla tan decidit que potser sí que podrien pensar d'anar-lo incorporant a la consulta. El Tomàs, quan surt aquest tema, deixa sempre molt clar que hi entraria com a empleat, que els socis són ells dos, que això ha d'estar sempre molt clar, però que un dia serà un vell, això els fa riure, perquè ho diu amb els braços ben estirats, com si el futur fos un dia molt llunyà, separat de la resta del cos, instal·lat al present.

A la Marta li agrada molt acompanyar-los quan l'Oriol competeix a Barcelona. Aplaudeix com si fos la seva mare. El Marià prefereix que l'Olga no aparegui gaire a les converses perquè troba que a l'Anna Maria li agrada massa explicar detalls que potser haurien de quedar en la intimitat de la família. La resposta, si alguna vegada ho ha comentat al llit, és que sembla mentida. «És el meu germà, és el teu soci, són els nostres millors amics». O sigui que, alguna vegada, l'Anna Maria fa veure que el noi que va amb l'Olga és molt bon nano, que val molt més que l'altre, i de tant en tant tothom torna a comprovar que el Marià no recorda si el Lluís és el d'ara o si va ser aquell que ella va deixar plantat i que venia a casa i tocava el timbre com un pesat i ella no obria i els prohibia que agafessin l'intercomunicador, no es deia Carles? Que no, que el Carles és el d'ara i que el pesat llargarut era el Lluís. Però si els dos noms no s'assemblen de res.

Les últimes setmanes han sopat junts gairebé cada divendres. El calendari també els ha ajudat a esbandir l'engany de la Núria. Què faran aquest any per Nadal? Anirem a esquiar igualment, oi? Ho vol saber el Tomàs, que ho ha promès al Jordi i havia pensat convidar l'Oriol. A l'Olga no li agrada, igual que al seu pare, que no ha esquiat mai. A on aneu a dinar? Com sempre. Això els reconforta. La seguretat de les cites immutables és una dosi d'analgèsic molt oportuna.

–El pare ja s'ha acostumat al pollastre de la seva mare. –El Tomàs posa la mà a l'espatlla de la Marta.

–I això que sempre deia que el pollastre no s'ha de tallar mai abans de ficar-lo al forn.

–És perquè és com l'havia fet la mare.

–Doncs mira, se'l menja. –La Marta prova de riure–. És que li surt tan bo.

–Qui pot ser a aquesta hora? –es queixa el Marià quan sona el telèfon.

–Que no sigui la Núria. –La Marta es penedeix de seguida de la seva broma, abans fins i tot que el Tomàs la reprovi amb un gest discret de la mà dreta.

–Digues. –L'Anna Maria s'ha aixecat a agafar l'aparell que hi ha al costat de l'aquari, perquè és el que està més a prop, sense pensar que haurà de tenir la conversa davant de tothom.

–Mira que si l'és. –El Marià recupera un fil d'esperança, donaria el que fos per rebre una explicació clara de la Núria.

–Què? Torna-m'ho a dir, per favor. A poc a poc. Però com està?

–Com està qui? Què passa?

–Segur? Ai per favor. Ai no.

–Marià, vés-hi, que passa alguna cosa –l'avisa la Marta.

–No, no, ja estic tranquil·la. No. Sí que has fet bé de

telefonar. Ja ho entenc. D'acord. Sí. No. No et moguis. Amb els teus pares no hi has parlat? Molt bé. No. No, et dic que no. Ara venim. Sí, estic tranquil·la. Fins ara.

–Què passa?

–Hem de marxar.

–I tant, de seguida –la Marta s'aixeca.

–Però algú s'ha de quedar a casa per quan arribi l'Oriol. –L'Anna Maria mira de guanyar uns quants segons amb la fredor necessària per calcular què s'ha de fer abans de sortir disparada de casa, empaitada pel Marià.

–La nena –aconsegueix per fi de dir.

–Tomàs, acompanya'ls, així no pot conduir.

–Un accident? S'ha fet mal? Qui era?

–Marià, agafa les claus de casa i la cartera. Era el seu nòvio.

–El Lluís.

–No, el Carles –li surt un crit, però se'n penedeix de seguida i mira d'apagar-lo–. On tinc el moneder?

–Al dormitori, ja hi vaig. Però què passa? A on anem?

–A l'hospital. –Desapareix i la Marta li va al darrere, fins i tot quan torna amb el moneder–. Al Clínic, la tenen al Clínic.

–Us porto jo –el Tomàs no ho proposa, els ho mana.

–Si vols, ja em quedo, fins que vingui l'Oriol.

–Sí. Gràcies. Marxem.

Una hora després, quan el Tomàs telefona des de l'hospital, explica a la Marta amb poques paraules, que tria amb cura, que a l'Olga l'han atacada, en una festa, i que el seu nòvio és el que l'ha portada fins aquí. Que l'ha atacada algú, que no saben res més, però que ja es pot imaginar el pitjor. Que és terrible i que estan destrossats. Que el metge ja l'ha vista i que ara han de parlar amb la policia. Que el nòvio no és capaç d'obrir la boca, que potser per això els seus pares, que també han vingut, no paren de xerrar, i que el Marià s'ha quedat mut però de tant en tant obre i tanca els ulls, no diu res i obre i tanca els ulls. La que plora és l'Anna Maria, excepte quan fa companyia a l'Olga, que ara descansa perquè li han injectat un sedant. O sigui que faria bé d'anar-hi, perquè l'Anna Maria la necessita, i que, de seguida que arribi l'Oriol, li digui que la seva germana s'ha trencat el braç o la cama, que no li digui res més, i que la tenen al Clínic i que els pares l'hi esperen.

Quan arriben la Marta i l'Oriol, el Marià obre i tanca els ulls dues o tres vegades seguides i atura el seu fill. La Marta pregunta on és l'Anna Maria i el Tomàs diu que és a l'habitació, amb l'Olga, que dorm. Abans d'anar-la a buscar, la Marta fa una abraçada al seu home, una abraçada molt forta. Voldria abraçar el Marià, però s'adona que ja parla amb l'Oriol i prefereix anar de seguida amb l'Anna Maria. El Tomàs diu que és la primera porta de l'esquerra.

–Què ha passat? Ningú fa aquesta cara per un braç trencat.

–Val més que seguis, Oriol.

–Què passa, pare?

–Seu, per favor, seu un moment.

A la saleta no hi ha ningú més i l'única fressa al corredor és la que fan les soles de les sabates de la Marta, de pell clara i amb els talons força alts. No són sabates, sinó un rellotge que camina.

Anunciació

Quan s'ha despertat ha trobat a faltar la pressió lleugera, a l'esquena i a les natges, de les mans una mica rasposes de la Laura.

Va acceptar, amb la mena de felicitat que podia aprehendre, el seu regal d'aniversari. Quan va acabar el massatge, en comptes de tocar-lo com ell hauria volgut, en comptes de masturbar-lo, com havia desitjat, la Laura va estirar una manta de cotó pel damunt i li va dir que descansés. S'hauria pogut quedar a dormir al seu costat, però no ho va fer. Se'n va anar sense fer soroll mentre ell, que ja no va obrir els ulls, pensava en tot el que no havia passat i es proposava de somiar-ho, per allargar una mica més encara les sensacions tan agradables que havia tingut.

Aquest matí, com que sí que hi ha somiat, ha arribat a creure que ella encara hi era, que havien dormit junts, amb una passió no gaire desfermada però amb molt d'afecte, amb la voluntat entregada als dits perquè el tacte regís la seva relació. S'ha decebut una mica quan ha comprès que només havia sigut un somni, però de seguida hi ha volgut veure els avantatges.

Quan va arribar al poble, temia despullar-se. Al cap de poc, els va trobar a tots estrafolaris. Al cap d'uns quants dies, va acceptar que eren persones com ell i se'n va aprendre els noms. Per fi, ahir va celebrar amb ells el seu aniversari i avui, que és el dia que fa setanta anys, mentre surt de casa, no de la casa, de casa, per primera vegada sospita que potser sí que es quedarà aquí i que potser sí que serà per sempre.

La seva gent, la gent de la seva vida, han quedat enrere. Els ha perdut. Potser ara té una oportunitat que no hauria de desaprofitar. Potser no és tan absurd que necessités una altra comunitat, una altra família, un entorn on pogués saber que encara té coses a fer, que encara no és mort.

És amb aquesta idea que va cap al menjador, confiant que hi trobarà la Laura o la Cris, perquè els vol explicar tot això que pensa. Ha d'admetre que aquesta idea transporta en secret el regust d'un entusiasme que creia haver deixat enrere per sempre, però es malfia d'aquesta fortalesa aparent i prefereix creure que és només un impuls més o menys fiable i força incert. En tot cas, és l'únic que ara mateix l'empeny. No pot triar perquè no té res més.

Amb aquesta convicció, saluda la Cris, quan la veu que esprem taronges sanguines. Esmorza sense mostrar-se gaire bon conversador i espera una mica, per si de cas arriba la Laura, amb qui li sembla que hi ha una relació més intensa, més que res perquè a la nit li va fer un massatge. Com que no arriba, allarga l'esmorzar. S'entreté observant la Cris com feineja i, tot seguit, com se'n va. La segueix amb la mirada, perquè no té res més a fer.

La Laura és molt més jove que ell, ja ho sap. Però sembla una bona persona i és indubtable que ha de ser algú molt sensible. Si es queda al poble, no diu de seguida, és clar, però amb el pas del temps, potser podrien arribar a ser amics, bons amics, i aleshores, qui sap, potser podrien compartir més sensacions que un bon massatge, potser es podrien fer companyia, la mena de companyia que es fan el Klaus i la Margarida o el Jaume i l'Adela. No es vol precipitar, però no disposa de gaire temps. Quants anys de vida li poden quedar? Li agradaria tant passar-los al costat d'algú que sabés estimar-lo, una altra vegada. Amb algú a qui es pogués estimar, potser per sempre.

Ja suposa que en un lloc com aquest no els cal un dentista. Però potser els aniria bé tenir algú que s'ocupés de debò dels primers auxilis, algú que sabés com atendre les primeres demandes d'un pacient abans d'enviar-lo al centre sanitari de la ciutat més propera. Potser així trobaria un sentit nou per a la seva vida, una ocupació raonable amb una finalitat que li proporcionés la recompensa de saber-se útil i, més que això, necessari.

Quan la Laura es presenta al menjador comunitari, ell ja ha elaborat unes quantes frases més o menys convincents per exposar la seva idea, que tindrà l'aire d'una proposta informal però que al mateix temps hauria de sonar molt sincera, gairebé com una conversió religiosa.

Quan ella li pregunta com se troba, ell respon que divinament, fa servir aquesta paraula que en altre temps hauria trobat odiosa. Li dóna les gràcies i, després de vacil·lar una mica, per vergonya, li acaba dient que aquest matí l'ha trobada a faltar.

–Oh, et vas quedar adormit com un nen petit.

–Feia tants anys que no em tocava ningú –s'atreveix a dir.

–Ja es notava, estaves ben encarcarat. No m'estranya, és la rigidesa dels que heu oblidat que teniu pell. Per això hi sóc, per recordar-vos-ho –es posa a riure.

–Va ser tan... –No troba cap paraula que l'ajudi a dir el que no vol dir.

–És la meva feina. Normalment ho cobro, però aquesta vegada ho pots considerar un regal d'aniversari.

–La teva feina?

–Sí, és clar, és el que faig. Quan vinc al poble, també és per això. A tothom li agraden els meus massatges. Escolta... No devies pensar que...?

–Què? No, i ara, dona, jo... Només que va estar molt bé –dissimula com pot mentre esborra de pressa totes les frases que havia previst que li diria–, no hi estic acostumat.

–Millor, així en voldràs més i te'ls podré cobrar –torna a riure–. M'encanta fer massatges. Deu ser una mica com ser metge, no hi has pensat? Dónes als altres el que el seu cos necessita.

–Potser sí –accepta–, vist així, sí, potser sí.

S'aixeca, agafa el paper de la cadira, el llença al cubell de sempre i recull el got de plàstic, que avui li ha tocat blau, per deixar-lo a la safata, com ha fet cada vegada. La Laura li diu que està contenta que li agradés el massatge i ell fa veure que no n'hi havia per a tant, tot i que l'hi torna a agrair.

No tindrà cap afer amb la Laura, no serà com al somni d'aquesta nit, però potser sí que serà el metge de la comunitat. Quan la Margarida es trobi malament, l'atendrà.

O qualsevol altra persona. El necessiten. Ja sap que no és a cap poble del Gabon, però, per un instant, li sembla que es podria transfigurar en el doctor Albert Schweitzer i ser l'home bo d'aquesta comunitat. El Tomàs n'estaria orgullós.

Quan surt del recinte, arriba la Cris.

–Mira que bé, ara mateix pensava anar-te a buscar –se li adreça amb una urgència estranya–, quina sort.

–Què passa? –pregunta, animat una altra vegada.

–Vinc del punt d'acollida. Oi que vas dir que potser vindria algú però que no ho sabies? Ja ha arribat.

Per fi. Ja és dimarts, ara sí, dimarts 12 de març de 2013. O sigui que era veritat el final de la carta que acompanyava el prospecte: «Ens agradaria molt retrobar-nos en aquest paratge completament únic».

–Ha preguntat per tu. Com que no donem aquesta informació, he fet veure que no em recordava de tots els noms de la gent que hi ha al poble. Esperes un amic?

–Sí.

–La seva cara em sonava, com si ja hagués vingut al poble abans.

–Segur que sí.

–S'allotja a la casa blanca que hi ha a prop del solàrium.

S'acomiada de les dues dones i camina sense gens de pressa cap al racó on hi ha les gandules, no gaire lluny del lloc on es van fer els banys de fang. Tothom ho anomena «solàrium», però és només una petita clariana que fa pendent, amb menys de deu gandules, totes amb la lona força envellida.

Al cap d'alguns minuts, tanca els ulls, estirat, tot i que és molt d'hora, a l'espera que el sol el vulgui escalfar. Si ho vol, que l'encengui i el converteixi en les últimes flames de vida que li puguin quedar. Seria una incineració natural. Li faria oblidar la vergonya que ha passat amb la massatgista i com s'ha arribat a sentir de ridícul per haver pensat que una dona com la Laura, o qualsevol altra, se'l podria mirar amb desig. Ha sigut ben idiota de creure's que algú pugui sentir res per la seva persona ensopida, pel seu cos marcit, per la seva vellesa estulta, per la seva vanitat esberlada, per la seva dòcil i patètica submissió davant la possibilitat remota que l'amor pogués retornar mai a fer-lo sentir viu.

Per sort, la creença que aquest poble serà el seu Gabon l'ha reconfortat mentre caminava cap a les gandules. Però quan s'ha recordat que, per al Tomàs, Schweitzer és la personificació de la humilitat sincera, ha alentit el pas, que no semblés arrogant.

S'ha estirat a la gandula, a l'espera que es faci visible la figura etèria i inconsistent d'un fantasma. Però no hi ha en ell cap desig de revenja ni tampoc cap penediment més important que tots els altres penediments, que ja ha esborrat. Ara mateix, la rebria amb la mateixa indiferència, més enllà de la mera curiositat, si qui vingués fos la mort, per endur-se'l o només per riure-se'n una bona estona: «Pallasso! Funàmbul! Arlequí!». Per això s'ofereix al sol. Si ha de venir la mort, i se n'ha de burlar, que el trobi encès i despullat, per fi, a la vista de tothom.

Dolor
1994

«Com l'has vist?» és una pregunta massa simple i complexa a la vegada. Potser per aquesta raó l'han feta servir sovint. El Tomàs i el Marià l'han intercanviada tants cops que no se'ls fa gens estranya. És una aproximació indecisa que, gràcies a la vaguetat, resulta menys punyent. I té l'avantatge que permet respostes ambigües. Els ha anat bé per comentar la salut bucal d'alguns pacients que de tant en tant han compartit.

«Avui el doctor Solvell no la podrà veure, però si de debò és tan urgent potser el doctor Brau hi podrà donar una ullada». La Marta n'ha après molt. No és tan efectiva com la Núria, que semblava capaç de controlar moltes situacions al mateix temps, però això no és el que s'espera d'ella. A la seva manera, ha aconseguit el domini de la consulta.

La pregunta imprecisa també ha anat bé quan un dels dos tornava de veure els avis, que emmalaltien i morien. Va ser efectiva quan el pare del Marià va tenir el primer atac de cor. «Com l'has vist?», va demanar el Tomàs quan el Marià va anar l'endemà a la consulta. I ara ha sigut la millor manera que el Tomàs ha trobat per demostrar al seu amic que és de debò que té interès per saber com ha vist l'Oriol, mentre al mateix temps li deixa clar que, si ho vol, té permís per sortir-se'n amb una evasiva.

Però el Marià no en té prou amb aquest truc. Hauria preferit que el Tomàs no digués res, que es limités a obrir la porta del BMW, que s'hi fiqués i conduís, com ha fet quan han vingut, fa menys de mitja hora. L'Anna Maria ha preferit estalviar-s'ho. Ha dit que no ho resistiria. Que ja vindrà la setmana que ve. Per això el Marià ha hagut de demanar al Tomàs que l'acompanyi fins al mòdul Can Brians 1, a Sant Esteve Sesrovires.

Si hagués d'explicar a algú per què ha anat a la presó, la resposta seria molt senzilla. Perquè és on hi ha l'Oriol. Però si hagués d'explicar a aquesta mateixa persona què ha passat les últimes setmanes, no sabria com fer-ho. Ha sigut massa ràpid. No ha tingut temps de copsar les partícules indivisibles més elementals, les que resulten imprescindibles per fer-se una idea del conjunt al qual pertanyen. Una arrel no és res sense la peça dentària, però no hi ha cap dent ni cap queixal que tingui sentit fora d'una boca. Ara mateix, la boca que ell voldria observar i comprendre està tancada, tan muda com ho estava fa uns quants minuts la del seu fill gran.

Igual que en una gran cascada, que expulsa l'aigua de manera constant cap al buit, els dies s'han succeït sense que tingués temps de saber si arribaria a caure a l'abisme o només quedaria cec per l'escuma blanca i agitada i en acabat podria surar i tornar a respirar. És el que prova de fer: respirar a poc a poc. No ha arribat a caure, encara no, però des del punt on l'aigua surt disparada pot veure l'Oriol, que ja és al fons, i suplica amb els ulls que l'ajudi. No li ha servit de res ser tan bon nedador.

Després de l'atac, l'Olga es va estar un dia més a l'hospital i la van enviar cap a casa. Els metges havien dit que les lesions no eren greus i que eren les que es podien esperar en un cas de penetració forçada. A l'Anna Maria no la va sorprendre la informació indiscutible que, abans de la violació, ja havia deixat de ser verge, però no va creure que fos el moment més adequat per parlar-ne amb la seva filla.

Les conclusions confirmaven que l'autor d'aquella violació havia de ser algú jove, tenint en compte el vigor que havia exhibit quan, després de la violació vaginal, i sense canviar-la de posició, la va escometre, amb menys fúria, amb una penetració anal, que era la que havia preocupat més els metges en un primer moment. No hi havia contagi de malalties infeccioses, o no es detectaven, però la veien molt abatuda.

Es va estar a casa quinze dies, sense ganes de sortir. El Carles venia cada tarda, quan acabava les classes, però com que ella no li feia gens de cas, al cap d'una estona se n'anava, amb el cap cot. Un dia no va poder més i es va posar a plorar davant de l'Olga i l'Anna Maria.

L'Olga no ho va arribar a explicar mai del tot, potser va creure que si ho havia dit als metges ja no calia que ho repetís. El Carles també havia explicat la part que podia explicar. Se n'havien pogut fer una idea força aproximada, massa i tot.

Havien anat a una festa a casa d'una gent que no coneixien. Era una casa gran, una torre al capdamunt de la ciutat. Uns amics del Carles hi havien estat convidats i, com que els havien dit que hi podien anar amb més gent, ho havien comentat a una colla, que hi havien arribat junts. Tothom ballava en un entarimat que havien instal·lat a la banda de muntanya del jardí que circumdava l'edifici. L'altre costat feia més pendent i només hi anaven unes quantes parelles que preferien esmunyir-se en la foscor, sota la capçada dels tres pins o, més avall, a prop del til·ler i el codonyer japonès, una mica apartats de la tanca d'arbustos sempre verds.

Es van divertir força, també havien begut. El Carles hi havia insistit. Com que no coneixien gairebé ningú, van passar junts la major part de l'estona, amb el grup que hi havien anat. Més tard, algú es va trobar malament. El Carles va acompanyar el seu amic fins al lavabo i s'hi va estar prop d'un quart d'hora, potser una mica més. Això ho havia repetit amb la veu trista: «Potser una mica més». Volia dir fins que el seu amic va aconseguir vomitar.

L'Olga es va cansar d'esperar-lo i va anar a fer un tomb pel jardí. Va esquivar la diminuta pineda perquè de seguida es va adonar que hi havia unes quantes parelles. En podia sentir els xiuxiuejos. Per tornar va recórrer el perímetre del jardí, a tocar de la tanca vegetal. Va ser aleshores quan va sentir que deien el seu nom. Aquest detall no el va explicar als pares, però el Carles sí que ho sabia.

Qui fos que l'anomenava no li va donar temps de girar-se. Se li va abraonar al mateix temps que li posava una mà a la boca per evitar que xisclés. Duia guants de plàstic. Això sí que ho havia dit. Guants de cuina, com els que es posava la mare quan rentava les olles. La va estirar pels cabells i li va posar una mà al clatell, amb tanta força que de poc no es desmaia. Les fulles li pessigollejaven les cames. El jove dels guants de goma li va clavar una coça, perquè s'estigués quieta, i li va tirar avall les calces, amb una mà que semblava immensa.

Va notar de seguida que aquell monstre se li ficava a dins, pel darrere, però com que li tapava la boca amb aquell guant fastigós, no podia cridar. Va notar que l'altre esbufegava, que sortia i tornava a entrar. Quan semblava que ja estava, li va donar tres o quatre cops a les natges abans de cometre la segona violació. Va tornar a esbufegar, la va empènyer amb força, es va escórrer, la va amenaçar de matar-la si en deia res a ningú i va sortir corrents. L'Olga va doblegar les cames, va relliscar fins que va quedar de genolls, a punt de plorar però sense atrevir-s'hi encara.

No la van trobar fins al cap d'una bona estona. El Carles va deixar el seu amic en una butaca, marejat però força refet, i va preguntar als altres si l'havien vista. A algú li havia semblat que sortia al jardí de la banda de mar. Va esquivar un gat que filava, potser animat pels esbufecs apagats de les parelles que el sotjaven de reüll sota els pins, i va recórrer la tanca sense gaire confiança. El primer que va veure van ser les soles de les sabates, entre el fullam, i tot seguit va entendre que l'Olga estava de genolls, entre el fullatge de la tanca. Va reconèixer la pudor de vòmit i s'hi va atansar amb paraules dolces, preguntant si es trobava bé. Sí que havia vomitat, però no era a causa de l'alcohol, com el seu amic, sinó del fàstic, de la vergonya, de la ràbia continguda, de la por i del dolor. Quan ella va girar la cara, se'l va mirar amb els mateixos ulls esgarriats que després va oferir als metges i després a la mare i al pare i per fi al seu germà.

El Carles es va atabalar quan va veure les calces encara als turmells de l'Olga, però va tenir el cap prou clar per comprendre que havia de reaccionar amb serenitat. La va agafar per les espatlles, la va ajudar a posar-se les calces a lloc, encara que ella no ho volia, i va demanar al primer convidat amb qui es van creuar que avisés un taxi de seguida, perquè la seva amiga es trobava molt malament. Va trucar als seus pares i a casa de l'Olga des de l'hospital, mentre la visitaven.

Els metges, un noi jove i una dona d'uns cinquanta anys, que havia sigut la primera que l'havia atesa, havien deixat clar que la denúncia era una decisió seva. Creien que era el més recomanable. Però comprenien que s'ho volguessin pensar. Els interrogatoris no solen ser gens agradables, necessiten tota mena de detalls. Però si no denuncia ningú, és impossible atrapar aquests fills de puta. En parlaven com si fossin un grup determinat i no una persona sola. El grup dels fills de puta que violen una noia en una festa. Aquest grup d'indesitjables que abans de sortir de casa es fiquen a la butxaca els guants de rentar plats.

L'Olga no volia denunciar res, l'Anna Maria no estava segura que fos bona idea, i el Marià es preguntava quan i com havia perdut la seva filla la virginitat. L'Oriol es mirava el Carles amb ràbia, convençut que, encara que no en tingués la culpa, en realitat n'era el responsable. L'Oriol era partidari de fer la denúncia. Ho deia cada dia, i sempre que podia en parlava a soles amb l'Olga, amb l'única intenció de convèncer la seva germana. Volia atrapar el fill de puta que ho havia fet, fos qui fos. Però ella repetia que el que de veritat li convenia era oblidar-se'n. No volia contestar més preguntes. No pensava explicar el mateix una vegada i una altra. No hi va haver denúncia.

Al cap d'uns quants dies ja sortia de l'habitació. Mentre el Carles li parlava, ella es distreia amb els peixos de colors. Quan ell se n'anava, es ficava al quarto de bany i es dutxava per tercera o quarta vegada. L'Anna Maria no la forçava a tenir pressa per tornar a fer la seva vida d'abans.

El Marià anava i venia. Passava moltes hores a la consulta perquè necessitaven recuperar-se del sotrac econòmic que la Núria els havia provocat. Maldava per concentrar-se i de seguida va comprovar que els problemes concrets de cada boca eren, una altra vegada, la resposta que necessitava. Una corona li podia salvar el dia. La col·locació d'un pont era el bàlsam que somiava. Cada càries que reparava era una altra prova que encara era viu, que encara tenia el poder de la restitució.

Al seu món, no calia que les coses fossin exactament d'una manera determinada, n'hi havia prou que ho semblessin. Aconseguir aquesta semblança era una part del seu repte. Quan escollia el to que caldria per a una peça dental que encarregava, sabia que el seu encert consistia en l'aproximació màxima a la similitud total. Un material artificial preparat al laboratori hauria d'encaixar de forma natural en la boca sencera que l'acolliria. L'elecció del color era molt més complexa que una mera tria a partir del mostrari.

Com havien après a la carrera, l'esmalt és més translúcid, i ho és més a mesura que envellim i el desgast l'aprima, de manera que també deixa passar el color de la dentina, amb més transparència quan perd la lluminositat de la joventut. Aquesta característica, com han comprovat a mesura que l'experiència els convertia en dentistes més veterans, és la que explica l'opalescència de les peces dentals, la dispersió de la llum que, segons com es projecti, dóna a l'esmalt una aparença blavosa. El Marià es concentrava en aquests coneixements quan escollia la comanda al laboratori d'una porcellana determinada i el satisfeia adonar-se que el món era quasi perfecte si es jutjava només amb aquests paràmetres: fluorescència i opalescència.

La fluorescència encegava aquella nit terrorífica de l'Olga i la convertia en un feix de llum, de tan clar, gairebé invisible. L'opalescència generava irisacions psicodèliques que transformaven la manera com cadascú ho percebia, fins al punt que encara que tots fossin davant del mateix fragment d'òpal esberlat, ja sabien que no el veurien mai igual. Potser per a l'Anna Maria els colors eren brillants intensos, potser per al Marià eren tan tènues com incomprensibles, per a l'Oriol per força havien de ser foscos i enigmàtics.

Atabalava la seva germana amb preguntes. Ja que ella no volia anar a la policia, potser ell podria esbrinar pel seu compte què havia passat. Parlaria amb el noi de la casa, que era el fill d'un psiquiatre força conegut de Barcelona. Demanaria els noms de tots els convidats. Però a l'Olga l'atipaven aquestes indagacions, que considerava absurdes. Què en trauria? No canviaria res. No podia tornar enrere.

L'Oriol no volia tornar enrere, al contrari. Anava cap endavant i ho feia a una velocitat desenfrenada, de cap a la cascada que se l'enduria. Hi va insistir tant que al final l'Anna Maria va demanar al Marià que hi intervingués: «Si no la deixa en pau, un dia explotarà». El Marià va dir que ja hi parlaria, però no va trobar el moment. L'Oriol no havia deixat els entrenaments i s'esforçava per fer el mateix de sempre. Tothom estava molt ocupat.

Un dia que sopaven ells dos sols, perquè l'Olga s'havia tancat uns quants dies a l'habitació i l'Anna Maria havia anat a fer-li companyia, va estar a punt de comentar-l'hi. Però es va despistar tot parlant de la importància de l'opalescència. Va explicar que és exactament aquest tret el que configura la vitalitat i la naturalitat d'una peça restituïda. A l'Oriol li devia semblar que el pare no aconseguia treure's la feina del cap i potser va sospitar que era la seva manera d'esquivar la tristesa que s'havia ensenyorit de la casa, una tristesa més aviat erràtica, com si no fos la seva intenció ser allà, amb aquell aire d'innocència que les desgràcies de vegades saben adoptar.

L'Oriol va acabar presentant-se a la casa on s'havia fet aquella festa amb un dels seus companys de l'equip de natació. Era l'única persona a qui ho havia explicat, després que l'altre el veiés capcot als vestidors cada dia que hi havia entrenament i li preguntés cada vegada què li passava. Al final va cedir i li va parlar confidencialment de l'atac a la seva germana. Per animar-lo, el Miquel li va suggerir que provés de fer-hi alguna cosa en lloc de quedar tan abatut, i l'Oriol es va decidir a investigar pel seu compte. Quan li va demanar que l'acompanyés a la casa, el Miquel va voler treure-l'hi del cap, perquè fer-hi alguna cosa no era el mateix que jugar a policies. Però l'Oriol va insistir tant que al final l'altre no s'hi va poder negar, i un cop allà li va seguir el corrent. L'excusa que es va empescar l'Oriol era maldestra, però va funcionar. La seva germana havia perdut les arracades. Ella no volia molestar-los, però ell, com que les hi havia regalades, volia provar de trobar-les. A la casa no hi havia el fill del psiquiatre ni tampoc els seus pares, només la minyona, que era filipina i parlava un castellà estranyament musical. No els podia deixar passar però ho podien provar l'endemà. Hi van tornar. L'amfitrió de la festa els va atendre amb desimboltura però sense gaire paciència. Si algú hagués perdut res a la casa, ho haurien trobat. Si volien, podien mirar al jardí del darrere, entre la pinassa. Com que el jardiner estava de vacances, encara no hi havia anat des del dia abans de la festa. Se li va escapar un somriure.

Tot això es va saber més tard gràcies a les explicacions del Miquel, l'amic que s'havia especialitzat a nedar d'esquena. A l'Oriol no li agradava gaire aquesta posició, preferia tenir el pit contra l'aigua. La intenció de l'Oriol, segons el Miquel, era guanyar-se la confiança d'aquell jove, preguntar-li si recordava els noms dels convidats, esbrinar si hi havia algun noi que hi hagués anat sol. Era una bogeria que no els duria enlloc. La conversa no va fluir cap a on l'Oriol hauria volgut. El noi de la casa els va deixar sols al jardí. No es van ajupir sota els pins. Van recórrer el jardí fent veure que provaven de trobar la joia fins que l'Oriol va copsar la forma groga d'una mà morta, que no era cap resta humana sinó un guant de goma. Això sí que l'Olga ho havia explicat, que l'agressor duia guants de cuina. Per què? Semblava que a ella no l'estranyés, però els altres ho havien trobat estrambòtic. En tot cas, no era cap prova de res. L'atacant se'l devia haver tret, l'havia llençat o li havia caigut. No, no havia anat així, ho va saber més tard, quan va ser a casa i el va ensenyar a l'Olga, que va reaccionar amb un esgarip seguit del gest immediat de tapar-se la boca amb la mà.

Que a on era? Al jardí d'aquella festa. Sí que havia anat a la casa. Ja ho sabia, per què. Per aclarir què havia passat, per descobrir qui havia sigut, qui li havia fet mal, qui s'havia atrevit a fer-li «allò». El noi ho va entendre de cop i volta, la mirada d'ella ho revelava: ho sabia, ella ho havia sabut des del primer moment. Ho va saber tan bon punt li va sentir l'alè al clatell. Només hi havia una persona a qui ella havia dit que li reconeixeria les mans encara que es quedés cega. Ho havia dit com un elogi d'enamorada, abans d'enfadar-s'hi, abans de dir-li i repetir-li que encara no estava prou decidida, abans que provés de fer-li entendre que no feien bona parella, abans de conèixer el Carles i trobar-lo més dolç, molt més amable, atent i comprensiu.

L'Oriol l'hi va dir. No l'hi va preguntar. Ho va afirmar: que ella ja sabia qui era, que ho havia sabut sempre. I la seva germana no ho va poder negar més de tres vegades. Després d'acceptar-ho, li va suplicar que no en digués res, que havia de ser un secret, el secret d'ells dos i de ningú més.

Va insistir a l'Olga perquè acudís a la policia, i l'Anna Maria, que va entomar les queixes de la noia, va tornar a demanar al Marià que hi intervingués. Va ser aleshores quan les formes polièdriques de les coloracions opalescents devien enlluernar l'Oriol. De nit es tancava a l'habitació, després de sopar.

Van passar unes quantes setmanes. No se'n podia oblidar ningú, però tothom s'esforçava a fer-ho veure. L'Olga havia sortit de casa un parell de vegades i semblava disposada a reprendre la vida d'abans. Els pares van creure que els ànims s'asserenaven.

Fins que a l'Oriol se li va esgotar la paciència. L'enlluernament havia tingut conseqüències. Encara que l'Olga no havia pronunciat mai el nom del noi que l'havia violada, el seu germà en tenia prou de saber que era algú que ella coneixia, que coneixia molt bé. Ho arreglaria. Això estava decidit. Només calia que hi hagués un quan. Va ser aquell vespre, però hauria pogut ser el vespre del dia anterior o el de l'endemà. No va ser tant una decisió premeditada com l'efecte de l'opalescència, o això va voler creure el Marià quan ho va saber pel Miquel nedador. Quan va telefonar la policia a casa va ser per comunicar-los que l'havien detingut. L'acusació no era menor.

El Miquel va haver d'explicar què havia passat. Era l'únic que ho podia fer i es va presentar al pis del carrer Atenes voluntàriament. Primer ho va explicar al Marià. Després ho va repetir a la comissaria. Però ja no era una informació substancial. Només servia per confirmar que havien provat de resoldre-ho pel seu compte.

L'Oriol havia seguit el Lluís de manera discreta unes quantes vegades i s'havia après el seu trajecte habitual. Aquell vespre el va esperar en un banc del Turó Park, perquè ja sabia que solia passar-hi. Només hi volia parlar. Li va ensenyar el guant. L'altre no va intentar enganyar-lo. Ho hauria pogut negar tot. Però va preferir córrer. L'Oriol era un bon atleta. El va atrapar de seguida. Li preguntava per què ho havia fet mentre li pegava. El Lluís repetia que havia begut massa, que l'havia vista allà, que no s'ho esperava. I els guants? Els havia agafat de la cuina. Per què? Perquè ella sempre deia que reconeixeria aquelles mans encara que no tingués ulls. L'Oriol li va trencar tres dits d'una mà, amb un sol gest. L'altre va xisclar. El va fer callar d'un cop de puny als llavis. Va caure. No sabia què havia de fer. Va pensar que el denunciaria. L'hi va dir: «Et denunciaré, et podriràs a la presó». Mentre li augurava aquest futur li va clavar unes quantes coces. Als ronyons. A l'esquena. No volia fer-li mal, no tant. L'advocat deia que aquella història era una mica rebuscada, que a la policia no li agradaria. Tenia raó. L'informe policial va ser contundent. El jutge va ordenar presó preventiva.

L'Oriol va deixar el Lluís allà on l'havia atonyinat. Gemegava. Va anar a una cabina de telèfon i va trucar a l'únic amic que ho sabia tot. Li va dir que necessitava ajuda. S'havia barallat amb algú i potser n'havia fet un gra massa. Havia sentit un so esquerdat molt inquietant. Havia vist els ulls fixos de la seva víctima.

El Miquel no va trigar gaire. Hi va arribar amb el Vespino granat que tenia des de feia un any i mig. Ni tan sols va posar el cadenat. L'Oriol ja l'esperava, impacient. Havia anat tres vegades fins al mateix lloc on el Lluís romania immòbil i escopia gemecs cada vegada més inaudibles. Va ser idea del nedador avisar l'ambulància. L'Oriol estava massa atordit per prendre cap decisió. Va explicar què havia passat, tal com ho va explicar en acabat el Miquel al Marià i a la policia, que va arribar poca estona després que el Miquel i l'Oriol acordessin que valia més anar a una cabina i demanar ajuda.

Que com l'ha vist? Destrossat. Desmuntat. Sense ànima. L'Oriol no volia fer mal a ningú. Va ser un accident. Es va deixar portar per la ràbia. No podia entendre que el Lluís hagués pogut violar la seva germana, no entenia que el Lluís pogués violar cap dona, no podia trobar cap explicació satisfactòria fora que el despit l'havia embogit. Però això no semblava prou per explicar la seva acció, i el Marià i l'Anna Maria haurien preferit que l'Olga no ho sabés mai. No ho van poder amagar.

Quan l'Olga va saber que l'Oriol havia clavat aquella pallissa al Lluís, va vomitar. L'endemà no va menjar. Al cap de poc la van dur a l'hospital i s'hi va passar un parell de setmanes. El Marià hi anava una estona cada migdia, i quan tornava a la consulta el Tomàs feia servir aquesta fórmula tan eficaç: «Com l'has vist?». La mateixa que li ha sortit avui de la boca per oferir-se com a orelles que l'escoltin mentre el Marià vomita la seva angoixa.

Com l'ha vist? Espantat. Als seus ulls hi havia tanta por. No els havia percebut mai d'aquesta manera. No, no era por. Era terror. Un terror que si el descobreixes als ulls del teu fill et desmunta sense remei. No hi podia fer res. El tenia a l'altre costat del vidre i no el podia abraçar. Parlaven per l'intercomunicador circular, del color del llautó, que hi havia encastat al vidre. Posaven les mans damunt d'aquesta separació transparent. «Treu-me d'aquí, pare, treu-me d'aquí», li ha suplicat. Ha sigut quan li ha vist el terror als ulls. Quan demanava que el tornessin a casa.

La llei se suposa que preveu penes dures de presó per

evitar que algú caigui en la temptació de la venjança, però la llei no hauria d'oblidar que la ira ho esborra tot. L'Oriol va clavar uns quants cops al Lluís sense voluntat de deixar-lo paralític. L'última coça a l'esquena només era el punt final d'una pallissa rabiosa. Va ser mala sort que li esquerdés una vèrtebra, que li esbotzés el canal de la medul·la espinal, que el condemnés a un estat de paraplegia que els metges no es veien amb cor de pronosticar si seria irreversible. Però la seva insistència de tants dies constava com un agreujant de premeditació. La trigança a avisar els serveis d'emergència denotava una possible denegació d'auxili.

«Treu-me d'aquí», li ha suplicat. Però el Marià sabia que no ho podria fer, si més no amb la pressa que ell té. Per això se li ha encomanat el terror i el manté a la memòria encara que fixi la mirada en els arbres que hi ha als vorals de la carretera, encara que llegeixi les matrícules dels vehicles que els precedeixen a l'autopista, encara que s'acomiadi del Tomàs amb la promesa que li trucarà demà mateix, encara que s'esforci per dissimular-ho quan diu a l'Anna Maria que l'ha vist bé, que se'n sortirà, que està animat i que confia en les recomanacions de l'advocat.

És l'Olga qui descobreix el senyal del terror que el seu pare porta imprès a l'iris i n'interpreta els signes més bé que ningú, potser perquè intueix que el seu germà, tancat en una presó, amb delinqüents de debò, reclòs en aquest submón on és incapaç de nedar, té la mateixa mena de terror que ella va experimentar quan algú que li semblava reconèixer, encara que hauria preferit mantenir el secret, li posava el guant de cuina damunt la boca.

Epifania

El Marià estava estirat, amb els ulls tancats, quan ha tingut la sensació que l'escalfor del matí s'atenuava. Ha pensat que un núvol tapava el sol, ha obert els ulls per comprovar si era això i l'ha descobert. Feia molts anys que no el veia, però no ha trigat gens a estar-ne segur. Ja no és aquell noi jove, també s'ha fet gran. Tot i això, li ha semblat que encara conserva un rastre d'aquella força. Va despullat, com ell, és clar, com fa tothom en aquest poble. Només l'havia vist nu una sola vegada, al quarto de bany del pis del carrer Verdi. Té la temptació de preguntar-li què hi fa, aquí, però espera, pacient, que el Jep parli primer.

–Així que has vingut –el saluda el germà de la Teresa–. N'he dubtat tant. Quan m'han dit que no sabien si hi eres... Aquestes noies menteixen molt malament.

–No estava segur que fossis tu. Però no podia ser ningú més –diu, per fi, en comptes de posar-se dret i fer-li una abraçada.

–Per favor, no has canviat gens. Ets tan ingenu.

Sí que ho és. No fa gaire estona, ha arribat a creure que la Laura i ell podrien ser un dia una bona parella. Però no està disposat a admetre-ho i, encara menys, sense tenir-ne una explicació.

–Qui més volies que t'enviés aquell prospecte? T'he vingut a buscar. Fa tants anys que espero aquest moment que estic una mica emocionat. M'ho sabràs perdonar, oi?

El molesta aquest to displicent, la ironia que hi ha carregada en aquesta pregunta pretensiosa. Quan el Jep el va deixar amb la paraula a la boca, a la plaça Lesseps, el Marià va pensar que un dia tindrien l'ocasió de desfer aquell malentès. Però amb els anys gairebé se n'ha oblidat. Li hauria de dir això, que l'ha oblidat.

–Vaig triar aquest lloc perquè et volia veure tal com ets, sense la teva disfressa. I perquè em volia presentar tal com sóc, sense amagar res.

El seu penis, no pot evitar de fixar-s'hi, no presenta aquesta vegada una erecció punyent. Al contrari, sembla que pengi descuidat entre les cames, com un adminicle innecessari. Al pubis hi té pèls blancs. Calcula de pressa quants anys deu tenir. Seixanta? És un home gran, això és evident. De fet, ara els separa una distància menor que quan es van conèixer i ell era un jove de només divuit anys. Quan va ser això? Fa la resta.

–En tinc seixanta-dos. –Li endevina el pensament–. És això el que penses, oi? I tu, setanta. Els fas avui, és clar. Per això he vingut. Per molts anys. –Li ofereix la mà.

–No entenc res, ja ho saps. –S'incorpora i queda assegut a la gandula on fa un moment jeia amb els ulls closos.

–No, és clar que no. Tingues paciència. Jo n'he tinguda. M'he esperat molt de temps, no vindrà d'una mica. M'encanta la teva cara de sorpresa. Llavors ja feies una cara semblant, com si tot el que passés al teu voltant et pogués sorprendre, però, sobretot, com si no ho entenguessis. Saps qui són els Kao? No, és clar que no. Són la família xinesa que va fundar el restaurant Pekín. Hi vam anar a sopar amb la Teresa, te'n recordes? Havien treballat al Gran Dragón, el primer restaurant xinès de Barcelona. Em sembla que va ser l'any 1958. Però tu no havies estat mai a cap restaurant xinès. Mai. No saps res dels primers immigrants xinesos de Barcelona ni dels últims.

–No m'agraden, els restaurants xinos. No m'agradaven aleshores i ara tampoc. Escolta, no has vingut fins aquí per explicar-me quina família treballava a no sé on, oi que no? –Es posa dret.

–Seu, home, seu. Necessito una mica de temps, ja t'ho he dit.

Acosta una gandula a la gandula que ell acaba de deixar buida i s'hi asseu. El Marià li voldria dir que hi ha de posar un tros de paper o una tovallola, el que sigui, però no ho arriba a dir. Ell mateix, aquesta vegada, no hi ha pensat tampoc. Es queda dret al seu davant, però l'incomoda aquesta posició, perquè exhibeix els genitals a l'altura de la cara del germà petit de la Teresa, i de seguida seu.

–Vivies a Gràcia, però hauria sigut el mateix si haguessis viscut a qualsevol altre barri. La vida a Gràcia va canviar d'una manera trepidant. Els tallers artesans es van convertir en bars i restaurants, les places s'omplien de gent jove que bevia i parlava.

–Visc a Gràcia.

–Ja ho sé, home, ja ho sé. Sé on vius, sé on has viscut, ho sé gairebé tot de tu. Però tot això, a tu, et va passar pel davant. Barcelona va ser molts anys una explosió imparable d'alegria, la llibertat era tan nova que es respirava així que sorties al carrer. Tothom provava de trobar la seva manera de viure, i tu vas triar la teva. T'ho vas perdre tot.

–Ja era una mica gran per a les explosions imparables –no li sap greu haver-ho dit de la mateixa manera que ell.

Podria semblar que és una mofa. I no ho és. No es pot burlar de la seva imperícia per sobreviure a la desgràcia, de la seva incapacitat per passar els fulls del calendari després d'aquell cap d'any. Va fer el que va poder. I va viure feliç, en unes condicions quasi perfectes, protegit pels vidres de l'aquari on s'amagava des de 1976.

–Hauries pogut ser jove per sempre més. Em fèieu tanta enveja. Ella, sobretot, em feia tanta enveja. No em miris així. Sí que ho sabia, què et penses? Per això rèiem. Em deia sempre que ella t'havia vist primer. Ho entens? Primer. Gràcies a tu, per fi hi havia un temps clar. Era la nostra broma privada. La broma que ens unia perquè ens recordava qui érem. Tots dos necessitàvem algú diferent de nosaltres, algú que fos de debò. Era la broma que la Teresa feia servir per ajudar-me. Perquè si ella t'havia vist primer, volia dir que hi havia un abans i un després, que el temps existia i que tu me'l regalaves a través d'ella. A ella li vas dar un lloc al món, l'únic lloc on podia viure. Per això va morir quan l'hi vas prendre. Però a mi m'havies donat el temps. I també me'l vas prendre, perquè el vaig perdre per sempre quan la Teresa va saltar d'aquell balcó.

–Jep, no sé per què no vas voler que parléssim mai més i no sé per què has trigat tants anys a venir-me a veure. –Els seus braços proven de girar com les busques d'un rellotge, però aquest rellotge s'ha aturat–. Però jo ara visc en pau –pronuncia aquesta paraula al mateix temps que uneix els palmells, l'un contra l'altre, com si volgués resar, però només és que les busques, ara immòbils, es troben a les dotze en punt–. O ho intento. Si has vingut per dir-me alguna cosa que pugui entendre, més val que ho facis.

–Quina impaciència. A la teva edat ja no t'escau, creu-me. Vas preferir un lloc tan impersonal com el carrer Atenes, quin lloc més insípid. La teva vida hauria sigut tan anodina sense ella, sense nosaltres. De vegades encara m'estranya que la Teresa et pogués trobar tan atractiu, però seria injust, és clar, això sí que seria injust, perquè ella t'adorava.

El Marià obre i tanca els ulls unes quantes vegades. Cada vegada que els obre, el Jep encara hi és. I, cada vegada que els tanca, la Teresa torna del món dels morts i el saluda amb un somriure impúdic, amb ulls impenitents, amb els dits als mugrons.

–T'adorava, ja ho saps, oi? Per damunt de tot, hi havia dues coses de tu que adorava. Una era atractiva perquè li donava força i l'altra ho era perquè l'ajudava a creure que sabria viure. Però no ho vas entendre mai.

–La vaig estimar molt.

–Estimar... Quina paraula, oi? Si no fos que t'he odiat tant, et diria que em fas llàstima. Saps què l'atreia, de tu? El teu entusiasme, això en primer lloc. El teu entusiasme era molt atractiu. Però et vas espantar i el vas perdre. Sí, et vas espantar. Vas tenir por de la felicitat que ella et donava.

–No ho diguis, això. –Sembla que es vulgui posar dret una altra vegada, però només ha inclinat una mica el cos cap endavant.

–Saps quina era l'altra cosa que et feia atractiu, per a la meva germana? No ho saps? La salvació. Tu eres la seva salvació. Li transmeties la mena de seguretat que ella sabia que no tindria mai. Ella deia que tu eres més racional. Era la seva manera de dir-ho. Sabia que si es descontrolava, i en part no ho podia evitar, tu eres allà per salvar-la. Podies endreçar la seva vida, li podies fer creure que el món és un lloc segur. Per això va voler tenir un fill.

–Va ser un accident, aquesta és la veritat. Un descuit.

–La teva ingenuïtat és tan perversa. No, es va quedar embarassada perquè va voler. Quedava amb tu quan ovulava. M'ho va dir. A mi m'ho deia tot. Encara no ho sabies, això? Ens ho explicàvem tot. Tot, ho entens?

–No m'ho crec. M'ho dius per ferir-me, però ja és massa tard.

–No, per què t'hauria d'enganyar? T'he convidat a venir aquí per enganyar-te? No, home, ara ja no, ara és l'hora de la veritat, de tota la veritat. Creu-me: la Teresa va pensar que, si et donava un fill, tu t'hi voldries quedar, sabia com eres. Per això la vas destrossar quan li vas dir que no el volies, quan vas decidir que perdés el fill que ella volia tenir per a tu, només per a tu. Et vas comportar d'una manera tan vulgar.

–Mira, Jep, les coses no van anar com pensàvem, la vida ens porta per camins que no coneixem...

–«Camins que no coneixem». No tens gens d'imaginació, oi que no?

–Va ser una desgràcia. Però tu saps que l'estimava. No té cap sentit. De debò que has esperat més de quaranta anys per venir-me a dir que la Teresa es volia quedar embarassada? Per què? De què serveix, ara? No t'entenc. No et vaig comprendre aleshores, i ara, encara menys. Deixem-ho córrer.

–Deixar-ho córrer?

El Jep s'aixeca, ara sí, i esclata a riure.

Càries
1997

–De tota manera, no tens cap motiu per anar-te'n.

–Tots, Marià, els tinc tots, els motius.

–Queda't. És casa teva.

–Ja n'hem parlat.

–No, no hi estic insistint. Ja ho he entès. El que vull dir és que és el teu pis. Ja buscaré alguna cosa.

–No, no ho has entès. No em vull quedar, aquí no hi vull viure ni un dia més. Em fa mal. No ho pots entendre, això? I tu no t'hi hauries de quedar, tampoc. Aquestes parets em fan mal. Aquest sofà em fa mal. El maleït aquari em fa tant de mal que no t'ho pots imaginar.

–Me'n desfaré.

–Ja seria hora.

–Fa temps que ho penso. Una vegada vaig estar molt a punt de fer-ho, però no sé què va passar. Ja ho tenia coll avall, de veritat.

–Et crec. Si tu m'ho dius, jo et crec. Però no serveix de res. Al contrari, això demostra que faig ben fet. Han passat tantes coses, Marià, i no has dit res. Potser ho has pensat, però no has dit res. Mai.

En això té raó. No han parat de passar coses. La notícia que l'Oriol s'havia asfixiat, amb una bossa de plàstic que algun altre pres havia escamotejat i li havia donat, el va deixar tan atordit que era impossible dir res. Què esperaven que digués? Quines paraules volien que pronunciés? No havia passat ni trenta dies a la presó.

Aquell noi forçut, amb espatlles i braços de nedador, havia sigut de cop i volta tan fràgil com un peix tropical, que amb un canvi lleuger de la temperatura en té prou per morir, que amb una variació molt tènue en el grau d'oxigenació de l'aigua ja se sent en un hàbitat irresistible.

L'advocat s'havia mostrat molt optimista. No hi havia hagut intenció de causar aquells danys, sinó la reacció irada del parent d'una víctima. Fins a cert punt, havia sigut un accident. Els joves es poden convertir sense voler en els protagonistes d'aquesta mena d'accidents. L'home, que el Tomàs els havia recomanat, era prim i adust, no mostrava cap voluntat d'enganyar-los i sospitava que el seu aspecte podia resultar desagradable, potser a causa de l'abundància amb què la caspa li tacava l'americana fosca, potser perquè no es treia els pèls dels narius ni de l'interior de les orelles. Però demostrava que sabia de què parlava. Els havia anunciat que la fiscalia intentaria agafar-se als dies que l'Oriol havia seguit el Lluís per refermar la tesi de la premeditació.

Com que hi havia hagut una violació, confiava que el fiscal no s'hi voldria acarnissar. Calculava que el podien condemnar a un màxim de dotze anys. Amb bon comportament i la reducció de pena, potser al cap de cinc o sis anys ja podrien demanar el règim obert. Potser abans i tot.

Anar a dormir a la presó no era tan greu. Això era el que els volia fer veure, i l'Anna Maria feia cara d'entendre-ho. Per al Marià era tan estrany que el seu fill passés un sol dia a la presó com que l'hi tanquessin tota la vida. L'Oriol ho devia veure de la mateixa manera. Així que va poder, va escurçar la condemna pel seu compte, abans que hi hagués cap sentència, abans que se celebrés el judici.

Va ser el punt final. Que l'Anna Maria trigués tres anys a dir-li que se n'anava només s'explicava perquè després d'aquella notícia tots dos van moure's tan a poc a poc que, sense que se n'adonessin, ja havien passat tres anys. Però el punt final ja estava dictat. Quan l'advocat els va telefonar i els va dir que hi havia de parlar amb urgència, l'Anna Maria va voler pensar que potser el noi tornava a casa. Quan l'advocat va sortir del pis, amb la cartera sense nanses sota el braç, va deixar un polsim de caspa al seu darrere i una tristesa impossible de guarir.

No tindrien el seu cos l'endemà perquè li havien de fer l'autòpsia. L'Anna Maria el volia veure però no podia ser. Quan la policia va dir al Marià que la sospita de suïcidi comportava l'actuació dels forenses, es va recordar de les paraules que el Jep havia dit quan havia anat a la consulta per comunicar-li que la Teresa era morta: «T'ho imagines? Tot de metges que...». O sigui que quan el Marià mirava de fer entendre a l'Anna Maria que ja estava bé que no els deixessin veure el cos del seu fill, va ser inevitable que pensés en la Teresa.

Al funeral hi va anar tot l'equip de natació, que havia volgut deixar constància del seu afecte amb un text breu a la cinta verda llaçada a la corona de flors que havien pagat entre tots: «El teu equip no t'oblida», a l'esquerra, i «Nedem amb tu», a la dreta. Hi havia dues corones més. La de la família era vermellosa, encesa. La dels companys d'estudis era multicolor i més alegre. Hi havia també uns quants poms, pocs de grans i vistosos i bastants que eren més discrets. La majoria duien cintes enrivetades amb tons daurats o d'argent. Paraules de memòria convertien els rams en missatges de consol.

L'Olga seia amb els pares al primer banc, i just darrere seu hi havia el Carles, que de tant en tant li posava la mà damunt l'espatlla, amb tanta suavitat que l'Olga gairebé ni se n'adonava, i li xiuxiuejava paraules dolces. L'Anna Maria no es movia gens ni mica, talment com si s'hagués convertit en una dona de pedra. El Marià es distreia llegint les cintes dels poms acolorits. «Els teus amics t'estimem i no t'oblidem» li semblava una promesa vana. «Sempre amb tu, Oriol» no se sabia de qui provenia, però la va llegir tres vegades. «Lamento el dolor» era una expressió original, però una mica ofensiva i, sobretot, sorprenent. No anava firmada per ningú.

Els avis ploraven sense fer gens de soroll, com si els gestos del capellà els haguessin silenciat, i els pares de l'Oriol no s'havien d'esforçar per conservar la calma, gràcies a les píndoles que el Tomàs els havia prescrit. No pensava discutir si era més o menys convenient: els va manar que se les prenguessin. L'Anna Maria en va fer cas perquè l'hi deia el seu germà gran, i el Marià en va fer cas perquè l'hi deia el seu amic.

Però no podrien prendre tranquil·litzants sempre més. Ja ho sabien. Els primers dies, l'Anna Maria entrava i sortia de l'habitació de l'Oriol sense cap motiu. Tocava les medalles, acariciava la fotografia on el seu fill duia la torxa olímpica pels carrers de Barcelona. El Marià abocava més menjar del compte als peixos de l'aquari i es va estar a casa, vagant com un esquelet desballestat, fins que el Tomàs li va suggerir que li convindria tornar a la consulta. Van proposar a l'Anna Maria que també hi anés. La Marta, tota sola, ja se'n sortia prou bé, però no li faria cap nosa una mica d'ajuda. D'aquesta manera, estarien tots quatre junts, tot el dia, cada dia.

Vivien refugiats en aquella atmosfera, aromatitzada amb clau d'espècia a causa de l'eugenol. El Tomàs i la Marta els acompanyaven fins a casa quan plegaven, la majoria de les vegades amb el cotxe i de tant en tant a peu. Sopaven junts gairebé cada cap de setmana, o bé divendres o bé dissabte. No s'entretenien amb gaires filigranes. En tenien prou amb una mica de pa amb tomàquet i uns talls de formatge, una amanida, una copa de vi. Es feien companyia fins que la son els vencia.

Com que no tenia sentit parlar dels fills, perquè l'Oriol hauria reviscut falsament entre l'enciam del Baix Llobregat i el formatge francès, l'Olga i el Jordi també havien desaparegut de les converses nocturnes. La nostàlgia estava prohibida, els records s'havien esborrat, el passat no havia existit mai. Es forçaven a comentar les incidències de la jornada. De cop i volta els tocava parlar de gent que no coneixien. La dona aquella del pont de tres peces, que no hi havia manera que es deixés clavar l'agulla tot i les precaucions de sempre per acostar la hipodèrmica a la geniva sense que el pacient l'arribés a veure. El representant del dipòsit dental que feia aquella olor tan pertorbadora, no podien saber si perquè triava una colònia massa forta o perquè els porus de la seva pell ja l'emetien de manera natural. Aquell pacient que sempre fa tard i explica cada vegada una excusa diferent. El que anul·la la visita sempre una hora abans, potser perquè té tanta por del dentista que, quan arriba el moment, no es veu amb cor d'anar-hi. El que no es renta mai les dents i pretén que a la consulta li resolguin amb un cop de vareta màgica les conseqüències de la seva deixadesa. També hi ha aquell adult que té les dents mal posades a causa d'una onicofàgia severa, allargada tants anys que ha provocat l'avançament de la mandíbula.

Cap d'ells quatre no s'ha mossegat mai les ungles, ni tan sols quan eren criatures. Però l'Oriol, quan tenia tretze i catorze anys, rosegava la punta del bolígraf mentre estudiava, i això que el Marià l'havia advertit que ho havia d'evitar. No era tan fàcil que l'Oriol arribés a desaparèixer de les seves converses. L'home que tenia els dits fets malbé i la boca castigada els havia fet pensar en el fill. Una altra vegada, el noi tornava de la tomba perquè un pacient deia que li agradava nedar. Un dia que ja no hi pensaven en tota l'estona, sortia al diari la notícia que havien atrapat un violador, i això els feia fabular que, si la policia hagués enxampat el Lluís, l'Oriol no li hauria pegat mai.

Tot i les dificultats, perseveraven en la seva voluntat de sobreviure, i la fortalesa del Tomàs i la Marta es va convertir a poc a poc en l'única solidesa que el Marià i l'Anna Maria podien apreciar. El món s'hauria esquerdat sense ells, s'hauria obert un esvoranc tan gran davant dels seus peus que hi haurien caigut sense remei. Els seus amics eren el ciment que reparava la peça, l'únic guariment per a una lesió que no es podia guarir. Acomplien la mateixa missió que el llum que els dos metges feien servir per unir els components dels adhesius mitjançant la fotopolimerització, amb la gran diferència que el llum en té prou amb una aplicació d'entre deu i vint segons mentre que la presència del Tomàs i la Marta havia de ser constant perquè tingués algun efecte.

Quan els deixaven a casa, com si el compost que els unia s'hagués escindit en dues meitats, cadascú feia la seva. L'Anna Maria engegava el televisor i s'hi plantava al davant, li era igual què oferissin. El Marià intentava llegir, sense èxit, un exemplar endarrerit de la «Gaceta Dental». Es ficaven al llit amb un marge suficient per assegurar-se que l'altre ja dormia, i el Marià era gairebé sempre el primer.

L'Olga no solia sopar a casa. Es quedava moltes nits a casa d'una amiga de Girona, que es deia Patrícia i que vivia amb els avis de Barcelona. Havia deixat d'anar amb el Carles. No volia tenir cap noi que se li enganxés al costat. Els caps de setmana, si la Patrícia anava a casa dels pares, l'Olga també hi anava. Havia trobat una manera de no ser-hi, i això els deixava tant d'espai lliure que el Marià i l'Anna Maria no s'hi podien acostumar. Potser també els hauria agradat anar-se'n a Girona, encara que fos només a cent quilòmetres de distància.

És el que va fer un dia l'Anna Maria. Va dir al Marià que aniria a passar el cap de setmana amb l'Olga. Dormiria en un hotel, perquè no volia acceptar l'oferta dels pares d'aquella amiga per quedar-se a casa seva. Però sortiria amb elles. L'Olga li havia dit que no podia ser que conegués el call de Girona. El Marià va aprofitar que estava sol per anar a veure els pares. Però s'hi va estar poca estona.

Quan va ser a casa, va remenar els calaixos del tram d'armari de l'Anna Maria. Hi va trobar aquell disc de la Barbara que ell li havia regalat. El va deixar al seu lloc, però va agafar del sostremort la capsa de cartró on havien desat els vinils, ja feia uns quants anys. Va trobar el disc de la Maria del Mar Bonet, però no el podia escoltar perquè el mateix dia que havien desat els discos havien entaforat el tocadiscos al fons d'aquell forat fosc que l'arquitecte havia previst sota el sostre del passadís curt que feia de distribuïdor. No calia que s'esforcés a agafar-lo perquè no tenien agulles. O potser sí. D'agulles se'n devien poder comprar. El va agafar. Estava embolicat amb un plàstic gruixut amb bombolles d'aire. En va treure la pols, el va endollar i va comprovar que encara girava. Va anotar la marca i el model i va anar amb metro fins a la mateixa botiga on havia comprat els discos per a l'Anna Maria. No en tenien, d'agulles, però li van saber dir on en podia comprar.

Va dinar en una pizzeria plena d'italians. No els entenia, però reconeixia l'idioma. Li passava el mateix amb l'anglès o l'alemany. De francès sí que en sabia, perquè l'havia estudiat a escola. Ho havia pogut demostrar quan havien anat a París amb el Tomàs. Tots dos competien a veure qui entenia millor la notícia sobre la mort del doctor Schweitzer. Després havia exhibit el mateix coneixement d'un francès suficient però molt escolar la vegada que hi havia tornat en el viatge de noces i l'estiu de 1988, amb l'Anna Maria i els fills, quan l'Oriol encara no tenia catorze anys i l'Olga n'havia fet dotze.

Potser haurien hagut de viatjar més sovint. Potser haurien hagut de sortir més per Barcelona. Però no li havia semblat mai que l'Anna Maria ho trobés a faltar. De soltera, havia anat a algun concert, perquè el Tomàs li aconseguia entrades, i la satisfeia escoltar els cantautors que protestaven contra el règim, però això no la convertia en una persona gaire rebel. Havia anat a escoltar Moustaki, sí, però al Palau de la Música. No s'hauria d'enganyar més del compte.

Tots dos han sigut casolans, i ara no tindria cap sentit queixar-se'n. Havien viscut una mica d'esquena al món, potser sí, però és que havien creat un món particular que els ho exigia tot. Abans de formar entre tots dos aquesta cèl·lula indefugible anomenada família, no van ser mai activistes contra la dictadura. Després, quan ja vivien al nucli d'aquesta cèl·lula, no van ser partidaris fervorosos de cap de les opcions que durant la transició espanyola van provar de consolidar-se. Podien reconèixer els idiomes, però no els entenien. S'adonaven que «a fora» passaven coses, però era «a fora». No ho havia fet mai abans, però ho va decidir de sobte. Va demanar al cambrer si li podia portar un setrill d'oli picant.

Quan va arribar a casa, va connectar el tocadiscos als altaveus. Va buscar al mateix lloc on l'havia trobat el cèrcol negre que calia ajustar a la pua del mig per als discos de 45 revolucions per minut. Va posar el disc de Bocaccio Records. Només volia escoltar la cançó de la cara A. «L'ocell, rei coronat», cantava la Bonet, «lluïa un diamant blau». La va sentir unes quantes vegades. «Bon ocell, porta'm amb tu al país d'altres temps».

No va sopar. Va dormir al sofà. Al matí es va ficar a la dutxa i va esmorzar sense gaire gana. Es va rentar les dents. Va sortir a fer un volt. Va caminar una hora ben bona pel parc de Monterols. Va dinar en un restaurant del barri. No hi havia turistes. Quan l'Anna Maria i l'Olga van arribar, a mitja tarda, el van trobar assegut al sofà, escoltant per enèsima vegada la mateixa cançó.

Després de l'estiu, l'Olga se'n va anar a viure a Girona. Hi havia trobat una feineta, en una botiga de bijuteria. Estudiaria Turisme, com la seva amiga. Compartirien un piset que els pares de la Patrícia els deixaven. L'Anna Maria hi aniria sovint. S'hi quedava el cap de setmana. Aviat va agafar el costum de baixar amb cotxe dilluns a primera hora. Es presentava a la consulta i se saludaven amb un cop de cap en comptes de fer-ho amb un petó lleuger, conjugal, volgudament consuetudinari.

La mare de la Patrícia sabia fer pastissos i en va ensenyar a l'Anna Maria. Uns quants dilluns en va dur a la consulta: pastís de poma, pastís de prunes i formatge, pastís de nous i pastanaga. La Marta els tastava i en cantava les excel·lències. L'Anna Maria insistia que s'emportés la resta. «Nosaltres no ens el menjarem», deia, i era una excepció, perquè ja no pronunciava mai el pronom personal de primera persona del plural.

Aquell any va passar de pressa i potser no hauria constat al calendari de cap manera si el tercer infart no hagués deixat el pare del Marià tan baldat. Va adquirir l'hàbit d'anar-lo a veure cada dia, quan sortia de la consulta.

Molts dies s'hi quedava a sopar. Menjava verdures o sopa, de primer, i peix a la planxa de segon, més o menys com havia fet quan era una criatura. Quan el pare es cansava i anava a dormir, s'esforçava perquè la conversa amb la mare no s'apagués massa aviat.

El pare va morir abans que s'acabés la primavera. El van enterrar al cementiri de Montjuïc. Quan deixaven un pom de crisantems a l'anella de ferro, el Marià va somriure de manera ostensible i la mare va preguntar per què ho feia. Va contestar que no ho sabia, però mentia. No era una relaxació muscular beatífica sinó un somriure alegre, de retrobament, perquè havia recuperat de cop i volta aquella ganyota del pare davant dels miralls del Tibidabo.

Encara no ho podia saber, però aquest missatge de tants anys enrere seria la premonició d'una capacitat desconeguda per copsar amb un coneixement nou els altres records amagats. El va ajudar a descobrir aquest poder adquirit la companyia pacient de la mare.

L'anava a veure dos o tres dies per setmana. Ella aprofitava aquestes visites per treure la pols de la memòria. Un dia li ensenyava la seva insígnia de La Salle i ell s'exclamava que encara conservés aquell pedaç amb el lema «Signum fidei». Un altre, li feia veure el jaqué que el pare s'havia posat el dia que s'havien casat. No sabia per què encara el tenia.

Si ella no tenia ganes de parlar, el Marià es ficava a l'antic despatx del pare i remenava les seves carpetes, amb comandes que ja no faria mai, fotografies en blanc i negre dels seus viatges i una pila de recordatoris que conservava de tots els funerals d'amics i parents. Hi havia els recordatoris dels avis de Badalona, amb versos de Joan Maragall: «I quan vinga aquella hora de temença / en què s'acluquin aquests ulls humans, / obriu-me'n, Senyor, uns altres de més grans / per contemplar la vostra faç immensa. / Sia'm la mort una major naixença!». Un dia hi va trobar el recordatori de l'Oriol. L'Anna Maria havia triat amb pressa una imatge d'un mar d'onades calmes. No hi havia cap vers, només l'afirmació contundent que no seria mai oblidat.

Va respirar fondo abans de sortir del despatx. Sense pare ni fill, perdut al buit de les generacions sense vincles, descobria una perspectiva il·luminadora. Els detalls del passat adquirien una consistència menys pastosa, configuraven un mapa que s'entenia, eren traces fosques i clares sobre paper articulat. De cop i volta hi havia frases que la mare havia dit quan es va casar, que gairebé havia oblidat i que tornaven amb una sonoritat tan clara que podrien haver estat dites aquell mateix vespre, entremig d'una recomanació que al peix no s'hi ha de posar mai llimona i un tu-no-te'n-recordes-però-quan-eres-molt-petit. «Aquesta vegada sí que ho has fet bé». Era com si li demanés perdó per haver-li fet la guitza mentre vivia amb la Teresa. Ho havia dit quan els nuvis ja se n'anaven, quan ella els acomiadava, a la porta del taxi que se'ls enduia cap a l'aeroport.

També era capaç de percebre amb més precisió altres detalls que li havien semblat insignificants o que potser estaven reservats a les persones que, com ell, havien perdut el futur i el passat a la vegada. L'olor de poma madura que desprenia la dona a qui havien demanat per l'Olga, de seguida que van arribar a l'hospital. La blavor estrepitosa d'un cel imaginat amb els records de l'àvia que havia vist un tornado. El tacte intrèpid del pelatge de la Floyd i el pessigolleig de la llengua de la Teresa al seu gland.

Amb la mateixa mirada nova, encesa per la desolació, quan va tenir el recordatori de l'Oriol entre els dits podia llegir en la memòria aquella cinta entre altres cintes que li parlava només a ell: «Lamento el dolor». Els empleats de la funerària havien posat les corones al carro de rodes. També havien agafat els poms de flors. L'altra meitat de la cinta quedava per fi al descobert: «Constantment». Volia dir una vegada i una altra. Sense parar. Com si el temps es repetís. Quan van ser al cementiri, i els altres empleats van deixar les corones i els poms de flors davant del nínxol, el Marià va esperar que no el veiessin i va agafar aquell pom. No gaires minuts després, el va llançar per la finestra del taxi que se'ls enduia cap a una casa trista.

De vegades, si era dilluns, portava a la mare dos talls de pastís embolicats amb paper d'alumini. Li agradava el de prunes i formatge més que cap altre, però acceptava el que hi hagués. Però ja no n'hi durà més perquè l'Anna Maria no tornarà a la consulta. Ho va decidir fa una setmana. Ha llogat un pis petit a Girona, no gaire lluny d'on viu l'Olga. Confia que el Marià no hi posarà cap pega. Ja sap que les coses no van tan bé com van arribar a anar, però està segura que ho podrà pagar, si més no fins que ella trobi la manera de ser independent del tot. La resposta pràctica d'ell ha sigut la que ella esperava. El compte corrent on tenen els diners continuarà a nom de tots dos. Pot disposar del que hi hagi sempre que ho necessiti. Ni tan sols és un acte de generositat.

L'ha mirada mentre ella feia tres maletes i l'ajuda a carregar-les al portaequipatge. L'Anna Maria ha insistit que no cal que s'ho endugui tot perquè és només una separació. No cal que facin cap tràmit. No vol que omplin papers. N'hi ha prou si viuen separats, i ella ha repetit que a Girona s'hi està molt bé. Hi fa més fred, no hi ha el mar tan a prop, però és una ciutat bonica. El Marià hi ha estat molt poques vegades, i això que només hi ha cent quilòmetres, s'hi arriba amb el tren. No hi ha anat mai per veure l'Olga, perquè l'Olga, de tant en tant, molt de tant en tant, ja l'ha vingut a veure a Barcelona. Han sigut sempre visites molt curtes, quasi tan curtes com les visites que ell fa a casa de la mare.

Com que l'Anna Maria no s'ho ha d'emportar tot, perquè no és cap divorci, ja ho han deixat clar mil vegades, deixa el disc de la Bonet i també els altres discos que eren d'ella. Quan ja han carregat el cotxe, el Marià intenta ferli un petó, molt lleuger, conjugal, desapassionat, però ella enretira els llavis i només li ofereix una galta. No li queda més remei que plantar-li un petó trist al pòmul.

–Em sap tant de greu que no ho sé dir.

–Ja ho sé, Marià, ja ho sé. Per això me'n vaig, perquè ja no saps dir res. Ho entenc, però no ho puc suportar.

–Tu ho entens? Jo no, jo no entenc res. Em pensava que ens teníem a nosaltres.

–No, Marià, no tenim res. Ja no tenim res, ho hem perdut tot menys una filla, i no t'has preocupat mai de saber com viu, ni què fa, ni si és feliç. Ella és tot el que em queda i per això me'n vaig a la ciutat on viu. A nosaltres dos no ens queda res, creu-me, estem morts.

–Tenim el que hem tingut. Les nostres vides.

–No, ja no ens queda ni tan sols això. Ara ja no.

–Em deixes sol.

–No, sempre has estat sol. Potser no ho sabies, però ja és hora que te n'adonis.

–Això no és veritat. I és injust que ho diguis. Ho he fet tot per... –Però no continua la frase perquè ja comprèn que no té cap sentit que ho faci i perquè ella ja ha obert la porta del Mercedes negre.

–Adéu, Marià. No t'oblidis de parlar amb l'Olga.

–Li trucaré.

–Fes-ho.

–Un cop per setmana.

–Quan sigui, però fes-ho.

Es queda sol. No sap si mai tornarà a tenir la mena de companyia que s'han fet amb l'Anna Maria, aquesta presència constant d'algú que viu sota el mateix sostre, fins i tot amb molts moments en què tots dos haurien preferit que l'altre no hi fos. Et pots acostumar a la soledat. No és tan complicat. N'hi ha prou d'estar sol, i ja està. I el Marià, ara sí, ja està sol. L'Anna Maria, com abans l'Olga i abans l'Oriol, ja no hi és. Com han fet tots. Com l'ocell de la cançó, que tot d'una emprengué el vol.

Consagració

Dos homes grans, despullats, es miren sense dir-se res.

Hi ha hagut una rialla dement del Jep i s'ha fet un silenci iridescent.

Però el silenci, que els protegeix, incomoda tant l'un com l'altre i, a la vegada, tots dos obren la boca, de manera que les seves paraules s'entortolliguen i es confonen i per això no poden entendre què diuen, fins que el Marià calla i escolta.

–Vaig venir l'any passat i de seguida vaig saber que és aquí on volia que ens trobéssim. Hauria pogut ser a qualsevol altre lloc, però la idea de veure't despullat era tan atractiva que no me la podia treure del cap. No has envellit del tot malament.

–Faig una mica d'esport –mira de desviar l'interès del Jep cap a alguna qüestió banal mentre pensa com se'n podrà desempallegar.

La rialla ho ha deixat tan clar que l'espanta: no és la visita conjurada d'un fantasma, ni tan sols l'aparició inesperada d'un antic amic. El Jep ja no és el germà petit de la seva antiga amant ni un record estrany que l'ha acompanyat sempre. És un foll. Tots dos eren folls, els dos germans. Li sap tant de greu pensar-ho que vessa una llàgrima. Teresa, perdona'm.

La prova definitiva que ha enfollit és que és incapaç de veure aquesta llàgrima, perquè tot i que parla de cara al Marià ja no el veu, el travessa amb els ulls, clavats a l'infinit, just allà on hi ha un rellotge imaginari amb les busques que es mouen com dues ànimes en pena. És des d'aquesta visió incessant d'un temps que transcorre amb bogeria que el Jep li fa saber amb desdeny que ha sigut la seva ombra.

–Ja ho sé, que nedes.

Sap què fa, sap a on va, sap a on viu, li deixa una carta a la bústia. Tot això fa que el Marià se senti vulnerable. Però no troba cap frase prou eficaç per interrompre'l i està ocupat dissimulant la llàgrima amb el dors de la mà dreta, una mà amb pigues noves, taques fosques de l'edat i les venes força marcades. A més, l'índex i el dit del mig de la mà dreta no arriben mai a quedar rectes a causa d'una artritis força dolorosa que no l'ha atacat des que ha arribat al poble, però que li impediria sostenir l'instrumental amb la precisió necessària. Quan van acordar la jubilació, li va saber greu, però ja feia temps que havia entès que no faria mai més de dentista. Per això va acceptar amb agraïment la missió delicada d'estar amatent per si algun dia la Margarida el necessitava.

–Mentre tu feies de dentista, sempre, perquè no sabies fer res més, jo he fet de tot, perquè m'era igual quina feina em donés de menjar. He conduït un taxi, he treballat de manobre i també vaig fer classes, però me'n vaig cansar de seguida. Classes d'història, com el pare. A un institut, fins que es van atipar de mi. Els alumnes deien que repetia sempre la mateixa classe. Era una queixa absurda. Per què no ho hauria de fer? La història es repeteix, tot torna a passar una vegada i una altra. Però no ho entenien. Vaig provar sort en una escola privada, els contactes de la mare van ser molt útils. Tothom era amable. Però tard o d'hora sempre hi havia la mateixa protesta dels alumnes, la mateixa instrucció inquisitiva del director, l'acomiadament amb indemnització. Vaig acabar fent classes a un poble de la costa, no gaire lluny d'aquí. Quan em van fer fora d'aquella escola, em vaig quedar al poble igualment. Va ser aleshores quan vaig descobrir aquest lloc. Però que visqués fora de Barcelona no vol dir que no sabés res de tu. Quan venia, et buscava. No te n'has adonat, però he sigut la teva ombra molts cops. Passejava pels carrers on caminaves, anava a on anaves, m'amagava perquè no em veiessis i alguna vegada, ho he de reconèixer, em vaig arriscar una mica massa.

–Així és veritat que hi eres.

–Al funeral? Sí. Lamento el dolor.

–Constantment –repeteix d'esma.

–No em miris així, com si te n'estranyessis. No ho vas pensar mai? He vingut aquí per acabar d'una vegada. Ja no suporto més aquesta repetició incessant del mateix dia, la reaparició diària de la Teresa que em diu adéu la nit de cap d'any. La solució era tan fàcil que no sé per què em va costar tants anys entendre-ho. He d'aturar aquest rellotge abans que sigui massa tard. Abans, entens què vull dir? Abans.

–Abans de què...? –pregunta en veu molt baixa.

–Vas ser tan neci. Tenies una amant, que és el millor que pot voler ningú, i vas preferir l'avorrida consuetud del matrimoni.

–Consuetud?

–La rutina, idiota.

El Marià es recorda dels consells que va aprendre sobre l'actitud dels pacients. A l'escala de Frankl, se'ls divideix en quatre grups, segons que acudeixin a la cita amb el dentista amb una actitud molt positiva, només positiva, negativa o molt negativa. En cada cas s'ha d'adoptar una resposta diferent. No té sentit mostrar-se amable amb un malalt que odia els dentistes. T'hi has d'imposar. Amb severitat, perquè temen els instruments del metge però respecten la seva autoritat. No li ha de dur la contrària. No l'hauria d'interrompre. N'hi ha prou si de tant en tant assenteix.

–Ara vinc. No et moguis d'on ets. Espera't i sabràs com va morir la Teresa. Espera'm i ho sabràs tot.

El Jep se'n va amb passos que al Marià li semblen massa alegres, com els d'un jovenet que va a comprar el ram de flors per a la seva xicota, com els del promès que s'ha deixat l'anell de compromís i l'ha d'anar a buscar, amb la mena de pressa dels que volen convertir una acció en un parèntesi. El seu cos nu desapareix darrere l'edifici on hi ha el menjador comunitari.

Hauria de dir a la Laura o a la Cris que demanin ajuda al Nyicris i a l'altre noi, com se diu? Ja no se'n recorda. Encara hi és a temps, abans que torni. Però es queda on és. Perquè ja no té cap dubte que el Jep està malalt, i al capdavall ell és un metge i té l'obligació d'atendre'l.

Renúncia
2005

–Mira'ns. Que no ho veus?

Les fotografies en blanc i negre els conserven tal com eren més de trenta anys enrere: animosos i lluents d'entusiasme, ell més que el Tomàs. Amb molta confiança en les seves habilitats, amb un pla força simple per a la resta de la seva vida, tal com l'havien imaginada, sense gaires trasbalsos.

–No hem canviat tant.

–Però què dius, home. Tu tens els cabells blancs –al Tomàs li sap greu haver-ho dit, perquè recorda molt bé que el Marià va envellir de cop i volta molt poques setmanes després que morís l'Oriol–, i jo, que no ho veus? Semblo un monjo medieval. –Es toca la clepsa i tot seguit amb la mà repassa la corona de cabells que manté als laterals i al darrere de la closca pelada.

No entraven gairebé mai a la sala d'espera, que és on hi ha hagut sempre l'orla de la seva promoció, emmarcada i penjada al costat dels seus títols de doctor.

–Som la penúltima generació del franquisme –li etziba el Tomàs mentre posa el dit al seu títol de doctor.

Al costat, hi ha el del Marià. Tots dos, atorgats per «Su Excelencia el Jefe del Estado, Francisco Franco Bahamonde».

–Ni tan sols l'última –insisteix–, ni aquest honor, no tenim.

El Tomàs despenja del clau de ganxo l'orla.

–Quants anys fa que no fem pintar les parets?

–No me'n recordo. Ho devien decidir la Núria o la Marta.

–Ens hem fet vells, Marià. Franco ha viscut amb nosaltres –diu estirant el braç dret cap als marcs daurats que ennobleixen els certificats oficials de la seva llicenciatura– i no ens en hem adonat.

–Però si ja fa molts anys que és mort!

–Sí, els nostres anys, Marià, els nostres.

–No sé què vols dir.

Però sí que ho sap, què vol dir. Franco va morir quan ells ja tenien més de trenta anys. El Marià seria incapaç ara mateix de traçar un recorregut més o menys entenedor del temps que han viscut. Com a màxim, potser sabria dir que les obres de la Sagrada Família encara continuen. Això que el seu amic havia descrit com el temps històric ha desaparegut de la seva vida. El temps autèntic, l'íntim, ha quedat trossejat per la veritat dels fets privats: l'engany de la Núria, l'atac a l'Olga, la mort de l'Oriol, el divorci que va voler l'Anna Maria i, més enllà, en un túnel obscur que va abandonar fa molts anys, aquell salt al buit de la Teresa. Què pot haver passat al món més important que això? Que potser s'ha acabat de construir la Sagrada Família? Encara no? Doncs quines altres novetats hi pot haver?

El Tomàs l'ajuda, potser perquè intueix aquest conflicte. Amb l'orla a la mà, repassa de pressa el temps que el seu amic ignora: «Vam veure com feien rei el príncep hereu de Franco. Hi va haver eleccions. Hi havia por i il·lusió al mateix temps, també decepció i oportunisme. No tens la sensació que és com si no en fóssim conscients? És com si ens ho haguéssim perdut». I li recita una llista incompleta d'esdeveniments que demostrin que no, que no s'han perdut res, que en un calaix de la memòria que no solen remenar hi ha encara la prova que són d'una època concreta, que els correspon un temps històric més a l'abast que el llarg període de construcció de la Sagrada Família. Esmenta el retorn de l'exili del president Tarradellas, amb un punt d'admiració que li sembla obligat però que deixa indiferent el seu amic. Per atreure la seva atenció, li parla d'ETA amb noms de lloc i persona que el Marià també hauria de relacionar amb bombes i bales: diu Hipercor, Vic, Ernest Lluch. I encadena aquest tercet amb els atemptats de l'any anterior a Madrid. Exclama que va ser un horror, però com que el Marià no reacciona, busca un exemple més recent i li parla del bombardeig a la tele i als diaris amb el nou Estatut d'Autonomia.

Però el Marià no l'escolta gaire, només el sent com una música de fons. Les bombes que el Tomàs recupera dels almanacs de la memòria no han explotat mai a la consulta. Al planeta de la restitució, les rutines es repetien, els aparells s'assemblaven, els pacients feien la mateixa ganyota.

Si de cas, podria recordar que a la seva Barcelona es deixaven les escombraries a la porta de casa i de tant en tant els gossos feien malbé la bossa per furgar el munt de deixalles amb el morro llardós. La guàrdia urbana que dirigia el trànsit des dels podis circulars acceptava regals els dies abans de Nadal i els veies amb els braços alçats i tot d'ampolles i paquets de torrons als peus. Els adroguers despatxaven amb bata blava.

–Recordes el dia que em vaig casar?

–Com vols que no me'n recordi.

–Doncs al cap d'una setmana els tramvies van deixar de circular, Barcelona es va quedar sense. D'això no te'n recordes, oi?

–No, gens ni mica. Vols dir que va ser aquell any?

–Sí, i tant. N'estic segur.

–Però ara ja hi torna a haver tramvies.

–No és el mateix, Marià, ja no són iguals. Recordes quan et vas avorrir tant amb aquella pel·lícula de Stanley Kubrick?

–La de la nau espacial. Ara potser m'agradaria.

–Doncs això és el que vull dir. Hem treballat tant... Abans ens havia agradat, anar al cine, de viatge. Aquell estiu que vau anar a París, a on vas portar els nens?

–Als mateixos llocs que havia anat amb l'Anna Maria i abans amb tu. És normal, no? Els ho volia ensenyar tot. Menys un lloc, ja t'ho imagines.

Quan ja ho ha dit, li sap greu. No n'han parlat mai més. No és ben bé que se li hagi escapat, és que s'ha oblidat que ja no en parlaven, que aquell record havia quedat enterrat, a petició del Tomàs.

–Et vaig enganyar.

Ho deixa anar de cop, sense cap pròleg que ho amanseixi. Com si ho tingués en un estómac de la memòria mentidera i ho hagués de regurgitar per quedar-se tranquil. Potser ho hauria dit abans si el Marià hagués tingut aquest descuit fa un any o dos o tres o deu. Potser el Tomàs només necessitava que el Marià recordés aquell viatge a París per confessar una mentida pendent.

–Quan em vas enganyar? Quan vas descriure com era aquella dona o quan em vas dir que no havia passat res? Sàpigues que no m'ho vaig creure, però em va semblar bé. Si tu deies que no havia passat res, jo no et portaria pas la contrària.

–Sí que va passar, però no va ser com hauria volgut. –Se'l mira amb els ulls engrandits pel penediment sobtat i al Marià li fa una mica de llàstima.

–No cal que m'ho expliquis. No ho vull saber.

–És que t'ho vull explicar, vull que ho sàpigues. Em va fer descalçar mentre em descordava els pantalons. Me'ls va treure amb una gràcia apresa que, tot i això, em va semblar delicada. Em va treure els calçotets gairebé sense que me n'adonés i va començar a jugar amb les mans, en fi, ja t'ho imagines.

–Tomàs, de debò, no cal.

–Ella només em volia fer trempar, però, hòstia, estava tan sorprès, i ella anava despullada, bé, amb una mena de negligé, transparent. Aquells mugrons...

–Allargassats.

–Sí, amb un volum que no havia imaginat mai. I no deixava de parlar. M'ho vaig fer a sobre, ja m'entens, li vaig deixar les mans totes llefiscoses. Em volia fondre allà mateix. Ni tan sols ho havia intentat, ni m'havia acostat a la seva d'això. Després va provar de fer-me trempar una altra vegada i se'n va sortir. I sí, ho vam fer, però ja estava tan neguitós que al cap de poc se'm va estovar l'ànim i ens vam posar a parlar. Va ser quan em va preguntar d'on era. Li hauria volgut dir qualsevol lloc del món menys la meva ciutat, però amb aquell somriure era impossible mentir i vaig dir que era de Barcelona.

–«C'est jolie», va dir.

–Exacte. Però no t'ho podia explicar. Collons, què t'havia de dir?

–El mateix que ara, suposo.

–És que ara és ara i llavors era llavors. Això és el que t'intento dir, que els anys no han passat sense cap motiu. És perquè els hem viscut. L'estiu de París, abans que marxéssim, hi va haver el concert dels Beatles a la Monumental. No hi vam anar.

–No érem dels Beatles, nosaltres.

–No érem de res.

–Vam anar a París. I hi vaig tornar amb la meva dona i després amb ella i els fills. I ja no hi he anat més. Aquest és el resum.

–Però no vas fer cap més viatge, Marià. I t'ho podies permetre.

–Això no és veritat. Vam anar a...

–Sí, a Mallorca, a la Vall d'Aran i a Perpinyà. I el teu fill me l'enduia jo, a esquiar. Em va costar convence't que anéssim tots al camp del Barça. No, no passa res, l'Anna Maria no se'n va queixar mai, però sigues sincer, Marià. A tu no t'ha agradat moure't gaire de casa, t'has reclòs al teu catau. Ho entenc: adores aquesta feina. Per això em sap greu, més per tu que per mi.

El Marià no oposa gens de resistència perquè sap que el discurs del seu amic no té a veure exactament amb el pas del temps, sinó amb la decisió que li va comunicar fa una setmana. I aleshores tampoc no hi va voler discutir. No hauria servit de res. No li proposava que en parlessin, li anunciava una decisió que ja havia pres. És veritat que va ser una sorpresa, perquè no ho havia insinuat mai, però no ho va trobar gens estrany.

L'absència de l'Anna Maria a la consulta havia quedat una mica equilibrada per la presència del Jordi, que podia significar a la vegada un cert esperit de renovació i la continuïtat de la nissaga. Però la discreció inicial del fill del Tomàs i la Marta va durar molt poc. De seguida va exhibir sense dissimulació que tenia idees pròpies. Respectava la manera com havien treballat, i no pensava fer-los canviar de procediments, però haurien d'acceptar que ell intentés dur a terme les maniobres tal com les havia apreses a la Facultat d'Odontologia. El Marià no podia deixar de pensar que el Jordi, per molt bo que arribés a ser algun dia, no era metge ni ho seria mai. Però no va fer aquest comentari en veu alta ni una sola vegada, ni tan sols quan els va suggerir que dels implants seria millor que se n'ocupés només ell. Eren tècniques noves i era raonable que se n'encarregués algú que hi estigués més avesat.

Al principi hi anava dos dies a la setmana. Només dos dies. Però de seguida en van ser tres i després quatre, i això volia dir que el Tomàs o el Marià havien de deixar lliure la seva sala de visita. La Marta va provar d'endreçar les agendes amb uns torns que tenien la virtut de ser molt proporcionals i l'inconvenient que donaven al Marià massa temps lliure. En una altra situació, potser li hauria semblat un regal preciós. Però ja era massa tard. Què faria, al pis buit del carrer Atenes?

Quinze dies després que l'Anna Maria se n'anés amb tres maletes al cotxe, el Marià es va desfer de l'aquari. Va posar els peixos que sobrevivien en una bossa de plàstic i es va presentar a la botiga on solia comprar-ne. No els volien, no sabien si estaven malalts i no els podrien vendre, però hi va insistir tant que al final se'ls van quedar. Quan va tornar a casa, va treure l'aigua del recipient amb un cassó. Era el que sempre havia preferit l'Anna Maria per escalfar la llet de l'esmorzar, fins que van comprar el microones i havia quedat arraconat, sense cap utilitat concreta. El Marià l'havia fet servir des d'aleshores per treure aigua de l'aquari i posar-ne de nova. La deixava al cassó vint-i-quatre hores, perquè perdés el clor, i la incorporava a l'hàbitat de les seves criatures nedadores. Va fer molts viatges des del saló fins a la cuina i, com que l'emplenava massa, cada vegada en vessava una mica. Quan va acabar, el trajecte havia quedat marcat per un rastre d'aigua.

Quan ho va haver enllestit ja no tenia un aquari al pis, però hi tenia un recipient buit molt gran. Era molt pitjor. Abans, com a mínim, hi havia vida, allà dins: colors i moviments, atzar i imprecisió, aliments i defecacions. Quan ho va comentar a la consulta, el Jordi li va dir que se'l podia vendre per internet. El Marià va contestar que ell no ho sabria fer, però que, si l'hi ajudava, ja es podia quedar el que n'obtingués. El jove odontòleg que li agafava la sala un matí i dues tardes cada setmana no volia els diners. La Marta li devia dir que l'ajudés, perquè al cap d'una setmana li va fer saber que ja ho havia resolt i que, si li anava bé, ell mateix l'aniria a recollir el dissabte següent. Havia trobat un comprador.

Va telefonar a l'Anna Maria per dir-li que ja no tenia l'aquari, com si hagués complert un deure pendent molt important, però ella només el va felicitar per haver-s'hi decidit finalment i no va demostrar que allò fos suficient per repensar la seva decisió de viure separats. No es va fer enrere, al contrari. Ell no hi va insistir gaire, de tota manera. Era més aviat una insinuació que de tant en tant deixava anar i que ella no recollia. Es veien poc, perquè el Marià no anava a Girona i l'Anna Maria, si anava a Barcelona, que hi anava, no l'hi deia sempre.

Quan es veien, com que ella no volia tornar al pis, quedaven en una terrassa de la plaça del Sol, a Gràcia, o en algun establiment que el Marià no coneixia, per l'Eixample. No s'hi estaven gaire estona. El Marià preguntava per l'Olga, l'Anna Maria li tornava a dir que era ridícul que es negués a agafar el tren i que no podia ser que esperés que fos ella qui l'anés a veure. En aquestes ocasions, la resposta més sovintejada era que justament l'havia vista feia pocs dies. L'Anna Maria tenia algun altre encàrrec per fer i abans o després de quedar amb ell anava a veure el seu pare, que aleshores ja tenia diagnosticada la hiperplàsia prostàtica benigna però encara no s'havia decidit a sotmetre's a la intervenció quirúrgica preceptiva.

L'endemà de l'operació, mentre parlaven en un bar, li va dir si la volia acompanyar a veure'l i a ell li va semblar bé. El va trobar molt envellit, però ho va atribuir a l'esgotament corporal a causa de la pèrdua de sang, com una conseqüència natural de lliurar el cos als cirurgians. El Manel va tenir prou força per fer una mica de broma amb la inflamació que tenia i va descriure, amb uns quants detalls innecessaris, que li havien ficat una sonda al penis per dur a terme l'extirpació parcial d'una glàndula que, com van explicar al pacient el Tomàs i el Marià, una estona després, compleix tres funcions essencials per a la masculinitat però, sobretot, per a la supervivència de l'espècie.

El Tomàs va arribar al cap d'un quart i no es va estranyar gens que el Marià fos a l'habitació del seu pare. Es va afegir a les bromes d'homes, que l'Anna Maria tolerava amb un somrís circumspecte. Sense trobar cap manera d'evitar-ho, van oferir entre tots dos la lliçó mèdica corresponent. La pròstata aporta al líquid seminal el punt alcalí necessari per assegurar la vida dels espermatozous en un entorn hostil a causa de l'acidesa vaginal. A més, collabora en el bombament que provoca l'ejaculació i, per fi, actua com a vàlvula, ja que obre el pas de manera selectiva a l'orina i al semen. «Tres funcions», va concloure el Tomàs, «que ja no necessites per a res». L'Anna Maria va demanar que no atabalessin més el pare i el Marià se'n va anar, amb una encaixada a l'amic i dos petons a les galtes de la seva dona, els últims petons que hi podria deixar mentre fos la seva esposa.

Abans d'anar junts a l'hospital, abans de proposar-li que l'hi acompanyés, l'Anna Maria havia dit al seu marit que la separació que havia considerat provisional potser hauria de ser definitiva. L'ús de la paraula «potser» només havia sigut un recurs per atenuar l'efecte que la seva decisió li pogués provocar, la mena de truc que ell mateix feia servir quan emprava el diminutiu per advertir al pacient, abans d'injectar-li l'anestèsia, que notaria una punxadeta. L'Anna Maria volia que la seva relació trencada trobés l'única forma que tenia sentit, i això reclamava el formalisme del divorci, si ell no hi tenia res en contra. Va dir que no, que ho entenia. Es va fer un silenci incòmode i va ser per escapar-se'n que ella li va proposar que l'acompanyés a l'hospital. Les bromes sobre la pròstata de l'avi del Jordi, l'Oriol i l'Olga havien tingut l'efecte d'un sedant. Quan va arribar a casa, el Marià gairebé no es recordava de la punxadeta.

Van anar a firmar els papers al cap d'uns quants mesos. El Tomàs no en va fer mai cap comentari, però la Marta, que també n'estava al corrent, li va preguntar com estava quan ell va arribar a la consulta. No va trigar gens a afegir-hi que li sabia greu però que potser era el millor que podien fer.

L'Anna Maria no treballava, però ell havia acceptat que li passaria una quantitat cada mes. Ho trobava tan lògic que no se li hauria acudit cap altra opció. Les coses li semblaven tan evidents que s'estranyava que uns quants anys abans hagués volgut contemplar tantes possibilitats. Aquesta actitud va tenir com a conseqüència un abandonament gairebé imperceptible de les seves conviccions com a dentista. Sempre havia demostrat una tendència, fins i tot una mica exagerada, a la intervenció conservadora, empès de jove per l'entusiasme i, d'adult, per la creença encara ferma en la bondat de la restitució.

Després del divorci, però, actuava amb més pragmatisme, o així era com ell mateix es justificava, i ja no era capaç de veure tantes opcions per triar. De manera que, sense ser-ne del tot conscient, va augmentar molt la proporció de les actuacions que es resolien amb l'exèresi de la peça corcada. En realitat, no se'n va adonar fins que el Jordi ho va comentar en una de les reunions que ell mateix havia proposat que fessin un cop al mes, per repassar la marxa general de la consulta, havia dit, i per revisar les actuacions de tots tres, com es va posar en evidència molt aviat. «Vols dir?», va preguntar amb una timidesa sobtada el Marià. «Sí, i tant, ho he comprovat, has augmentat la ràtio d'extraccions en un trenta-cinc per cent», quasi l'acusava el fill del Tomàs, que el va sorprendre per la seva exactitud i també per aquella paraula estranya que devia correspondre al que ell, quan estudiava, en deia raó aritmètica.

L'efecte d'aquest nou comportament es va deixar notar d'una altra manera. Com que el Tomàs i la Marta li havien explicat, una de les poques vegades que dinaven tots tres, que els preus dels pisos s'havien enfilat pels núvols, i que encara anirien més amunt, va començar a pensar que potser sí que tenien raó i que hauria de vendre el seu. Disposaria d'una quantitat de diners important, d'una sola tacada, i deixaria de viure en un lloc massa gran per a una persona sola. Seria la millor manera d'abandonar els records que el ferien cada dia perquè desfer-se dels peixos tropicals no havia sigut tan bona idea. Quan entrava al pis, veia l'espai buit on hi havia hagut l'aquari i no podia evitar de pensar que hi faltava alguna cosa. Hauria pogut imaginar que no hi havia sigut mai, però no ho aconseguia. Damunt del moble que havia comprat expressament hi percebia una mancança i, per reomplir aquesta buidor, veia l'Oriol que feia un petó a una noia davant del vidre que ja no hi era, tornava a veure els peixos com es movien quan l'Anna Maria parlava per telèfon amb el Carles, que els avisava que l'Olga era a l'hospital.

L'agent immobiliari que va anar a veure li va fer una oferta que ell va trobar insuficient. En va anar a veure un altre, que li va prometre una taxació justa, perquè l'encarregaria a una agència neutral. La negociació es va allargar uns quants mesos, i no es podia estar de parlar-ne quan era a la consulta. De vegades, fins i tot, ho preguntava als pacients. Els més grans trobaven que vendre un pis era una bestiesa, perquè els preus seguirien augmentant, i la seguretat del patrimoni ho era tot, i els més joves se'l miraven desconcertats, sorpresos que algú amb la seva posició estigués disposat de debò a anar de lloguer, mentre que ells, que no guanyaven tant, pensaven demanar una hipoteca sense dubtar-ho, perquè era evident que hipotecar-se era la millor decisió que podia prendre algú amb dos dits de front.

També ho va consultar a l'Anna Maria i a l'Olga, la primera vegada que les va veure totes dues juntes, perquè la mare acompanyava la filla a informar-se sobre un tractament de fecundació assistida. Li van dir que si el volia vendre, que el vengués. Els va dir que no entenia per què l'Olga havia de recórrer a l'ajuda mèdica si el més fàcil era la «inseminació natural», va fer servir aquestes paraules, que van sonar, encadenades, com un insult una mica primitiu. Mentre l'Olga anava a la barra del bar on s'havien trobat, perquè volia convidar els pares, l'Anna Maria li va recriminar la seva incomprensió, tan gegantina que feia una mica de por i tot. El Marià es va defensar amb l'argument que, pel que sabia, l'Olga no estava incapacitada per quedar-se embarassada, i l'Anna Maria li va respondre que això no hi tenia res a veure, que ella no volia estar amb cap home, que no pensava anar al llit amb ningú només per tenir un fill i que era molt trist que fos incapaç d'entendre-ho, en comptes de compartir amb ella l'alegria emocionant de saber que serien avis.

Després que l'Olga decidís per fi que no es quedaria embarassada, perquè era massa car, el pare de l'Anna Maria i el Tomàs va morir sense que se n'adonés ningú. El van trobar un matí, i el metge que es va ocupar de certificar la defunció va anotar que potser feia dos dies que era mort. L'endemà de l'enterrament, l'Olga va fer saber als seus pares que havia canviat d'opinió i que sí que acudiria a aquell centre de reproducció assistida que havien anat a veure uns quants mesos enrere. Al cap de poc el Marià va firmar la venda del pis del carrer Atenes i va anar de lloguer a un pis petit de Gràcia. Havia mirat pisos al carrer Verdi, però al final en va triar un de relativament nou, i amb ascensor, al carrer del Perill.

Ho tenia a prop de la consulta. I molt a prop d'un centre esportiu municipal, amb piscina. S'hi va apuntar perquè no es volia quedar al pis totes les hores lliures que li havia donat l'actitud expansiva del Jordi. Allò de l'augment injustificat de les extraccions l'havia perjudicat, perquè fins i tot el Tomàs es va atrevir a suggerir que tots dos fessin un pas enrere, només un petit pas enrere, per deixar que el Jordi anés assumint la responsabilitat de portar la consulta «d'una manera més pròpia dels nous temps». L'expressió que havia triat el Tomàs no va agradar gaire al

Marià, però no s'hi va oposar, acostumat a cedir una vegada i una altra, amb la mateixa serenor rendida amb què va entregar a l'Anna Maria la meitat dels diners que havia obtingut pel pis i va pagar de la seva butxaca els costos, que no podia trobar gens raonables, de la inseminació de l'Olga.

L'únic avantatge de tot plegat era que ja no veia un espai buit quan entrava a casa, perquè al pis on vivia no hi havia tingut mai un aquari, perquè la majoria de les coses que tenia les havia hagut d'abandonar, perquè no hi cabrien, i perquè hi arribava cansat després de nedar no menys de trenta piscines.

Els primers dies, era impossible que l'Oriol no li tornés al pensament. L'havia vist nedar tantes vegades que, quan es ficava a l'aigua, s'imaginava que el tenia al costat, que l'animava: «Vinga, pare, que ja només te'n falten deu». En comptes de rebutjar aquella presència fantasmagòrica, va creure que seria millor adaptar-s'hi.

Nedava amb l'Oriol al costat. Fins i tot ell mateix li deia coses. A vegades reprenia converses que no havien sabut acabar. Com la d'aquell dia que havia volgut llançar petards per la revetlla i ell no l'hi havia permès. Després li havia sabut greu. La seva mare no li havia deixat tenir mistos Garibaldi però ell n'aconseguia i els gratava contra una paret i espetegaven. «Potser no hauria hagut de tenir la mateixa por», es disculpava quan treia el cap de l'aigua per respirar. «A l'àvia tampoc li agradava que comprés regalèssia», hi va afegir.

Altres vegades el posava al corrent de les novetats. Ta mare diu que la tramuntana et canvia el caràcter i deu ser veritat, perquè ja no sembla la mateixa. Això de l'Olga no és tan fàcil com semblava, es veu que els seus òvuls no són tan bons com creien i estan pensant recórrer a la fecundació in vitro. El Jordi potser ho fa bé, però és molt pesat quan insisteix a dir-nos que hi ha una altra manera més efectiva. Què ens ha d'explicar de les llimes de níquel-titani que no sapiguem? Qui ho ha dit, que la punta rodona de la fresa de tungstè és més indicada en aquests casos?

Les insinuacions del Tomàs sobre la fi d'un cicle, que era com en deia, devien començar abans i tot que es vengués el pis, però el Marià no n'havia fet mai gaire cas. En això no havia canviat gens. Quan l'atabalaven més del compte, plegava una mica abans si podia i se n'anava a la piscina. Una tarda que havia estat força neguitós, després de comprovar les despeses que originava l'embaràs encara no assolit de l'Olga, cansat d'escoltar les paraules rectilínies del Jordi a la reunió mensual, es va aixecar de cop i volta i se li va escapar que se n'anava a nedar amb l'Oriol.

El Jordi va fer cara de pal, el Tomàs va assentir amb dissimulació comprensiva, i la Marta, l'endemà, com que ja n'estava al cas, li va preguntar com es trobava i si necessitava ajuda, perquè potser havia resistit tants cops que no s'havia adonat que l'estrès actua sense fer soroll però amb una eficàcia implacable. «T'ho dic de tot cor, Marià, perquè som amics i t'estimem molt, però al Tomàs li costa massa parlar de coses personals. Ens fas patir, ja ho saps, oi?». No, no ho sabia. Va demanar a què treia cap tot allò, i la Marta li va explicar què se li havia escapat la tarda anterior. «Això vaig dir? No ho sé, potser sí. Però no vol dir res. És molt normal que em recordi de l'Oriol quan nedo, oi?». Sí, era normal. I tant que ho era. Que es recordés de l'Oriol quan fos, a la piscina i fora de l'aigua, cada dia de cada dia, tots se'n recordaven. El problema no era la memòria, sinó el mal que li feia.

La idea es devia forjar en les converses còmplices del Tomàs i el seu fill, però el Marià no en va saber res fins que ja era una decisió ferma. La Marta l'hi va avançar, fent servir una altra vegada l'estratagema de recórrer a l'amistat per demanar-li que escoltés les idees que li volien exposar, suplicant-li que abans de negar-s'hi atengués amb paciència les seves explicacions.

Havien anat a dinar tots tres a un restaurant de la platja on tothom deia que l'arròs era extraordinari. Van seure a la terrassa perquè ja feia bo. El sol picava contra les ulleres de sol que duien i hi dibuixava reflexos de records evanescents. Els mateixos rajos traçaven enigmes opalins a les copes on els havien servit vi blanc sec, que era el que preferia el Tomàs. Era un pla quasi perfecte i el seu amic va ser l'encarregat de vendre-l'hi. No hauria calgut que s'hi esforcés tant. Si haguessin entès com havia canviat, sabrien que no s'hi podria oposar. Ja no podia. Feia molts anys que s'havia rendit.

Si traspassaven de manera legal la consulta al Jordi, i adquirien la condició d'empleats, els seus empleats, al cap de poc podrien sol·licitar una jubilació anticipada. Això els assegurava la pensió màxima, i el Jordi tindria l'oportunitat de recomençar. Aprofitaria l'avinentesa per canviar el domicili de la consulta. Havia pensat d'establir un acord amb dos companys d'estudis. «Mira, com vam fer nosaltres, oi?», va subratllar el pare del Jordi, mentre convencia el Marià que no posés pegues al seu intent de donar un cop de mà a l'hereu. Pels voltants del carrer Balmes seria més car, però també més profitós. Podrien tenir uns preus més d'acord amb el nivell de vida de la clientela. Aquesta paraula va sonar estranya a la boca del Tomàs, i la Marta se'n devia adonar, perquè el va interrompre per preguntar si algú volia l'escamarlà que ella no es menjaria, perquè ja n'havia tingut prou amb les gambes i les cloïsses. El seu marit va agafar l'escamarlà amb els dits i, mentre li arrencava el cap, va dir que a ells ja els havia passat el temps i que s'havien guanyat un descans. Es va ficar el cap de la bèstia a la boca, va xuclar amb un so golós i el va deixar al plat abans de repetir que s'ho tenien prou merescut.

Per això han despenjat l'orla. El Marià ja li ha dit que no la vol per a res. El Tomàs tampoc la vol, però li sap greu llençar-la i diu que se la quedarà. Amb una mà una mica tremolosa repassa la forma semicircular de la seva tonsura, com si amb aquest gest pogués guarir l'alopècia que l'ha provocada, i toca l'ase.

–Ja ho veus, Marià, vaig ser dentista per culpa teva, i vés a saber si el meu fill també ho és per la mateixa raó.

–És fill teu. Ja ho saps, allò dels testos i les olles.

–Sí, potser sí, però sempre diu que ho va decidir després de veure com treballaves. El vas impressionar –prova de fer-lo riure.

–Segur que sí. Coi, és trist deixar-ho.

–No, el que és trist és fer-se gran.

–No, fer-se gran és el que ens toca. Ja ho sabem. És contra les interrupcions, que no estem preparats.

El Tomàs sospita que parla de l'Oriol i prefereix deixar-ho córrer.

–M'ha dit la Marta que li ha comentat l'Anna Maria que encara no saps si hi aniràs. –Deixa l'orla damunt d'una cadira.

–Què vols que faci? Si penso alguna cosa i ho dic a algú, al cap de poc ja ho sap tothom.

–No és això, no siguis injust. Som amics. Amb qui vols que en parli?

–Sí que hi aniré.

–Molt millor. I ja ho saben?

–Encara no. Avui li telefonaré.

–La Marta fa dies que ho diu, que no t'hi negaries, que havia sigut només una rebequeria. Es pensa que ets una criatura.

–No en tenia ganes i ja està. A l'ajuntament, davant de tothom, amb una altra dona. No podien viure juntes sense fer tant d'escàndol?

–Tu no eres així, Marià, no eres conservador. O sí?

–No sé què vol dir aquesta paraula. I tant me fa, que l'Olga s'estimi una dona, l'hi respecto, de debò. El que em fa mandra és l'espectacle.

–Un casament és un casament, tots són iguals. El Jordi, això no t'ho he dit, eh, que la Marta em matarà, però diu que també es casa. Encara no se sap. És un secret.

–Em creia que els joves ja no es casaven, que en tenien prou de viure junts i firmar en un registre municipal.

–No t'ho creguis, ara torna a estar de moda. I n'hi ha molts que es casen per l'església.

–Això ja ho trobo al·lucinant. Una pila d'ateus que es

casen amb un capellà i no tornen mai més a missa fins que han de batejar els fills i després els fan fer la primera comunió. Saps què em sembla? Patètic. –De seguida s'adona que ha fet servir la mateixa paraula que hauria triat la Teresa.

–Ho veus com ens hem fet grans? Quan no entenem els joves és quan ens hem d'enretirar. Tot el que et sembla patètic és el més normal per a ells, i ara que el govern ho ha fet legal...

–... tots a córrer. I l'Olga, dels primers. Ni tan sols la conec, aquesta dona que serà la seva dona. Sona estrany, oi? La dona de la meva filla.

–La Marta sí que la coneix. Diu que és encantadora.

–Segur que sí. Tothom és encantador.

–Està pensant si es compra un vestit, però com que ara hi haurà també això del Jordi ja li he dit que dos vestits no, que serem pensionistes. Però que no se t'escapi res, eh? M'ho promets? Ja t'ho direm oficialment quan... quan sigui oficial.

–Es casa amb la seva dona, oi? La Natàlia.

–Sí, amb qui, sinó? Però ara ja han decidit que tindran fills.

–Van tard.

–I ella creu que és més segur si es casen. Pels nens.

–Pels nens que encara no tenen. Sí que és veritat que ens fem grans. No els jutjo, Tomàs, et juro que no els jutjo. Però no els entenc.

Quan surt de la consulta, passa per casa i agafa la bossa d'esport que fa servir, de color taronja, la mateixa que va quedar arraconada a l'espona del llit el dia que l'Oriol va sortir de casa per clavar una pallissa al xaval que havia atacat l'Olga. La foto del noi amb la torxa olímpica se la va endur l'Anna Maria a Girona.

De vegades, quan es despulla als vestidors de la piscina, es recorda que no es va voler despullar en aquella platja on el va dur la Teresa. Es posa el vestit de bany de pressa. Amb les xancletes als peus, camina sense gaire traça fins a la dutxa. Quan en surt, s'encasqueta la mena de closca de goma fosca que és obligatòria. Es tapa els ulls amb les ulleres i s'ajusta una mica la tira elàstica al clatell. Es fica a l'aigua a poc a poc. Respira fondo, s'enfonsa un moment, s'ajusta les ulleres per comprovar que no li entra aigua als ulls, clava les puntes dels peus a la paret i s'impulsa per agafar una mica d'embranzida. El seu crol no és gaire vistós, encara li costa aixecar prou l'avantbraç perquè el seu aspecte sigui el d'un nedador experimentat. Quan fica una mà a l'aigua, procura que els dits no se separin, per assegurar-se que fa la força adequada per avançar.

La Barcelona de les bates blaves i les escombraries que els gossos furgaven ja no existeix. El goril·la blanc de la ciutat ja és mort. No deixa ningú obsequis als guàrdies urbans. Hi ha platges on hi havia fàbriques i descampats. Hi torna a haver tramvies, però no són com els d'abans. L'únic que persevera, com un rellotge immutable, són les obres de la Sagrada Família. Com que no veurà com s'acaba aquesta basílica estrambòtica que visiten tants turistes d'arreu del món, no cal que s'hi afanyi. O sigui que neda sense pressa.

La piscina només té vint metres de llargària i no es fa gens pesat. Va fent i mentre es desplaça damunt de l'aigua treu el cap cada dues braçades per agafar aire, que expulsa quan torna a enfonsar el cap. Com de costum, l'acompanya l'Oriol, que li dóna ànims i escolta les seves explicacions. Avui té una notícia i no és pas poca cosa. Saps allò de deixar la consulta? Doncs ja està. Ja ho he fet. No hi tornaré mai més. Mai. Em sembla que a partir d'avui vindré a nedar cada dia. Així podrem parlar més sovint, què et sembla, Oriol? Al capdavall, no era tan mala idea jubilar-se, oi que no? Vinga, nano, que només en portem quatre. Ja saps que prefereixo anar de crol i tornar de braça, així em canso menys. Per què ho vas fer, Oriol? Ja ho saps, que t'hauríem tret d'allà. Per què ho vas fer? No em vas deixar ajudar-te. No vaig poder ni intentar-ho. No vas confiar en mi. Et vaig perdre quan no em vas creure. Ja ho sé, d'això no en podem parlar. Doncs va, que encara me'n queden vint. Què són, vint piscines? Què són, seixanta-dos anys? A quin any s'acabaran les obres de la Sagrada Família? Que potser hauries viscut per veure-ho?

Mentre el Marià neda amb el fantasma del seu fill i avança amb braçades calmes, al llit on s'ha anat a estirar després d'un mareig sobtat, la seva mare tanca els ulls per sempre, sis mesos abans d'arribar als noranta anys.

Eucaristia

El Jep ha reaparegut, amb un got a cada mà.

A l'esquerra hi du un vas de plàstic blau, i a la dreta, un de vermell.

–Haurem de brindar. Què prefereixes? Vermell com el robí o aquest, com el diamant blau?

Les paraules que ha fet servir són evocadores, però el Marià triga una mica a entendre que li haurien de sonar d'una cançó, de la cançó que havia escoltat quan s'enamorava de l'Anna Maria, perquè estava més pendent dels gestos que de les paraules del Jep: s'ha fixat que quan ha dit «vermell com el robí» ha aixecat una mica la mà esquerra, i mentre ha dit «com el diamant blau» ha aixecat la mà dreta.

–No entens res, oi? –Mou els braços amb delicadesa, perquè no vessi el líquid que omple els vasos fins dalt–. La Teresa va saber que t'havies enamorat d'una altra quan vas arribar a casa i vas posar aquell disc.

–Què n'has de saber, tu.

–M'ho va dir de seguida. Li vaig contestar que no podia ser, que no series tan burro. Però ja es va veure que jo no tenia ni idea de com ets i ella sí que et coneixia. Per això va entendre aquell senyal. Ella ja sabia aquell dia que volies viure en un altre món, en un món sense la Teresa. I ja veus com t'ha anat. No hi vaig caure. Li vaig dir que una cançó no significava res. I menys aquella. «L'àguila negra». La Bonet. Per favor. Però si aquell mateix any Pau Riba ja havia tret el segon àlbum del «Dioptria». Com podies ser tan cec i tan sord? Mira com has acabat. Les orenetes han fet niu als teus cabells. T'has omplert els ulls de flors, i la boca, nas i orelles, per ignorar el crit i el plor tu vols sants, roses i estrelles.

Més que dir-les, aquestes últimes frases el Jep les ha cantussejades amb els ulls tancats. El Marià no les entén, no les reconeix de res i no sap què respondre-hi. A més, encara es pregunta si és veritat que la Teresa ho explicava tot al seu germà o si el Jep ho ha tornat a dir només per ferir-lo. Tant li fa, perquè el Jep encara parla, parpellejant com si la claror, en tornar a obrir els ulls, l'hagués encegat.

–Tu, que ets metge, ho deus saber: per què les venes són de color blau però la sang, quan la veiem, és tan vermella? Té, agafa aquest, ja em quedo el roig. –Li ofereix el vas de la mà dreta mentre fa un glop llarg del vas que té a la mà esquerra–. És rooibos, una mena de te, és sud-africà.

El Marià accepta el got i en fa un glop més curt.

–És dolç.

–Sí, diuen que és el tret més destacat del seu sabor. M'hi vaig aficionar la primera vegada que vaig venir a aquest poble. Brindem per ella. –Alça la mà i, tot seguit, fa un altre glop–. Perquè és per ella que bevem. Per ella i per la manera com va morir. No vols que en parlem? És clar que no. Per això no vas venir. No la volies veure. Però jo sí que la vaig veure. Saps com li va quedar la cara? T'ho imagines com queda una cara bonica després de picar a terra amb tanta força? T'ho pots imaginar? Jo no he deixat mai de pensar-hi. Mai. Ni un sol dia. L'he vista cada dia. Vaig saber que era ella per la roba que duia, però no hauria reconegut mai aquell rostre esclafat, amb un ull fora de l'òrbita i la boca tan torta que semblava que em volgués dir alguna cosa. No t'ho pots imaginar, oi que no? Em telefonen de matinada, amb aquella veu tan esforçada que ja endevines que són males notícies, això sí que ho coneixes, oi?

–No podia –prova de dir.

–No vas voler. No t'excusis. No ho empitjoris. Vas ser un fill de puta. No he deixat mai de recordar-m'ho, per si de cas en algun moment podia compadir-me de la teva desgràcia. –Fa un glop tan llarg que gairebé s'acaba tot el que hi ha al vas–. Ets un fill de puta. Saps quantes vegades l'he tornada a veure, amb la cara destrossada, tal com tu no la vas voler veure? Al principi la tornava a veure gairebé cada dia. Es va anar esborrant, però sempre tornava. Cada any la torno a veure. I cada any et vinc a avisar que és morta i cada any em repeteixes el mateix, que tens molta feina.

–Fa molts anys, Jep, ja en fa tants... Per favor.

–La Teresa és morta.

–Jep, t'ho suplico. –Fa un glop, confiat que la dolçor d'aquesta beguda calmarà l'amargor de tants records tristos.

–I demà es tornarà a morir. Tornarà a saltar. Sempre

hi torna. Sempre vinc. I sempre em dius que no. Cada vegada que et veig. Quan surts d'un parc, quan vas a nedar. Sempre que et veig, ella torna a morir i jo et torno a odiar.

–Prou –l'amenaça amb un dit alçat, però ja sap que no farà res i es torna a concentrar en la mà que sosté el got–. Necessites ajuda, Jep. Ho hauria hagut d'entendre fa molt de temps. Ho sento molt. De debò. Però no és mai tard. Creu-me, et puc ajudar. Sóc metge. –Vol que soni fraternal, s'imagina com l'ancià canós que va morir al Gabon, però li queda arrogant, perquè adopta un posat de suficiència que no escauria gens al doctor Schweitzer.

–Tu ets un fill de puta –no ho diu al metge ni a l'altruista ni al pacifista, sinó a l'Albert Schweitzer de pacotilla que l'ha mirat amb desdeny–. Però ella t'estimava. Estimava un fill de puta, ve-t'ho aquí. Encara t'estimava. M'ho va tornar a dir la nit abans. Havíem anat de festa junts, per celebrar el cap d'any. Vam beure, no més que altres vegades. I vam fumar una mica, a ella no li agradava tant com a mi. Vam ballar, però se la veia trista. Pensava en tu. Fins i tot aleshores encara pensava en tu. I en el teu fill, que va matar. Per tu. I en la gossa que tu vas matar. Quan pensava en tu, només podia pensar en els morts que tu li havies donat. Tu eres la mort.

El Marià es voldria aixecar. Se'n voldria anar. El voldria deixar amb la paraula a la boca, com va fer el Jep anys enrere. Però no se'n pot anar, perquè vol saber què va passar.

–No es trobava gaire bé. Prenia ansiolítics. Ja t'he dit que m'ho explicava tot. Parlava de tu. Sempre parlava de tu. També aquella nit. Em va fer ràbia, ho reconec. Que encara parlés de tu em semblava una prova de la seva debilitat. Que es trobés malament confirmava que la feies emmalaltir. Eres el seu mal. Ets el mal.

L'elecció de frases curtes dóna un ritme sincopat al discurs del Jep, que sembla que vulgui fer un últim glop, però no s'hi acaba de decidir.

–Se li havien acabat. Això va dir. Em va demanar que li donés una aspirina perquè sabia que sempre en duia unes quantes. Vaig ficar la mà a la butxaca de la jaqueta i n'hi vaig donar una, sense mirar. Se la va posar a la boca i la va mastegar. M'havia equivocat. Però el meu error no hi va tenir res a veure. N'estic segur. Saps per què? Per la manera com va dir adéu. Encara no t'ho imagines? Em va fer un petó. Però no va ser un petó de germà. Em va fer un petó als llavis i de seguida va obrir la boca. Quan va ficar la seva llengua a la meva boca vaig notar un gust estrany i me'n vaig voler separar, però no vaig poder. L'agitava d'una manera que no havia sentit mai. Va ser un petó tan estrany... Em sembla que és l'única vegada que et vaig entendre de debò. Aquell petó em va fer veure per què t'havia costat tant deixar-la. És l'única vegada que t'he entès. L'única. No va durar gaire, però era evident que volia dir alguna cosa. Em va dir adéu i se'n va anar. Em vaig quedar en aquella festa amb els amics. Vaig ballar una estona més. L'hauria hagut d'acompanyar. Però tenia ganes de divertir-me. Em sembla que duia una mescalina a la butxaca. Però la devia perdre. Després ja no hi era. Va ser una festa una mica boja. Però això ara és igual. L'endemà em van telefonar. I tu no la vas voler veure. Tu, que havies tingut aquella llengua rabiosa a la boca tantes vegades. Tu, que eres l'únic que ho podia entendre. Vas tenir por. Sempre has tingut por. I et vaig odiar. No he deixat mai d'odiar-te. Mai. Encara t'odio. Per això t'he fet venir. Per acabar-ho d'una vegada.

Revelació
2012

Hi ha tanta gent que és impossible, però és el que li ha semblat: que la Núria apareixia i desapareixia cada vegada que l'aire feia onejar una bandera estelada, entre milers d'ensenyes iguals. Ha reconegut la seva cara, tot i que l'ha vista molt envellida, fins i tot més gran que no hauria de semblar. La seva cara s'ha deixat veure unes quantes vegades, mentre obria la boca i, com la resta dels assistents a aquesta manifestació tan multitudinària, cridava la mateixa consigna que tothom: «In, inde, independència!», marcant amb la cadència de l'eslògan la qualitat d'esdrúixola d'aquesta paraula. Si no era ella, tenia el seu perfil. Espera que la bandera s'aparti una altra vegada i la pugui tornar a veure.

Ho vol dir a l'Olga i a l'Anna Maria, que estan amb ell. Més ben dit, ell ha anat amb elles. L'han convençut a última hora. Ja l'hi havia proposat l'Olga per telèfon, però ho havia refusat. No tenia ganes de ficar-se en un embolic. Deia que el temps de les manifestacions ja s'havia acabat. Ho deia com si ell, en altre temps, en un temps que l'Olga no podia conèixer, hagués anat a protestar contra alguna cosa. Baixarien des de Girona amb el cotxe. Podien quedar per Gràcia i anar a dinar plegats.

Al final s'han presentat a casa seva i quasi l'han forçat a acompanyar-les. Ha reconegut que ja li sembla bé tot això, que no s'hi oposa, però que no li agrada ficar-se enmig d'una gentada. Després, quan ha començat a assumir la proporció descomunal de la gernació que s'ha aplegat al passeig de Gràcia, i quan ensuma l'aire festiu, gens rondinaire, comença a acceptar que potser no era tan mala idea. Encara que sigui amb tanta gent al voltant, està amb elles i li agrada perquè sap que per a elles és un acte important i, quan se'n recordin, recordaran que ell també hi era.

La quarta vegada que s'obre el teló de la bandera estelada li sembla que sí, que la dona que hi ha uns quants metres més endavant és la Núria, i ho diu per fi a la seva filla i, al cap d'un moment, ho repeteix per a l'Anna Maria. No se'l creuen i li diuen que s'ha confós. Però estira el braç i indica amb la mà oberta la posició on l'ha descoberta. Quan es torna a descórrer la cortina quadribarrada, la Núria ja no hi és.

–De debò que era ella. No m'he confós.

Ho diu amb molta seguretat, però al mateix temps comença a dubtar-ne. No seria la primera vegada. Hi ha aquell dia que va creure que veia el Jep, quan ell anava amb els nens, tots dos, perquè tots dos eren vius, i innocents i juganers, quan tornaven del parc i ell s'assegurava que duguessin ben posada la gorra de llana. I va haver-hi encara un parell de visions més, sempre amb el germà de la Teresa. El matí que l'havia vist per l'Eixample, amb els cabells xops i una bossa d'esport, com si vingués de nedar, i de seguida s'havia fos, com si s'hagués amagat en algun portal, però no podia saber a quin. I al funeral de l'Oriol. Va creure que hi havia el Jep, a l'última fila, però no n'estava segur, només li havia semblat que aquella figura amb barret i ulleres de sol, amb una caçadora de pell fosca, havia de ser ell. Però quan va desfilar al davant del fèretre aquella figura ja no hi era. No hi va pensar més fins que es va recordar de la cinta d'un pom de flors amb aquell missatge d'infinites repeticions: «Lamento el dolor. Constantment».

Els fantasmes l'han empaitat molts anys. A vegades ha pensat que veia la Teresa, a l'altra banda del carrer, mentre esperava que el semàfor canviés de color. Hi ha hagut dies que ha vist l'Anna Maria, a casa, al carrer Perill, com si visqués amb ella però en un altre pis. I també hi ha totes les vegades que ha vist l'Oriol a la piscina. Però això és diferent. En aquest cas no hi ha cap confusió possible. L'Oriol sí que hi és, i tant que hi és: neden de costat.

La Núria, en canvi, podria ser només una il·lusió. Tot i aquesta prudència, està gairebé segur que l'ha vista, que era ella. Les altres vegades també n'estava segur i al final només era un truc de la imaginació. Però aquesta vegada l'ha tinguda tan a prop, ha sigut tan real... Li costa admetre que s'ha equivocat. Per això es proposa demostrar que té raó.

–Ara vinc –diu a l'Anna Maria.

–A on vas? –li pregunta la filla.

–No us mogueu.

Passa entre una colla que porten globus de color groc i es disculpa quan empeny, sense voler, una parella amb un cotxet de criatura. Però quan arriba allà on l'ha vista, o ha pensat que la veia, ja no hi és. S'ha esfumat. Igual que les altres visions, amb l'única excepció de la companyia que li fa l'Oriol quan neda. Però això és diferent, perquè a l'Oriol no el veu mai i, en canvi, sap que hi és.

Aixeca el cap. Hi ha tantes banderes que és molt difícil reconèixer la gent que les alça amb crits esperançats. Però escruta l'horitzó, de cop tan immediat, i la troba, a deu passos llargs d'on és. Torna a demanar perdó, diu a algú que busca una persona. A un home que porta una samarreta verda li explica que s'ha perdut i, per fi, s'atura quan la té a menys de tres metres. La crida. La Núria es gira, el veu, i tant que el veu, i fa que no amb el cap. S'esmuny entre un grup de joves que s'agafen les mans i aquesta barrera no permet que l'encalci, però amb la vista apunta cap a on ella fuig i, de seguida que pot, l'empaita a pas lleuger. La torna a cridar: «Núria, sóc jo, Núria, que no passa res, només vull que parlem, Núria». Però ella no li fa cas. Apressa el pas tant com pot, i repeteix unes quantes vegades que no passa res, que tot està oblidat, que només hi vol parlar. La Núria es tomba i se'l mira una altra vegada, però torna a fer que no amb el cap, abaixa la mirada, s'ajup i s'amaga entre la gernació fins que desapareix.

El Marià es queda sol. Sol en una manifestació de més d'un milió de persones. La Núria ja no es veu i ell no recorda on era. Per trobar l'Olga i l'Anna Maria hauria de recular. Ho intenta, fins que la gent, que avança molt a poc a poc però amb un punt de determinació, li recrimina que destorbi tothom. Algú, fins i tot, fa broma: «Si anem enrere, no ho aconseguirem mai. Endavant, company, és endavant que hem d'anar». Quan torna a topar amb la cadena de joves que s'agafen les mans no té més remei que redreçar el sentit de la seva marxa i mantenir la disciplina de tanta gent que no coneix. Segueix els altres en silenci. De tant en tant s'atura, es posa de puntetes i mira si veu l'Olga, que és més alta que l'Anna Maria.

Li han dit que havien quedat amb la Patri a les sis, que va amb el nen, a la cantonada d'Aragó. Ha trobat una bestiesa que duguin una criatura a una manifestació. Però l'Olga li ha recordat que l'Uri té sis anys i que pot caminar sense que li passi res. Mira el rellotge d'or i s'adona que falten vint minuts. Potser seria més pràctic que abandonés la manifestació a la propera cantonada. Si surt cap a alguna travessia, avançarà més de pressa. És el que fa. Però la travessia que ha triat, com totes les altres, és plena de gom a gom. A Pau Claris hi ha una altra manifestació, de fet, que segueix el recorregut paral·lel. S'allunya encara més de la gentada i quan per fi troba que als carrers hi ha una mica menys de gent ja és a més de mig quilòmetre del passeig de Gràcia i són les sis en punt. Les ha perdudes.

Camina fins a casa sense pressa, amb la certesa que ha deixat enrere alguna cosa més important que una manifestació, la primera manifestació de la seva vida. Se li ha escapolit la Núria i, per tant, l'oportunitat de fer preguntes a algú que pugui contestar alguna cosa. Als altres no els pot demanar res perquè no saben la resposta a cap dels interrogants que el neguitegen. Potser no els importa, potser s'han acostumat a acceptar la ignorància, però no li podrien respondre mai res, mentre que la Núria, si hi hagués pogut parlar, potser li hauria aclarit la pregunta inquietant que l'ha rosegat tants anys: per què els va enganyar.

L'ha decebut que se li hagi escapat, però l'assossega que se l'hagi mirat, que hagi fet aquell gest amb el cap, que s'hagin reconegut, perquè això demostra que era la Núria de debò, que no ha sigut una al·lucinació.

Hauria sigut més còmode que no l'hagués vista. Gairebé se n'havia oblidat. No calia que el seu passat l'escometés amb tanta fúria. Que no n'havia tingut prou amb tota la seva desgràcia? Quina culpa no havia pagat amb escreix? Parts i defuncions l'han acompanyat, com guien els passos de tots els homes, i el ritme d'aquest pèndol implacable l'ha bressolat fins al dia d'avui. El mateix pèndol que, després del funeral de la mare, l'havia dut al casament de l'Olga. El naixement de l'Uri havia dut llum nova a la família, sí, però els nadons no tenen cap més resposta que aquesta confirmació de la vitalitat, amb prou feines són el niu on es cova l'ou de l'entusiasme.

Com que al final havien fet servir tant els òvuls com l'esperma de donants, no hi havia cap gen que provingués de la seva donació prèvia a la mare de criatura. Per tant, uns desconeguts tenien en l'Uri un dipòsit anònim del seu material genètic, amb l'aprovació científica d'altres metges. Però l'embaràs, per sort, sí que havia convertit l'Olga en la mare del seu nét. L'havia anat a veure un parell de vegades. Li havia vist la panxa crescuda. I va anar a l'hospital l'endemà del part. Era el seu nét. El primer que tenia. L'únic. L'últim Solvell, perquè havien triat el cognom de l'Olga com a primer i el de la Patri com a segon.

L'havia tingut a la falda, quan l'Olga i la Patri l'ajudaven a bufar la primera espelma, i li havia fet pessigolles. Li havia donat regals que l'Olga trobava massa cars i se l'havia volgut endur al Tibidabo, però les mares de l'Uri creien que s'ho passaria més bé si hi anava quan fos més gran. O sigui que portar el nét al parc d'atraccions es va convertir en un assumpte pendent. I encara ho és.

Li va agradar haver recuperat el record de la primera vegada que ell hi havia anat, el dia abans de celebrar el vuitè aniversari. Li semblava que era encara la prova més autèntica que el seu pare, sense gaire traça, amb aquesta masculinitat maldestra, havia provat de fer-li veure que l'estimava. Li agradaria saber si en algun moment, encara que fos en un de sol, va saber deixar aquest record en la infantesa de l'Oriol i si ell hi hauria pensat quan enterrés el pare, si l'infortuni no hagués subvertit l'ordre natural dels comiats.

Amb la mare va ser diferent. No tenia cap dubte que ella se l'havia estimat, ni que fos a la seva manera de mare desconcertada. Al capdavall, era amb ella que havien parlat de diners, quan havia fet falta. Era ella qui el posava al dia de la salut del pare, que mentia amb l'afany de fer veure que no era pas tan greu, en comptes de començar a ferse la idea que sí, que era greu i que un dia un d'aquells atacs el mataria.

També era amb ella que havia parlat de l'Oriol, amb una tranquil·litat amb què no havia estat mai capaç de ferho amb l'Anna Maria. Amb la mare no calia que dissimulés. Estava trist, se sentia abatut, i la mare, que ho entenia, no el consolava amb paraules fàcils. Li deia que no l'oblidaria mai, que perdre un fill no s'oblida, que no es refaria, però que havia de passar cada dia amb la idea que si era viu era per a alguna cosa. Li va semblar una acceptació molt resignada, antiga i molt catòlica, però la veritat era que no podia parlar de l'Oriol amb ningú més, si més no d'aquella manera. La mare havia sigut adusta, però havia d'admetre que havia viscut amb una transparència inigualable. Admirava l'estil pacient amb què envellia. Va comprendre que es començava a morir quan va tornar a pronunciar aquella paraula màgica que havia deixat de dir després de la mort del pare. De cop i volta hi havia moltes qüestions que mereixien la seva desaprovació amb aquella mostra d'incredulitat tan sonora: «Tot això són falòrnies».

Va conservar la mobilitat, tot i que els últims anys s'ajudava amb caminadors. Vivia sola i havia prohibit que ningú interrompés la seva intimitat més enllà de la cortesia. Cap al final, el Marià hi anava cada dos dies i una dona hi anava cada matí i cada vespre. El precedent de l'avi Manel, que havia estat mort dos dies sense que ho sabés ningú, havia tingut l'efecte d'obligar-lo a assegurar-se que hi havia algú cada dia. Hauria pogut viure cinc anys més i, també, cinc anys menys. No havia emmalaltit de res greu o potser sí, però no va saber-ho cap metge, ni tan sols ell, que de vegades aprofitava les visites per palpar-li els ganglis. La mare vella se'l treia del damunt: «Deixa estar, jo no sóc la teva pacient, sóc la teva mare i, a més, tu ets dentista, no em vinguis amb falòrnies», i reia amb aquella dentadura postissa que el Tomàs li havia encomanat al laboratori després que el Marià, per fi, l'hagués convençuda.

La transparència de la mare només va quedar tacada

quan ella ja era morta, i això, en certa manera, ho va considerar com una altra prova de les seves virtuts. Una altra mena de persona no hauria sabut resistir a la temptació d'una confessió a última hora, hauria necessitat que la transparència aparent fos autèntica, però ella en tenia prou de viure com havia decidit que viuria, amb un home que l'havia protegida del mal, un home que no suportava tampoc el desordre, algú que havia tingut pànic quan els escamots d'incontrolats entraven a les cases i s'enduien el que volien i, si ho desitjaven, mataven algú. Quan l'infern es va acabar, van trobar un lloc còmode en els intersticis del règim, van obtenir uns quants beneficis derivats dels contactes del Claudi, i van viure d'acord amb l'ordre installat, tot i que el mateix Claudi, que havia sabut arreglar allò del pis, en algun moment va començar a tenir dubtes, en algun moment va deixar l'administració i va entrar a Grober, en algun moment va començar a mostrar-se una mica tip de tot allò, només de tant en tant, sobretot si els altres protestaven, com quan hi va haver la vaga de tramvies.

Els documents de l'altre nen van aparèixer amb tanta facilitat que el Marià se'n va sorprendre. No estaven amagats enlloc. No havia calgut. Era més fàcil. No havia obert mai el calaix de les tauletes de nit dels seus pares. Mai. Quan el pare va morir, la mare va buidar el calaix de la tauleta del pare i li va oferir uns botons de camisa. Quan la mare va morir, li va tocar al Marià buidar el calaix de l'altra tauleta.

La fotografia en blanc i negre s'havia esgrogueït i tot d'estels de color púrpura en tacaven les parts més fosques. Però encara explicava la mateixa història que havia explicat cada nit, al calaix privat de la mare. Hi havia els pares, vestits per anar a cal fotògraf, amb una criatura d'un any, o potser una mica més, que la mare duia a coll. El relleu amb la marca del retratista s'havia deformat a causa de la humitat. Al costat, una partida de naixement i, just a sota, el certificat de defunció.

No el va disgustar que haguessin tingut un altre fill. La sorpresa provenia de la constatació que a la transparència de la mare hi havia un bony opac. Que hi hagués hagut un altre fill abans ho trobava plausible i ho hauria considerat natural si ho hagués sabut. No entenia per quina raó l'hi havien hagut d'ocultar. Aquest senyal era molt més important que la veritat que descobria. El secret era tan innocent, i era tan absurd que hagués sigut un secret, que no tenia cap mena d'importància. Però ho volia entendre.

No en va parlar amb ningú. La mare havia sigut l'única persona amb qui podia parlar de l'Oriol, però no hi havia ningú que la pogués substituir perquè ell hi parlés d'ella. I amb ella ja no hi podia parlar. Què li hauria dit? Un germà que va morir? Tot això són falòrnies. Però hi havia la fotografia i els documents que confirmaven el naixement i la defunció. Li hauria agradat que pogués tornar d'entre els morts, només una estona, el temps just per contestar aquesta pregunta, però com que era impossible no hi hauria mai ningú que sabés donar resposta a la mentida que la mare i el pare havien desat tota la vida en un calaix de la tauleta de nit. Potser estaven massa tristos, potser es van conjurar i van decidir que viurien com si el primogènit no hagués existit perquè ell pogués obtenir aquesta condició, potser el pare l'hi havia volgut dir, unes quantes vegades, i ella l'hi havia impedit. Això tindria sentit.

Va desar en una funda de plàstic els documents oficials i la fotografia, perquè no s'acabessin de malmetre, i va ficar la funda en un sobre. Va desar el sobre al calaix de la seva tauleta de nit. Va pensar que potser un dia l'Olga ho trobaria, o potser aniria a parar a un drapaire i algú ho compraria als encants, per curiositat.

Al cap d'uns quants anys, un dia que es va mirar els papers amb una mica d'atenció, desvetllat i avorrit, va pensar que potser hauria d'afegir al sobre una nota breu que expliqués el que sabia, que abans que ell hi havia hagut un altre Marià, que havia mort als dos anys d'edat, i que ell no ho havia sabut fins que la seva mare va morir. Però no estava tan desvetllat ni tan avorrit i va decidir que escriuria la nota un altre dia. Hi va pensar unes quantes vegades més. Va arribar a pensar-ho en veu alta. Però no ho va fer.

Fins un cap de setmana que va anar a Girona, per celebrar un altre aniversari del nét, amb l'Anna Maria, l'Olga, la Patri i l'Uri, que demanava pessigolles però s'escapava. Després el va cansar amb un joc que coneixia bé. Feia veure que li donava una pilota de tennis i amagava la mà, com si jugués amb un mitjó que un gos vol mossegar.

Quan la Patri es va endur el nen a fer la migdiada, el Marià va deixar la fotografia i els documents a sobre de la taula on havien dinat. Quan la Patri va tornar de l'habitació de l'Uri, ja havia passat mitja hora.

A l'Olga li va agradar saber que hi hauria hagut un altre oncle. A l'Anna Maria li va fer recordar que ella s'havia quedat òrfena de mare quan era petita. A la Patri, a qui de seguida ho van explicar entre tots, la va entendrir que una mare conservés un secret com aquell tota la vida, però no s'ocupés de fer desaparèixer les proves pel desig tossut de llegar un últim missatge al fill.

La primera vegada que va tornar a la piscina després d'aquell dinar a Girona, quan l'Oriol el va saludar des de l'aigua, al carril del costat, com solia fer, li va dir sense moure els llavis que no podria ser, que li sabia greu, que ja ho entenia, que ell només el volia acompanyar, però que preferia nedar sol.

No li va tornar a dirigir la paraula i, al cap d'unes quantes braçades, l'Oriol ja no hi va insistir. Quan es va eixugar amb la tovallola, als vestidors no hi havia gairebé ningú. Va tancar els ulls i els va tornar a obrir, alleujat. Sabia que l'Oriol ja no tornaria a la piscina amb ell, mai més.

Quan l'Olga li telefona per saber si ja és a casa i li pregunta com és que l'han perdut, el Marià li torna a dir que ha vist la Núria, però de seguida admet que per força s'ha d'haver confós. Parlen de la manifestació sense posar-se d'acord, perquè a l'Olga li sembla que això ja està fet i el Marià està convençut que és un somni impossible i que l'any que ve no se'n recordarà ningú, d'això de la independència. L'Olga li ha intentat encomanar una il·lusió que ell troba vana, perquè no està d'acord que un aplec de persones tingui cap poder, ni a favor ni en contra de res. Però adora la manera com en la seva filla hi creix, encara, la tija fenomenal de l'entusiasme.

Abans de Nadal, abans d'anar a dinar a Girona una altra vegada, per tant, el Tomàs li telefona per llegir-li la carta que li ha enviat el Toni, l'ex de la Núria. «Però el Toni no es va morir? No ho sé, em sona que algú m'ho va comentar». «Sí, i tant, però espera, que primer te la llegeixo». La carta li fa saber que es veuen de tant en tant, el Toni i la Núria, el Toni que tots dos creuen que és mort perquè els havien dit que estava molt malalt. Els vol assegurar que n'està molt penedida, perquè ella n'hi ha parlat, i que no s'ha perdonat mai allò que els va fer, ho diu amb aquesta imprecisió, però que no es veu amb cor de parlar-hi, ni tan sols d'escriure'ls. És una carta escrita a mà. Ja no n'envia ningú, d'aquestes cartes com les d'abans. El Tomàs espera a arribar al final per sorprendre'l amb la seva impressió que és la lletra de la Núria.

–Segur?

–Sí, he vist la seva lletra molts anys, si vols quedem i te l'ensenyo. L'ha escrita ella, però fa veure que l'ha escrita el Toni. Per què?

–Perquè deu ser veritat que ell és mort i perquè també deu ser veritat que n'està tan penedida que no ho pot reconèixer.

La seva lletra i la firma del Toni. Pobra Núria. Se'n compadeixen tots dos. I això els entristeix, però no ho confessen, només ho insinua el to melangiós amb què es diuen adéu.

El dia de Nadal, a Girona, mentre l'Olga fa broma sobre l'astorament del seu pare aquell dia de la manifestació, i torna a explicar a la Patri que els demanava que no aixequessin tant la veu, «en una manifestació, tu», el Marià es recorda de la carta de la Núria i la fa servir com a demostració que sí que l'havia vista. Ja ho sabien, perquè el Tomàs també havia llegit la carta per telèfon a la seva germana. Coincideixen tots a trobar molt estrafolari que la Núria hagi volgut fer veure que la carta l'escrivia el Toni. El Marià els fa notar que la va escriure a mà justament per ferse descobrir, per ajudar-los a veure que en realitat l'havia escrita ella mateixa. De la mateixa manera que la seva mare havia deixat la foto del germà secret a la tauleta de nit. Després dels torrons, s'ensonya a la butaca, voltat per l'Anna Maria, l'Olga, la Patri i el petit Uri, que no té ni tindrà mai els ulls de l'Oriol, que van ser com els seus, petits, l'esquerre una mica més.

Al tren que el torna a casa hi ha més gent trista. Sospita que n'hi ha que, com ell, han anat a dinar amb l'única família que tenen i ara, com ell, se'n tornen a la casa a on viuen sols. Ja fa temps que viu sol, que està sol, que neda sol. Però el viatge amb tren, aquest vespre, després del llarg dinar de Nadal, el fa sentir encara més sol.

Pels carrers hi ha gent amb abrics i regals, nens que assenyalen els llums nadalencs i gent sola que, com ell, fa veure que té pressa per abandonar el carrer i amagar la soledat en la intimitat de la seva llar, lluny de la mirada dels altres. No vol que el vegin despullat.

Quan s'acosta al grup de sis contenidors d'escombraries que hi ha a una cantonada de casa, veu una ombra que sembla que es vulgui ficar en el contenidor de rebuig, el gris. En una fila d'aire infantil hi ha un contenidor blau, per als papers, un de verd, per al vidre, un de groc, per als envasos, i un de marró, per a les restes orgàniques. Sí que ha canviat, Barcelona. Ja no hi ha bosses pel terra i els gossos no les furguen amb el morro llardós. Però hi ha molts homes com aquest, amb pantalons bruts i un jersei greixós, que fiquen dins el contenidor un pal de ferro amb la punta doblegada, perquè faci de ganxo, i s'hi aboquen per descobrir la mena de restes que podrien vendre al drapaire. El Marià passa pel costat d'aquest home i li sembla un gegant amb ulls del mateix color que el codonyat, les orelles com banderes paupèrrimes i el coll tort com el d'un ocell mort. Com si aquesta impressió li recordés que hi podria tenir un deute pendent i com si pogués saldar aquest deute amb una simple felicitació, decideix que li ha de desitjar bon Nadal. Alenteix el pas per aturar-se i l'home gira el cap per mirar-lo. Si li torna un somriure, li veurà una dent trencada, n'està segur. El Marià prefereix estalviar-s'ho i no diu res. Només se'l mira de reüll i passa de llarg en silenci. Li sembla que fa pudor.

De seguida veu una altra persona, però aquesta s'està molt quieta, plantada molt a prop de la porta de casa. Quan s'hi acosta, li sembla que és una persona coneguda, podria reconèixer la manera com torça una mica el cap, a la dreta. Aquesta vegada no hi ha un milió de persones i ella no s'amaga sinó que l'espera. És fosc, però la llum del fanal més proper dibuixa contorns movedissos al seu voltant, com un halo que la protegeix, potser només d'ella mateixa.

No es fan dos petons, ni tan sols una encaixada. Es miren en silenci, fins que ella obre la boca.

–Ho sento molt, Marià, creu-me que ho sento de debò. –És la primera cosa que li diu després de molts anys i no sembla que ho dugui assajat, sona autèntic, o ell ho vol creure així.

–Jo també –se li escapa.

–Ja fa unes quantes setmanes que volia parlar amb tu. –Apressa el ritme, deu tenir por que les paraules se li acabin o que ell no li deixi prou temps per dir tot el que vol–. Em creia que encara vivies al carrer Atenes. M'ha costat una mica trobar-te.

–Vam rebre la carta... del Toni.

–La vaig escriure jo –confessa.

–Ja ho sé, m'ho va dir en Tomàs. Va reconèixer la teva lletra.

–Sabia que podia passar. Suposo que era el que volia, que sabéssiu que era jo.

–A més, el Toni...

–Sí, no ho hauria d'haver fet.

Li hauria de dir si vol entrar a casa. Però no hi ha res que li pugui oferir. I en un dia com avui no trobaran res obert. O sigui que es queden on són.

–Quan em vas veure a la manifestació, vaig estar a punt d'aturar-me i deixar-me atrapar, per dir-ho de pressa. Però tenia massa por. Us vaig fallar, però sempre he pensat que sobretot et vaig fallar a tu.

–També ho vaig pensar, Núria. Confiava tant en tu. Em recordava de tu cada vegada que caminava sol pel carrer i tenia por que algú em veiés moure la boca.

–Em sap tant de greu. Tot va començar amb el divorci. El Toni no em passava prou diners. Feia malabarismes per arribar a fi de mes. Ja ho sé, que et vaig dir que no me'n calien. No era veritat. Estava empipada. De tant en tant agafava una quantitat que pogués tornar. Al principi sempre pensava que ho tornaria. Quan vaig saber que anava amb una altra i que aquella vegada ja no era cap joveneta, vaig pensar que me n'aniria. Hi vaig pensar molt de temps.

–No va ser un impuls, Núria, vas tenir temps per pensar-hi. És això el que em va fer mal. Saps què vull dir?

–Sí. Estava dolguda, enrabiada, em sembla que tot m'era igual. Jugava.

–Jugaves?

–M'avorria tant, estava tan sola. Vaig començar al bingo. Marià, això no t'ho volia dir, això no. Oblida-ho.

–Núria, al bingo?

–Després al casino. Necessitava diners. Estava espantada. No ho podia aturar. Fins que vaig tenir la idea d'anar-me'n.

–I ho vas preparar. Vas deixar els meus pares sense... –Però s'atura, no vol escopir tots els retrets que no ha tingut ocasió de treure's de sobre–. Núria, per què no vas demanar ajuda?

–A qui?

–No ho sé.

–No has dit «a mi».

–Per què no? M'ho podies haver dit. Jo...

–Què? Que jugava? Que estava atrapada? Tenia tanta por. I vaig decidir escapar-me.

–Em sap greu. Ara ja està. Aleshores em va decebre, molt. Però amb els anys ho he oblidat quasi tot.

–Si pogués tornar enrere, Marià, si existís la màquina del temps...

–Sí, tots la faríem servir. I no serviria de res, perquè ens tornaríem a equivocar, al mateix lloc, de la mateixa manera. No passa res, Núria, ara ja no.

–Vaig tornar perquè no em quedava quasi res i perquè vaig saber per una amiga que el Toni es moria. No vaig arribar a temps de veure'l. Després em van arribar els rumors. Algú em va parlar de vosaltres, del teu fill, Marià. Ho sento molt. –Per fi se li acosta com si el volgués abraçar–. No vull que em perdonis, només t'ho volia explicar tot.

No passa ningú pel carrer Perill, estret i una mica oblidat, però tan a prop del Llapis, del centre de la ciutat. L'home que remenava les escombraries ja no hi és. No els veu ningú. El Marià la voldria abraçar. El va enganyar, li va robar, el va ferir, però ara l'abraçaria, provaria de consolar-la amb gestos dolços: li taparia les orelles amb les mans, li dedicaria un somriure estrafet, com si s'hagués d'empassar els llavis, potser li faria un petó a cada galta. Però només se la mira i, quan ella fa un pas enrere, li ofereix la mà perquè ella accepti una encaixada breu i tèbia. Quan la Núria se'n va, com que no vol veure com s'allunya, entra a casa de seguida.

Les setmanes següents dubta molt si ho ha d'explicar. Li sembla que, si ho fa, seria com si la traís. Però, si es queda el secret, impedirà que ningú més també la pugui perdonar. Per això, abans d'acabar el gener, truca al Tomàs i reprodueix amb poca literalitat la conversa amb la Núria al carrer Perill. També en parla amb l'Anna Maria i amb l'Olga, per telèfon. L'Anna Maria diu que no vol saber res d'ella, que la perdona però que no sabria què dir-li. L'Olga aprofita la conversa per demanar al pare que no es desfaci d'aquella foto de l'oncle, i vol dir la foto amb taques de color púrpura on es veu el germà que el Marià no va conèixer.

Al febrer, li arriba la carta amb el prospecte del poble nudista. És estrany, sembla que haurien de fer les campanyes més aviat cap a l'estiu. Li hauria agradat poder recordar-se d'ell i la Teresa en una platja d'aquestes, despullats sense vergonya davant de tothom. Li agradaria que ella fos viva. Que l'Anna Maria i ell encara tinguessin viu el fill. Li agradaria que aquesta carta no fos tan evident.

Interpreta el missatge sense cap dificultat i de seguida sap que hi anirà. No es deixa enganyar per l'al·lusió a l'aniversari, no el conviden a cap celebració. Però hi haurà d'anar. L'ha de veure. Sospita des del primer moment que és el Jep. I combat la impaciència fent veure que li és igual si s'equivoca i no és ell qui li ha enviat tot això.

Si al poble hi ha el Jep, li demanarà perdó, tal com va fer la Núria amb ell. Potser només es podran dir adéu amb una encaixada tèbia o potser es voldran abraçar. No ho pot saber i ho vol saber. Per això acudirà a la cita. I si no té res a veure amb ell, si s'ha confós quan ha interpretat la carta, no li farà cap mal passar uns quants dies en un poble nudista, despullat amb altra gent despullada. A mesura que s'acosta la data, pensa menys en la trobada amb el germà de la Teresa i el convenç més la possibilitat d'un recés sorprenent.

El dia abans d'anar-se'n, sona el timbre de casa mentre escampa una mica de roba damunt del llit, al costat de la maleta oberta. No n'hauria d'agafar tanta. És un poble nudista. Pregunta qui hi ha i la veu de l'intercomunicador li és familiar, però tan de lluny que no hi sap posar cap cara coneguda. El nom sí, del nom ja no se'n va oblidar mai més ni el va confondre.

Fa passar el Carles i justifica el desordre, que es deixa

veure perquè hi ha la porta del dormitori oberta, amb l'excusa que està endreçant l'armari. Li ofereix un vas d'aigua i l'altre el refusa amb cortesia, perquè té pressa. Només volia passar un moment. Ha demanat a l'Olga que li digués on vivia.

–Que hi parles, de tant en tant?

–Sí, i tant. Però d'això que li vinc a dir...

–De tu, tracta'm de tu. No em facis sentir més vell.

–Això que et vinc a dir, ella no volia que vingués. –S'esforça tant per canviar de tractament que li sona fals–. Potser no cal.

–És estrany. Que la vegis, vull dir. Ja saps que...

–L'Uri és molt maco. Jo també tinc un nen. El Fiong. En vol veure... en vols veure una foto? –Fa el gest de ficar-se la mà a la butxaca dels pantalons.

–Sí, no, no cal, és igual.

Però el Carles ja s'ha tret una cartera de la butxaca, l'ha oberta i li ensenya la foto d'un nen de quatre o sis anys.

–És del Vietnam.

–Felicitats. No sabia que... En fi, a mi em va saber greu, de debò, suposo que després de tot el que va passar, l'Olga no sabia ben bé què fer. Quants anys té? –Alça un dit i l'acosta a la cartera del noi, que ja la tanca per tornar-la a la butxaca.

–No ho sabem. Diuen que en tenia quatre quan el vam anar a buscar. No, de debò que no passa res, l'Olga i jo som amics.

–Me n'alegro. Potser, sense tantes desgràcies, seríem parents.

–No, amb l'Olga només érem bons amics.

–Bons amics? Però si tots sabíem que éreu nòvios.

–No ben bé, al principi sí, després ja no. Ella ja tenia molts dubtes.

–Què vols dir?

–Això, dubtes. De debò que es va pensar, que et vas pensar que l'Olga viu amb una dona perquè un dia li va passar... allò? –No gosa ser més concret.

–No ho sé, no ho trobava estrany, per què?

–Ja m'ho deia, que el seu pare era un ingenu, però no em pensava que... Ho sento, no volia dir això.

–No passa res. No passa res. Vols dir que sempre ho has sabut?

–Sí. I és molt feliç. I jo també. Som amics. Per això li he pogut preguntar on vius. Volia saber per què i l'he hagut d'enganyar. Que t'havia de donar records de part d'un amic de l'Oriol. D'un de l'equip de natació.

–I no és això, oi?

–No ben bé. És el Miquel, aquell amic de l'Oriol. –Diu el nom del nedador d'esquena, del noi que havia acompanyat l'Oriol a la discoteca i al parc–. Ha vist una cosa i volia que ho sabessis.

–També sou amics?

–No, no, ens vam conèixer al funeral de l'Oriol. I ens vam retrobar al Facebook.

–El Facebook? L'Olga me n'ha parlat.

–El Facebook és una cosa d'internet.

–Ah, internet. Sí. Jo sóc de la generació de la tele, saps? El meu pare era de la generació del telèfon. I vosaltres teniu això.

–És com la suma de les dues coses, més o menys, no?

–Potser sí, ja no ho sé. Sí que han trigat a ajuntar-ho, oi? Tota la meva vida. Què li passa al Miquel?

–Va veure una cosa, també al Facebook. M'ho va ensenyar.

–Sí que hi passen coses, oi?

–Sí, se sap tot. L'Olga no vol que t'ho digui, però m'ha dit on vius. Vull dir que potser sí, que vol que t'ho digui. Per això he vingut. Per dir-t'ho.

–Per dir-me què?

–El Lluís camina. Es va recuperar. Al cap d'uns quants anys. No era irreversible. S'ho van pensar. Després va millorar. Es veu que va coix, té uns nervis afectats, camina d'una manera una mica peculiar.

–Com ho saps?

–Surt en un vídeo. Al Facebook.

–La cosa aquesta.

–L'Olga creu que segons com és pitjor saber això, però jo penso que és important que ho sàpigues. Vol dir que l'Oriol no va fer tant de mal. És més innocent. Oi que és millor saber-ho? –Sembla que ho demani sisplau.

–Sí, és molt millor.

–Per això t'ho volia dir. Potser he ficat la pota.

–No.

–Ho sento molt.

–Has fet ben fet. T'ho agraeixo.

–Segur?

–Sí, segur. És millor, sí. Me n'alegro.

–Escolta, jo... Potser no hauria d'haver vingut –s'adona que el pare de l'Olga no reacciona amb naturalitat, comprèn que el vol fer fora i té por que potser no hauria hagut de dir res que ara el pugui empènyer a fer una bestiesa.

–Sí, i tant, ho has fet molt bé. De debò. –Li proposa una encaixada, i l'altre l'accepta.

Quan es queda sol una altra vegada, desa la majoria de la roba a l'armari i agafa només el que li sembla imprescindible. Que no és gaire cosa. Abans de tancar la maleta, seu als peus del llit i es grata el clatell. Tot seguit estossega. Prova de somriure. Gairebé ha fet fora el jove de casa. Li sap greu. És que no el volia sentir més. No vol saber res més. És millor si ho ignores tot. Aquest és el remei: ignorar-ho. És millor que oblidar-ho. Molt millor.

L'endemà, quan se'n va de casa per anar fins a l'estació de metro, el principi del seu trajecte cap al poble nudista, gairebé ho ha oblidat, que el Lluís camina, d'una manera una mica estranya, però aquesta nit ho ha somiat.

Baptisme

–Encara no ho has entès, oi? Segur que no te'n recordes, la teva memòria és tan selectiva, tan maleïdament eficaç, t'ha enganyat tant per ajudar-te a sobreviure, que ja no saps ni què et diu. Va ser aquell dia que vaig venir amb el disc de Pink Floyd que m'havien dut uns amics de Londres. Devia ser l'única vegada que has fumat herba. Però no te'n recordes.

–Sí que me'n recordo. –No el vol interrompre, però no vol deixar que es pensi que ell té un dret especial, la memòria no és el seu patrimoni exclusiu, el passat els pertany igual–. Per què et creus que a la gossa li vam posar Floyd? –Necessita marcar el terreny del temps amb la seva presència, com un germà gran que reclamés la condició de primogènit–. Portaves una camisa amb un estampat molt peculiar, semblaven flors de lotus. El coll era molt llarg.

–També venia de Londres. Així, te'n recordes.

–Sí.

–Vam jugar a «Quin és el teu primer record?». Era el meu joc preferit. Ja hi havia jugat amb la Teresa, però sempre contestava el mateix. Va dir que jo era el seu primer record. El primer. Jo no vaig contestar, perquè no podia. No ho vas entendre, oi? No en tenia cap, de record. No he tingut mai un primer record perquè no en tinc cap. No n'he tingut mai, de records. Els records pertanyen al passat, però, a la meva vida, el passat no existeix, no ha existit mai. Tot passa sempre en un present incessant. Tot passa a la vegada. I tot passa una vegada i una altra. Les mateixes coses passen a la vegada que les coses que ja han passat i les coses que encara han de passar. Ja m'hi he acostumat, a viure així. Però aleshores tot just ho començava a comprendre. Per això no podia contestar. Quan hi jugava amb la Teresa fèiem broma perquè cada vegada m'inventava un primer record diferent. Davant teu, no vaig voler dir res. Però tu sí que ho vas fer.

Mentre parla el Jep, al pensament del Marià s'hi encenen i apaguen, com llums de colors d'un parc d'atraccions, postals lluminoses: adroguers amb bata blava que furguen les escombraries, un goril·la blanc que camina d'una manera una mica estranya, la família Kao amb un Cetme, un gos mort que ressuscita dins d'un tramvia, un guàrdia urbà amb salacot que vola amb l'àvia dins d'un tornado, Puig Antich amb caramels als ulls i l'Anna Maria amagada en una pila de pèsols, Franco a la butaca del dentista, els presidents Pujol i Maragall als vestidors de la piscina, l'Oriol amb una bossa de plàstic al cap, la Núria amb una màscara del Toni, un home amb un pal de ferro amb la punta doblegada, com un ganxo, i un milió de manifestants ensonyats a l'hora dels torrons, la Patri i l'Uri amb banderes estelades i la Teresa amb un plat de macarrons.

L'haurà d'escoltar. Ho sabia abans de venir. Li ha de

deixar que buidi el pap del tot, fins que trobi la pau, abans que s'ennuegui amb les seves últimes paraules. No té la temptació d'interrompre'l perquè ja fa estona que se'l mira als ulls i comprova la progressiva fixació de les pupil·les, en una posició estàtica i cada vegada més distant. Les paraules que el Jep encadena amb menys saliva a cada frase brollen seques d'una boca que va més i més a poc a poc, com si el cap del Jep es volgués assemblar a un d'aquells models que feien servir per estudiar. Com en un fantomas, la seva testa perd la mirada i és tan sols una boca oberta. La resta del seu cos, com si es volgués aturar a la vegada, imita sense voler-ho la quietud d'una estàtua. El braç dret, encarcarat a mitja alçada. El braç esquerre, fent el gest d'agafar un paraigua. Però no és cap dama antiga, sinó un home gran que sosté un got de plàstic.

–Sí, fas ben fet de mirar aquest got. I no, per favor, no em preguntis quin verí hi he posat. No vull que passis els últims moments de la teva vida intentant esbrinar quin remei podries trobar-hi. Sàpigues, només, que ara mateix has de començar a notar els primers símptomes. Rigidesa muscular. No podràs parlar i després no et podràs moure. Em penso que és això. Tot seguit, dificultats respiratòries. I, al cap de poc, una aturada cardíaca. T'he donat una mort molt millor que la d'ella, no et podràs queixar.

–Ja està? –el talla el Marià, com si li volgués tornar les paraules que li havia deixat anar el Jep a la plaça Lesseps.

–Em queda una cosa per dir-te. No vols saber per què? Els primers anys vivia pensant que t'ho havia de tornar. Tot aquell dolor que es repetia sense parar.

–Havies deixat la medicació, és això, oi? Les aspirines...

En deies així. Ho vas deixar aquell dia, oi que sí? Què era? Haloperidol no ho crec, la Teresa deia que no tenies res diagnosticat. Una fenotiazina o benzamida? Quina mena d'antipsicòtic prenies i vas deixar de cop? Tots aquests anys, Jep, tots aquests anys. Per què t'has fet tant de mal? Ets l'excepció a la regla que em va explicar un amic, ja fa molt de temps. Se suposa que els de Barcelona sabem distingir entre el temps personal i el temps de la història, se suposa que...

–Volia saber què feies. Volia anar on eres. Et vaig veure amb els nens, veníeu del parc. A vegades m'esperava a la porta de la consulta. A vegades anava a casa dels teus pares. Et sotjava. Et maleïa.

–Tots aquests anys...

–Fins que em van enviar al poble d'aquí a prop. Els pares em parlaven de tu, de tant en tant. Su, su... suposo que estaven convençuts que m'aniria bé, que necessitava fixar les coses en algun moment del meu temps. Van morir junts. Van caure d'un precipici. No vas llegir res d'un autobús que es va estimbar als Andes? Ells hi eren. Al cap de poc vaig saber que el teu fill...

–Lamento el dolor.

–Constantment. Per això mo..., per això mo... –La paraula mor als llavis i el Jep empassa saliva per reprendre el discurs–. Per això moriràs. Ara ja no és cap revenja, ja no, ja... –Estossega per dissimular que li costa parlar–. He d'ajustar el temps. Només tu m'hi pots ajudar i només ho pots fer d'una manera. Moriràs, a poc a poc, aquí mateix. Tindràs una mica de temps per pensar en la teva vida, des del primer dia que recordis fins a l'últim. Mentrestant,

tant, ta, jo, jo... –Es torna a encallar i prova de moure un braç per clavar-se un cop al pit, però l'extremitat no l'obeeix–. Jo seré aquí, al teu costat, i contemplaré la teva mort. Per això ho he hagut de fer. Per tornar a començar. Moriràs perquè jo... –S'atura i s'adona que, a més de la boca i del braç, també li costa molt bellugar la resta del cos.

–I ja està? Això és tot? –Se'l mira el Marià.

–Sí –mussita mentre prova de seure, a poc a poc.

–Molt bé. Si ja està, és millor que t'estiris. T'ajudo? –S'aixeca i agafa el Jep per les espatlles, que es mostra dòcil de cop i volta–. Així va bé?

–Sí. –Gairebé no se'l sent.

–Estira't. –L'ajuda a jeure a la gandula, al costat de la gandula on ell prenia el sol quan el Jep ha arribat–. Descansa. Molt bé.

El Marià s'estira a la seva gandula. Tanca els ulls un moment i veu la Teresa que no va voler veure, la Teresa amb la cara desfigurada. També veu la cara de terror de l'Oriol a la presó. La cara espantada de l'Olga a l'hospital. I vessa dues llàgrimes, només dues, que s'aturen al pòmul, com una ofrena trista al sol.

–Saps què és l'anamnesi? –Tomba el cap per veure el Jep, però sense canviar el cos de posició, estirat encara a la gandula.

–Nnnn... –el Jep intenta bellugar els llavis per construir una vocal, però n'és incapaç.

A terra, entre ells dos, l'un dret i l'altre tombat, hi ha els dos vasos de plàstic.

–És la primera tècnica que aprenem els metges. Fem preguntes i escoltem les respostes del pacient. És de vital importància. D'aquesta manera, detectem la informació més rellevant. Aquest coneixement de l'estat anterior a la morbidesa, perdona'm que ho digui així, és com ho vaig aprendre, ens ajuda a l'hora de fer el diagnòstic clínic. Per això se suposa que sabem escoltar, hem après a fixar-nos en les paraules dels altres.

El Jep fa el gest com si volgués alçar una mà, però tot just mou un parell de dits.

–Per això m'ha cridat tant l'atenció quan m'has dit: «Té, ja em quedo el roig». Perquè tu no dius «roig», dius «vermell». I, sobretot, perquè me l'has donat a mi. No tenia gaire importància, només m'ha cridat l'atenció. Però sí que m'he fixat molt bé en els teus gestos. Perquè parlaves del got que tenies a la mà dreta com si fos el de la mà esquerra. Se m'ha acudit que potser estaves tan foll que em volies emmetzinar. No he deixat de pensar-hi, tenia por. Em sembla que fins i tot he vist això que diuen que es veu, ja m'entens, les postals de la meva vida. –Tomba el cap fins que queda ben recte, amb la vista posada al cel–. Després, quan he observat que els ulls se't quedaven fixos en un punt i que et costava mantenir-te dret, que parlaves amb cops secs, m'he assossegat. Tots els detalls s'endreçaven. Era evident que la meva sospita era encertada, però també em quedava clar que t'havies equivocat. Una altra vegada, oi? Ara ja n'estic segur. Per això t'he preguntat si ja estaves. Perquè volia que tinguessis temps d'acabar. –Se'l torna a mirar–. Adéu, Jep.

–Aaaaa... –Una vocal s'esfilagarsa des de la seva gola.

–Et vaig estimar, Jep, et juro que et vaig estimar. Per això em sap tant de greu que m'hagis odiat tant. Eres com un germà petit, el germà que no havia tingut mai. Però, mira, només puc tenir germans que es morin abans que jo. Què hi has posat? Amb aquesta rigidesa muscular, podria ser cicuta, que es troba fàcilment. Però no hi ha convulsions ni vòmits. És igual, ja no m'ho pots dir i deu ser massa tard. Ni com a doctor no et puc salvar. Però no et preocupis, encara tinc títol de metge i puc firmar el certificat de defunció. Diré que has mort d'una parada cardíaco-respiratòria i t'estalviaré l'autòpsia, t'ho prometo, per la Teresa i per l'Oriol.

El Marià gira el cap una altra vegada cap al cel. Tanca els ulls de seguida, perquè el sol l'encega. Sap que el Jep morirà molt aviat, al seu costat. Però només vol descansar. Necessita descansar. Potser sí que es podria quedar al poble uns quants dies més. Només uns quants dies. El temps necessari per decidir si encara ha de viure a Gràcia o si, per fi, se n'ha d'anar a viure a Girona i, d'aquesta manera, podrà veure el seu nét més sovint. O potser no n'hi ha prou amb uns quants dies. Potser s'haurà de quedar aquí per sempre. No hi ha cap paradís millor que l'autèntica pau a la terra, i aquí, diminuta i encongida, aquesta pau hi és.

El Jep també voldria tancar els ulls, però les parpelles no l'obeeixen. Es maleeix a si mateix. No pot ser que la pressa l'hagi dut a equivocar-se una altra vegada. La mateixa pressa amb què va ficar la mà equivocada a la butxaca equivocada i en va treure aquella píndola, semblant a les aspirines franceses que solia dur a la butxaca i que no era cap aspirina ni era francesa.

Que ho hagi volgut oblidar no vol dir que hagi aconseguit d'ignorar-ho. Ho ha sabut sempre, que la Teresa va saltar al buit, des del balcó d'un quart pis, sota l'efecte de la mescalina que ell li havia donat per error. O no era cap mescalina? Ja ho sap, que no. Va ser la píndola del temps. Una d'aquelles píndoles que l'ajudaven a esquivar els moviments circulars dels rellotges, les que asseguraven que el calendari anés endavant sense tornar a passar els mateixos fulls una vegada i una altra. Les avorrides píndoles de la vida que no entenia, perquè duien l'ombra al pensament, el feien sociable al mateix temps que el desorientaven perquè ja no sabia estar-se quiet en una línia concreta del temps. Com el mariner que a terra es mareja, el món era millor, o més comprensible, sense les seves aspirines. Quan havia començat a anomenar-les d'aquesta manera? Quan va ser que en va dir aspirines per primera vegada, de les seves píndoles del temps? No té cap resposta per a aquesta pregunta ni per a cap altra. Ara ja no. S'han esborrat totes. En canvi, li queden moltes preguntes.

De debò li ha donat el robí? De debò que, al final, ha posat el verí al diamant blau? Hi havia pensat tantes vegades. Quan va venir al poble, i va decidir que seria aquí on el volia veure morir, ja es va fixar en aquests vasos de plàstic, com els d'un menjador escolar. Li va agradar tant que fossin de dos colors, d'aquests dos colors.

Va estar setmanes rumiant sobre aquesta situació. Com si ja l'hagués viscuda molts cops. Però no s'acabava de decidir mai i va pensar que ja ho faria a l'últim moment. Sempre que ho ha tornat a viure, el temps s'ha aturat per tornar enrere just abans d'arribar a aquest instant. Per això no ha sabut mai quin color triava. Per això ha hagut d'improvisar i ha decidit que recordaria a quina mà hi tenia el got amb el verí. Per això s'ha equivocat. I per això, en comptes de morir, el Marià es lliura a la vida amb plenitud.

Això de la plenitud, el moribund ho comprèn quan veu com l'home nu que hi ha a la gandula del costat s'abaixa la pell del prepuci, per descobrir el gland i animar-lo amb carícies solars. El Jep enveja el sol perquè abraça el Marià, l'acarona amb rajos amics, li passa la mà daurada pels testicles.

Aquesta imatge fulgurant, la del sol que bateja un home de setanta anys quan ungeix el penis amb dits càlids, és l'última cosa que els seus ulls contemplen.

L'última idea que arriba a percebre, abans d'emprendre el vol cap enlloc i anar-se'n per sempre, és una barreja confusa de dos colors molt diferents que se superposen, l'adéu de dues mans que es confonen de costat i la noció borrosa de dues busques que es troben a les dotze en punt, com cada vegada que el final s'acobla amb el començament.

Nota de l'autor

Les frases que el Jep cantusseja després d'esmentar el «Dioptria» de Pau Riba provenen, en efecte, de dues cançons d'aquests àlbums: «L'home estàtic» i «Vostè».

Els fragments literals de la cançó «L'àguila negra» corresponen a la traducció que en va fer Delfí Abella. La lletra té el sentit que hi volen donar el Marià i l'Anna Maria, que no saben res de les presumptes referències a la vida privada de la cantant Barbara que potser contenia. Fet aquest aclariment, m'he d'excusar amb els lectors més primmirats amb la veracitat històrica perquè tal vegada anticipo uns quants mesos la popularitat de la versió de Maria del Mar Bonet.

Als lectors de Gràcia els vull aclarir que he dibuixat la plaça tal com era en aquells anys, però que és veritat que potser la bassa ja no hi era el 1976. Als de Badalona els confesso que he adaptat la tanca de la via a les necessitats d'una grifó belga i li he atribuït pel meu compte la mida que la Floyd és capaç de saltar: l'altura exacta d'una cadira del menjador del pis del carrer Verdi on vivien el Marià i la Teresa.

Agraïments

La documentació sobre la feina de dentista prové de diversos llibres i d'unes quantes converses amb el Dr. Josep Campmany, que ha tingut l'amabilitat, a més, de revisar el text i ajudar-me a millorar-lo des d'aquesta perspectiva. Faig constar el meu agraïment i deixo dit que qualsevol error que encara hi quedés correspondria només a la meva responsabilitat.

De manera molt especial, dono les gràcies, una altra vegada, a Jordi Cornudella, que llegeix i rellegeix amb ofici exigent i amistat generosa gairebé tot el que escric i m'obsequia amb comentaris molt valuosos des de ja fa vint-i-cinc anys. «Nullum est iam dictum».

Moltes gràcies als membres del jurat que van triar aquesta obra com a guanyadora del premi Sant Jordi de Novel·la 2014: Àlex Broch, Marta Nadal, Isona Passola, Ramon Pla i Màrius Serra.

Gràcies a Carlota Torrents, la meva agent literària, i a l'editor Josep Lluch. Gràcies també a Miquel Codina, Jordi Raventós i Toni Vallès.